10|18
12, avenue d'Italie — Paris XIIIe

Du même auteur
dans la collection 10/18

La plume du corbeau, n° 2307
Miss Silver entre en scène, n° 2308
Miss Silver intervient, n° 2362
Le point de non-retour, n° 2363
Pleins feux, n° 2406
Les lèvres qui voient, n° 2407
La roue de Sainte-Catherine, n° 2437
Le chemin de la falaise, n° 2450
L'empreinte du passé, n° 2473
Le châle chinois, n° 2494
Au douzième coup de minuit, n° 2519
Le rocher de la Tête Noire, n° 2534
Un anneau pour l'éternité, n° 2575
Le masque gris, n° 2597
A travers le mur, n° 2624
Meurtre en sous-sol, n° 2654
L'héritage d'Alington, n° 2684
Le mystère de la clef, n° 2709
Le mystère des Benevent, n° 2754
L'affaire William Smith, n° 2770

COMME L'EAU QUI DORT

PAR

PATRICIA WENTWORTH

Traduit de l'anglais
par Michel DEUTSCH

10|18

INÉDIT

« Grands Détectives »
dirigé par Jean-Claude Zylberstein

Titre original :
The Watersplash

ISBN 2-264-02379-1

1

Le village de Greenings est situé à environ un mile et demi de la petite ville d'Embank. Et la ville finira un jour par avaler la bourgade, sa vieille et pittoresque église qui se dresse à côté des tombes où reposent des générations et des générations d'ancêtres, sa grand-rue, ses cottages épars, le presbytère victorien construit pour remplacer celui qu'un incendie détruisit en 1801 et ses deux demeures originellement édifiées à la fin du XVIIIe à l'intention de la famille Random. Mais on n'en est pas encore arrivé là pour la bonne raison que le Halfpenny Lane, le chemin vicinal qui la relie à Embank, ne mène en réalité nulle part, coupé qu'il est juste au-delà de Greenings par une bande de terrain bourbeux baptisé la souille. Le village est, en fait, archirural. Un visiteur, peintre de son état, a dit un jour que c'était « un refuge de la paix des jours anciens ». Mais il suffit qu'une pierre tombe dans une mare stagnante pour faire naître d'inquiétants remous à la surface de l'eau. Sherlock Holmes a bien mis en évidence ce que peut avoir de mythique la notion de l'innocence campagnarde.

Greenings avait eu sa part d'incidents qu'il était préférable de tenir à l'abri de la clarté du jour, mais les choses ne demeurent pas éternellement cachées. Un mot qui échappe par hasard, un geste inattendu, la mise en œuvre d'un projet dont on ignore l'existence — et ce qui est enterré sort de l'ombre. Quand il reçut une lettre de Clarice Dean, le Dr Croft n'imagina pas un seul instant qu'elle pourrait avoir des conséquences fâcheuses. Un an auparavant, Miss Dean avait soigné Mr. James Random pendant la maladie qui devait l'emporter. Elle s'était déjà précédemment occupée de lui lorsqu'il avait été atteint par la grippe. Une bien jolie fille, pleine d'allant et d'une rare efficacité. Elle disait dans sa lettre qu'elle s'était rendue au Canada avec un patient et qu'elle venait tout juste de rentrer, qu'elle avait beaucoup aimé Greenings et souhaitait vivement trouver un emploi dans la région. Si jamais le Dr Croft connaissait une personne âgée atteinte d'une affection chronique, aurait-il la gentillesse de la recommander à elle ?

Bien entendu, le Dr Croft pensa immédiatement à Miss Ora Blake. Miss Ora Blake se délectait de son piètre état de santé et ses infirmières ne restaient jamais bien longtemps. Clarice Dean ne ferait évidemment qu'un bref passage, mais pendant ce temps elle dépannerait Miss Ora, et Miss Mildred cesserait de l'appeler trois fois par jour et de l'accrocher dès qu'elle le croisait dans la grand-rue. Du moins était-ce ce qu'il espérait. Il téléphona donc à Miss Blake et mobilisa toute la patience dont il était capable pour écouter le flot de paroles qu'elle lui déversa dans l'oreille.

— Miss Dean ? Voulez-vous que je vous dise, mon cher Dr Croft ? Je l'ai toujours soupçonnée d'avoir jeté son dévolu sur ce pauvre Mr. Random. Quand je pense à la couleur de ses cheveux... il est vrai que toutes ces jeunesses se maquillent, désormais...

Le médecin se mit à rire.

— Franchement, je crois que les cheveux de Miss Dean ont leur couleur naturelle.

— C'est ce que les hommes croient toujours, dit avec aisance Miss Ora de sa voix de gorge. Ils sont d'une crédulité à toute épreuve. Vous dites qu'elle voudrait venir ici ? Je me demande bien pourquoi.

— Elle est allée au Canada avec un monsieur invalide qui rendait visite à sa fille et qui est malheureusement mort là-bas. Il est tout à fait naturel qu'elle m'écrive pour me demander de la recommander.

— Oh ! *Tout à fait.* Surtout s'il y a par chez nous quelqu'un qu'elle souhaite voir. Somme toute, ce n'était peut-être pas Mr. *James* Random qui l'intéressait. Il y a aussi Mr. Arnold Random et Mr. Edward...

Le Dr Croft laissa échapper un rire étouffé. A petites doses, Miss Ora Blake l'amusait quand même.

— Oh là là ! Faites attention. N'oubliez pas que nous avons une ligne collective. Supposez que le Manoir soit à l'écoute ?

— Arnold Random serait on ne peut plus flatté, rétorqua Miss Ora, accompagnant sa phrase, il en était convaincu, d'un énergique coup de menton. C'est indiscutablement un beau parti, maintenant que toute la fortune de la famille lui est revenue après la mort de son frère. Et il n'a sûrement pas plus de soixante ans... il était beaucoup plus jeune que Mr. James. C'était lui, la bonne prise, pas ce pauvre Edward. Je ne sais d'ailleurs pas pourquoi je dis « le pauvre » en parlant de lui. Les gens qui disparaissent en se faisant passer pour morts et qui réapparaissent sans dire où ils étaient ont forcément quelque chose à cacher.

— Miss Ora...

Mais la voix de Miss Ora résonna de nouveau, éclatante, dans l'écouteur.

— Non, non, il s'est passé quelque chose de pas catholique et James Random en a eu connaissance. Sinon, il n'aurait pas modifié son testament — pas après avoir élevé Edward comme si c'était son propre fils alors qu'il n'était jamais que son neveu.

— Miss Ora, désirez-vous, oui ou non, que j'engage Miss Dean comme garde-malade à votre intention ?

Eh bien, oui, Miss Ora le désirait. Depuis trente ans qu'elle connaissait le Dr Croft, elle savait quand le moment était venu de parler sérieusement. Mildred écrirait à Miss Dean. Mais il serait peut-être bon que le Dr Croft lui envoie aussi un mot ?

— C'est que mon cas est tellement compliqué... et vous savez si bien l'expliquer...

Miss Mildred écrivit donc à l'infirmière. Le Dr Croft aussi, pour lui dire ce qu'il estimait bon qu'elle sache en ce qui concernait le cas compliqué de Miss Ora Blake. L'incapacité de faire quoi que ce fût pour qui que ce fût, avait-il expliqué un jour à Emmeline Random. Emmeline était muette comme une tombe, c'était entendu, mais le médecin ne se serait jamais laissé aller à lui faire pareille confidence s'il n'avait pas été exaspéré au point d'être incapable de tenir sa langue.

Il surveilla scrupuleusement les explications qu'il donnait dans sa lettre à Clarice Dean. Celle-ci lui répondit par retour du courrier et se présenta deux jours plus tard pour prendre son nouveau poste. Vingt-quatre heures exactement avant qu'Edward Random arrive et s'installe chez sa belle-mère.

2

En sortant de la gare, Edward Random prit à droite. S'il ne s'était pas arrêté quelques instants devant le kiosque à journaux, il n'aurait pas vu Susan Wayne. En fait, il ne la vit que quand il eut à nouveau tourné — à gauche, cette fois — à la hauteur du panneau indiquant en grosses lettres : GREENINGS — 1,5 MILE. Ce panneau était nouveau, pour lui en tout cas : lors de son dernier passage, Jack Burton était venu le chercher et ils étaient arrivés par le côté opposé. Et avant — oh ! on peut dire que c'était avant le déluge ! —, ou bien on savait quel chemin prendre pour aller à Greenings, ou alors on courait le risque de ne jamais trouver le bourg. En songeant à tout le temps écoulé depuis la dernière fois qu'il était sorti de la gare d'Embank et avait pris la route de Greenings, son expression s'assombrit.

Ce fut quand il s'engagea sur le chemin indiqué par le panneau qu'il vit Susan. Elle était devant lui, une valise dans sa main nue. Elle avait fourré ses gants dans la poche de son raglan bleu. Elle marchait d'une allure pleine d'aisance et la voir ainsi était un plaisir pour les yeux — le genre de plaisir impersonnel qu'apporte la vue de n'importe quel élément agréable du paysage. C'était une impression purement superficielle, mais incontestablement plaisante. Il se passa bien une minute ou deux avant que commence à surgir quelque chose de plus personnel. Mais qui n'avait rien d'impératif pour autant. Juste le vague sentiment d'avoir déjà vu ces longs cheveux blonds. Seules rebiquaient leurs pointes. Et ils étaient très blonds, très épais et coupés à la page. Quand la plupart des filles qu'on rencontre ont la tête toute frisottée, on a tendance à se rappeler celles qui ne l'ont pas.

Et il se souvenait de Susan Wayne qu'il n'avait pas revue depuis cinq ans. A l'époque, elle avait dix-sept ans et elle était beaucoup trop grosse — enfin, elle avait des complexes parce qu'elle se trouvait beaucoup trop grosse, elle. En ce qui le concernait, Edward n'avait aucune objection à formuler contre les rondeurs féminines, mais la Susan dont le souvenir commençait à prendre forme dans sa mémoire était incontestablement du genre potelé — des joues en forme de pommes, des yeux ronds et gris qui évoquaient les yeux d'un chaton et cette crinière taillée à la chien, si blonde et si fournie. Elle était ravissante, cette petite.

Il hâta le pas et la rattrapa. Si ce n'était pas Susan, il poursuivrait sa route, mais si c'était bien elle, il serait un peu ridicule de se retrouver en face d'elle chez Emmeline après l'avoir dépassée sans s'arrêter.

Elle tourna la tête vers lui quand il l'eut rejointe et, sur le moment, il ne fut pas absolument sûr que c'était bien elle. Et puis, d'un coup d'un seul, il n'eut plus le moindre doute. Elle avait perdu son embonpoint, mais ses yeux n'avaient pas changé. A ceci près que maintenant que son visage s'était affiné, ils paraissaient plus grands et que leurs cils plus foncés étaient d'un brun doré. Elle les fardait probablement, mais c'était réussi. Après tout, pourquoi garder ses cils blancs si on les préfère foncés ?

— Vous êtes bien Susan Wayne? lui demanda-t-il sans autre préambule en plissant le front — il était toujours direct.

Susan écarquilla les yeux. Une fine poussière recouvrait le chemin et elle ne l'avait pas entendu approcher. Elle pensait au professeur Postlethwaite en route pour l'Amérique, c'était drôlement dommage que, faute de crédits, elle n'ait pas pu l'accompagner, non seulement parce qu'elle avait toujours rêvé d'aller en Amérique, mais parce qu'elle tenait pour à peu près certain qu'il mélangerait ses notes de conférences si elle n'était pas là pour les conserver en ordre. Et, l'espace d'un éclair, cinq années furent abolies : Edward Random était là, les yeux braqués sur elle, planté au beau milieu de Halfpenny Lane.

Personne ne savait d'ailleurs pourquoi on appelait ce chemin Halfpenny Lane — c'était comme ça, voilà tout. Et personne ne savait non plus comment le passé pouvait faire soudain irruption d'un seul coup et vous frapper là où cela fait mal, mais c'était précisément ce qui était en train de se produire. Cela ne dura qu'un instant, mais ce fut un instant atroce : Susan avait de nouveau dix-sept ans, elle était beaucoup trop grosse et elle était amoureuse d'Edward Random qui était amoureux de Verona Grey. Ce fut là un moment épouvantable, mais, grâce au ciel, cela ne dura pas. Cinq années étaient passées depuis ce temps-là et cinq ans, c'est cinq ans. Nul ne peut vous faire revivre ce que vous avez vécu cinq ans plus tôt. Pas elle, pas Edward. Oh ! Pauvre Edward ! Une vague de chaleur et de tendresse submergea la jeune fille qui lâcha sa valise et lui tendit les deux mains.

— Oh, Edward, c'est merveilleux... Merveilleux !

Par la suite, Edward se dirait que Susan était bien la seule personne que son retour ravissait ainsi. Non, il était injuste. Emmeline, sa belle-mère, avait eu la même réaction et le même élan. Mais comme, dans son cas, sa joie et son soulagement s'étaient manifestés par un véritable déluge de larmes, cela n'avait pas été tellement roboratif.

Susan, elle, ne pleurait pas : elle rayonnait. Si ses yeux étaient quand même un peu humides, cela avait pour seul effet de les rendre plus brillants. Elle garda un moment les mains d'Edward serrées dans les siennes, puis fit un pas en arrière et répéta :

— Oh, Edward... c'est *merveilleux !*

Ce qui était la stricte vérité. Edward avait cessé de froncer les sourcils, mais son front demeurait barré de rides ineffaçables. Et d'autres rides marquaient sa figure halée. Et ce n'étaient pas des rides de rire. C'étaient les épreuves par lesquelles il était passé qui l'avaient ainsi marqué. Il avait souffert, durement souffert, mais cela ne l'avait pas brisé. Ses traits exprimaient une vigilance méfiante teintée d'un certain humour acerbe et cette vue fit battre plus fort le cœur tendre de Susan. C'était Edward lui-même qui, un jour, lui avait dit dédaigneusement qu'elle avait le cœur aussi tendre qu'un morceau de beurre qu'on a laissé fondre au soleil. Alors, elle était partie en courant et avait pleuré si fort que ses yeux avaient instantanément gonflé. Elle aurait donné n'importe quoi pour pleurer avec la grâce de Verona — juste une ou deux larmes, les yeux semblables à des violettes humectées de rosée, des cils noirs légèrement humides, qui n'en finissaient pas. Quel cauchemar d'avoir dix-sept ans, d'être trop grosse avec, en plus, les paupières gonflées et le cœur brisé !...

Considérant une dernière fois l'horrible tableau que lui restituait sa mémoire, Susan se mit à rire.

— C'est merveilleux de se retrouver comme ça !

Ce bref instant d'émotion était passé. Edward estimait qu'elle en faisait trop. C'était un mot un tantinet fadasse dont elle commençait à abuser.

— Je peux en tout cas te porter ta valise.

— Oh non... vous avez déjà la vôtre.

— Elle est on ne peut plus légère.

— La mienne aussi, répliqua-t-elle en l'empoignant.

— Il faut que je proteste ?

— Ce n'est pas la peine... ce serait une perte de temps. J'ai une malle que le porteur livrera. Ma valise contient seulement mes affaires pour la nuit.

Elle la tenait dans la main droite. Comme ils se remettaient en marche, Edward la lui subtilisa avec tant de vivacité et de dextérité qu'elle n'eut même pas le temps de s'y opposer. Et cela la rendit furieuse. Il avait toujours été comme ça : il faisait ce qu'il entendait faire et de la manière qui lui convenait. Il avait peut-être changé pour ce qui était du reste, mais, là, c'était du pareil au même ! Finalement, elle recouvra son calme et un éclat de rire lui échappa à nouveau.

— Vous n'avez vraiment pas changé !

— C'est bien dommage, mais tant qu'il y a de la vie, il y a de l'espoir. Tu ne vis plus à Greenings, quand même ?

— Oh non ! Tante Lucy est morte quand j'étais à l'université. Je travaille avec le professeur Postlethwaite, mais il est allé faire une tournée de conférences en Amérique.

— Cinq ans résumés en deux phrases ! Quelle économie ! Et qu'est-ce qu'il enseigne, ton professeur ?

— La littérature. Il va décrire dans ses conférences toutes les personnes que Shakespeare a pu être. Aussi, lorsque Emmeline m'a écrit pour me dire que votre oncle Arnold avait besoin de quelqu'un pour remettre en ordre la bibliothèque du Manoir et qu'elle m'offrait l'hospitalité si je voulais venir, j'ai accepté.

C'était ridicule, mais elle se sentait nerveuse et le coup d'œil qu'elle décocha à Edward ne la rassura pas. Il avait l'air sinistre.

— Amusant, dit-il.

— Qu'est-ce que cela a d'amusant ?

— Je ne sais pas. Ça m'a frappé comme ça, c'est tout.

Le mot *frappé* est bien choisi, songea Susan.

— Je suppose qu'Emmeline va vous héberger, vous aussi ? demanda-t-elle, histoire de parler d'autre chose.

— Provisoirement, oui. Cela donnera au moins un sujet de conversation à la population.

— Comment cela ? s'enquit-elle en gardant les yeux fixés droit devant elle.

— Le retour du réprouvé, voyons ! Tu sais bien.

— Je ne sais rien — sauf que tout le monde croyait que vous étiez mort.

— Et je ne l'étais pas, dit Edward d'une voix cassante. Grossière erreur de ma part. Revenir du royaume des morts, ça ne se fait pas. C'est un solécisme social.

— Il ne faut pas dire cela. Quand Emmeline m'a écrit pour m'annoncer que vous étiez vivant, elle disait que c'était un « immense bonheur ».

— Oui, je pense qu'elle a été très heureuse, en effet. Il n'y a pas de règle sans exceptions, et le fait que la seule personne sensible à l'annonce que je suis bien vivant soit ma belle-mère ajoute encore une pointe d'humour à la situation. Et qu'est-ce qu'elle te disait d'autre ?

— Oh ! Vous savez ce que sont les lettres d'Emmeline. Elle parlait beaucoup de ses chats... Shéhérazade avait plein de petits chatons nouveau-nés et elle se faisait beaucoup de bile pour vous, mais j'ai compris que vous suiviez un cours de formation dans une agence immobilière. Et selon sa dernière lettre, Lord Burlingham lui avait dit qu'il vous attendait et il était enchanté que vous soyez de nouveau au pays.

— Eh bien, c'est gentil pour tout le monde ! Surtout pour Arnold !

Susan avait horreur des mystères.

— Mais qu'est-ce que cela signifie, Edward ? Pourquoi votre oncle Arnold ne serait-il pas content ? Parce que s'il y a de sanglantes histoires de famille, il serait préférable que je sois au courant pour ne pas mettre les pieds dans le plat.

— Il s'agit plus d'une fâcheuse situation que d'une bagarre sanglante à proprement parler, et comme tu vas te trouver au cœur de la famille Random, il serait préférable, en effet, que tu saches de quoi il retourne.

Edward redressa le menton.

— Eh bien, commençons par un petit résumé de son histoire. La précédente génération comptait trois Random : mon oncle James, mon père Jonathan et mon autre oncle, Arnold. James perdit sa femme et son fils ; il ne se remaria pas. Jonathan, lui, se maria deux fois. Ses deux mariages furent deux échecs et, quand il mourut, il laissa un fils — moi, en l'occurrence —, sa veuve — Emmeline — et d'innombrables dettes que mon oncle James, qui avait un sens du devoir particulièrement développé, tint avec rigueur à effacer. Il mit le pavillon du garde à la disposition d'Emmeline et ce fut lui qui se chargea de mon éducation.

— Oui ?

C'était indiscutablement un « Oui » en forme de point d'interrogation et Edward se mit à rire.

— Ça n'a pas été un « Oui », ma chère Susan, mais bien un « Non » tonitruant. Nous avons eu une bagarre homérique et j'ai fichu le camp.

Susan s'en souvenait. La cause de la querelle avait été Verona : Edward était follement amoureux d'elle ; James lui avait dit qu'il ne voyait aucun inconvénient à ce qu'il l'épouse, mais dans ce cas, ce serait à lui de régler l'addition parce qu'il cesserait de lui verser une rente le jour de ses noces. A en croire une version de l'incident plus haute en couleur, il aurait été jusqu'à dire qu'il préférerait encore voir son neveu dans son cercueil, mais, tenant compte de la componction de Mr. Random et de la réserve avec laquelle il s'exprimait, Susan, même si elle n'avait que dix-sept ans à l'époque, n'avait jamais été capable de croire que de pareils propos avaient pu sortir de sa bouche. Mais le mieux, se dit-elle, était encore de continuer à paraître intéressée : ne rien dire est toujours plus sûr que de dire quelque chose qui risque de tomber mal à propos — encore qu'en général, quand elle arrivait à cette conclusion, il fût trop tard.

— Maintenant, faisons un saut dans le temps, poursuivit Edward de sa voix cassante tout en balançant les deux valises. Quatre ans et demi ont passé et cela fait trois ans et demi que l'on considère que je suis bel et bien mort. Oncle James a naturellement fait un nouveau testament. Même si je n'avais pas été officiellement déshérité, on ne laisse pas les biens de la famille à un cadavre. Alors, Edward et James n'étant plus de ce monde, c'est le cher oncle Arnold qui encaisse le pot. Point final. Emmeline ne t'a pas raconté ça dans sa lettre ?

— Je ne crois pas, répondit Susan en secouant la tête. Il y avait bien quelque chose de barbouillé dans un coin de la dernière page, mais je ne suis pas arrivée à déchiffrer totalement ses gribouillis. J'ai pensé qu'il s'agissait de Smut, un de ses petits chats qui était contre toute attente devenu si mignon qu'elle avait changé son nom et qu'il s'appelait maintenant Lucifer. Mais vous ne voulez quand même pas dire que votre oncle Arnold n'a rien fait quand il a appris que vous étiez vivant ?

— Eh non, il n'a rien fait.

— Mais il n'y a pas été obligé ? Mr. Random ne vous aurait jamais privé de l'héritage qui devait vous revenir s'il ne vous avait pas cru mort.

— Comment peut-on prouver qu'un défunt a ou n'a pas fait ceci ou cela ? Nous avons eu une dispute épouvantable et il a modifié son testament. C'est tout. Ce sont les faits et la loi a une stupide affection pour les faits.

— Quand l'a-t-il modifié ? Quand vous êtes parti en claquant la porte ou quand il a eu la conviction que vous étiez bel et bien mort ?

Edward regarda une seconde Susan avec colère avant d'éclater de rire.

— Ce n'est pas ton affaire, mon petit. Et il n'est pas dans mes habitudes de laver le linge de la famille en public. Il risque d'être sale et je crois préférable qu'il ne sorte pas de la maison.

Une réponse qui laissa Susan éberluée : c'était quasiment le langage qu'Edward aurait tenu à la petite écolière qu'elle était cinq ans auparavant. Elle aurait évidemment dû se rappeler qu'elle avait tout intérêt à continuer à tenir sa langue. Mais cela lui avait échappé et Edward l'avait vertement remise à sa place. Pourtant, cela ne la dérangeait pas vraiment : au contraire, elle trouvait ça parfaitement naturel. Elle rougit, ce qui ne l'empêcha pas de se mettre à rire.

— Excusez-moi, dit-elle non sans une certaine gêne. Je n'aurais pas dû vous poser cette question.

Ce qui eut pour effet de faire instantanément passer le courant entre eux. C'est vrai, il s'était toujours senti à son aise avec elle. Mais qui sait ? Peut-être qu'à la longue cela finirait par devenir assommant. Peut-être. Mais peut-être pas...

— Tu n'as pas beaucoup changé, tu sais.

— Vous non plus. C'est ce que je me suis dit tout de suite.

— Presque tout le monde dirait au contraire que j'ai énormément changé.

L'expression d'Edward s'était à nouveau rembrunie.

Susan secoua la tête.

— Je ne crois pas que les gens changent réellement. Parfois, il y a un petit quelque chose qui s'installe à la première place. Alors, on le voit mieux qu'avant, mais ce n'est pas vraiment un changement. Les pommes ne deviennent pas des poires, pas plus que les groseilles ne se transforment en prunes. Nous avons tous notre goût qui est bien à nous et je crois qu'on le garde.

— Un goût de raisins aigres et de nèfles pourries, oui ! Tu as peut-être raison et je dois t'avertir que je rentre sans aucun doute dans la catégorie des nèfles. Si nous arrivons quasiment la main dans la main, même ta réputation sans tache risquerait d'en souffrir. Il ne m'a pas été possible, vois-tu, de rendre compte de façon satisfaisante de ces quatre ans et demi et je crois savoir grâce à Emmeline qu'il court pas mal de rumeurs passionnantes sur mon compte. Cela la désole, j'en ai peur, mais je ne peux rien y faire.

— Vous pourriez peut-être dire où vous étiez pendant ce temps-là ?

— Je crois que moins on parlera de ça, mieux cela vaudra.

Sa voix était à nouveau fêlée et cela porta un coup au cœur de la jeune fille. Les choses fêlées se brisent.

— Il semble que la version qui fait prime, poursuivit-il inexorablement, est que j'étais en prison sous un faux nom, mais elle comporte quelques variantes qui valent le détour. Je me serais enfui à l'étranger parce que j'avais tué un homme en duel ou j'aurais été exclu de mon club parce que je trichais aux cartes.

— J'aimerais que vous cessiez de raconter des sottises ! dit carrément Susan avec une pointe d'agacement.

— Trop compliqué. Burlingham est un brave type, n'est-ce pas ? C'est vrai qu'il me propose d'être son agent, tu sais. Et ce n'est pas un secret, parce que s'il l'a dit à Emmeline, tout le monde le sait maintenant à vingt lieues à la ronde. Et notamment mon oncle Arnold... et c'est d'ailleurs probablement dans ce but que Burlingham a été aussi bavard.

— Ce que vous dites est... horrible.

— Tout s'enchaîne admirablement, au contraire.

Arnold m'adore. Burlingham adore Arnold. Et Arnold sera ravi de savoir que Burlingham me procure une situation qui me vaudra d'être juste sous son nez. Il a toutes les chances de tomber sur moi tous les jours de la semaine, même si je ne prends pas pension chez Emmeline.

— Ce que vous voulez dire, c'est qu'Arnold ne vous aime pas et que Lord Burlingham n'aime pas Arnold, c'est ça ?

Edward partit d'un grand éclat de rire.

— Elle a tout compris !

3

Chez Emmeline Random, c'était l'heure du thé. Quand elle entra, Susan Wayne eut l'impression que la pièce était déjà pleine de gens, mais elle était déjà à tel point pleine d'autres choses qu'il n'y avait pas autant de place pour les visiteurs que si Emmeline et le salon avec elle n'avaient eu leurs traits singuliers. D'abord, ce n'était pas vraiment un salon. Il avait commencé sa carrière en tant que salle commune du pavillon du garde du Manoir et quand Emmeline était devenue veuve, son beau-frère James Random l'y avait installée. Il avait doté la salle d'une baie vitrée et comme elle avait toujours eu l'habitude de disposer d'un salon, jamais l'idée de lui donner un autre nom n'était venue à Emmeline. La baie laissait certainement entrer beaucoup plus de lumière. La disposition des lieux avait aussi permis à Emmeline d'y faire trôner le piano habillé de volants de soie verte qu'elle avait hérité de sa grand-mère, mais elle n'avait pas pu repousser les murs occupés pour une large part par des portraits d'ancêtres noircis d'allure rébarbative. Il y avait un amiral dont les traits se confondaient presque avec la tenture marron à laquelle il était fixé. Il y avait une dame brune et bouclée revêtue d'une robe de velours noir dont on ne distinguait absolument pas les traits. C'étaient les arrière-arrièregrands-parents d'Emmeline, et ils étaient sa grande fierté parce que l'amiral avait servi sous Nelson et avait la réputation de pouvoir se targuer d'une maîtrise du langage ordurier qu'aucun membre de la Marine britannique n'avait jamais égalée, ni avant ni après.

Jonathan Random, son défunt mari dont le portrait occupait la place d'honneur au-dessus de la cheminée, n'était, lui, ni noirci ni rébarbatif et le sourire qu'il dispensait aux invitées était aussi charmeur qu'il l'avait été de son vivant. Agé de cinquante ans quand il avait épousé Emmeline, il n'avait jamais réussi ni à gagner ni à économiser de l'argent. S'il avait vécu une ou deux années de plus, Emmeline n'aurait pas eu un sou, elle non plus. Elle ne disposait que d'une maigre pitance et de l'hospitalité que lui offrait le pavillon du garde où elle vivait depuis si longtemps qu'il lui semblait qu'il lui appartenait.

De petite taille, fluette et dotée d'une abondante chevelure blonde qui commençait à grisonner, c'était une personne aussi gracieuse qu'écervelée. L'arc délicat de ses sourcils mettait en valeur une paire d'yeux bleus embués. Quand Edward avait sept ans, il avait dit un jour : « Il est là, mais elle voit à travers. » Pressé d'expliciter cette remarque énigmatique, il s'était exclamé avec indignation : « Ben, le brouillard, quoi ! Il est là, mais ça l'empêche pas de voir des trucs. »

Bien des choses étaient arrivées depuis les sept ans d'Edward. James Random était mort comme Jonathan et Arnold lui avait succédé en tant que maître du Manoir. Il y avait eu la guerre. Le cochon primé de Mr. Plowden et l'un des chats adorés de la gouvernante du Dr Croft avaient péri lors d'un bombardement. Edward avait grandi. La paix revenue, il s'était inscrit dans une école pour s'initier à l'immobilier. Puis il était tombé amoureux de Verona Grey, s'était battu comme un chiffonnier avec son oncle James et avait disparu. Il n'était jamais revenu à Greenings et, à en croire la receveuse des postes, il n'avait jamais écrit à qui que ce fût. Emmeline pleura toutes les larmes de son corps et se consola avec ses chats. Certes, elles aurait préféré faire croire que les enfants qui seraient nés d'Edward étaient ses propres petits-enfants, mais il faut bien qu'on ait quelque chose à soi, et mieux vaut avoir des chats que rien du tout. Et ce n'avait jamais été les chats qui avaient manqué.

Au bout d'un temps apparemment fort long, la nouvelle de la mort d'Edward arriva. Elle était circonstanciée et détaillée, et James Random ne la mit pas un instant en doute. Il laissa entendre à Emmeline qu'il avait eu un entretien avec quelqu'un qui avait vu son cadavre, mais il ne voulut pas lui en dire davantage. Cela n'aurait fait que la chagriner encore plus, expliqua-t-il. Et il s'en fut, très grave et bouleversé, et rédigea le testament qui laissait tous ses biens à son frère Arnold.

Sa mort remontait à six mois quand, un soir d'hiver, Edward Random réapparut et alla frapper chez Emmeline. Il garda bouche cousue. Elle pleura beaucoup, mais ne lui posa pas de questions. Elle ne voulait à aucun prix lui en poser. Il était parti et il était de retour, il avait souffert et il avait besoin de réconfort : cela suffisait. Aussi, quand elle dut affronter l'avalanche de questions qui s'abattit sur elle, elle put en toute bonne foi répondre invariablement : « Je n'en ai pas la moindre idée, mon cher. » Et comme c'était aussi vrai que 1 et 1 font 2, cela réduisait les curieux au silence. Enfin, pour ce qui concernait Emmeline.

Parce que les bavardages n'en continuaient pas moins d'aller bon train. Edward était allé en Chine. Il était allé en Russie. Mrs. Deacon, qui faisait le ménage de Miss Blake et dont la fille était la gouvernante du Manoir, était sûre et certaine que Mr. James Random avait dit quelque chose à propos de la Russie le jour où son notaire était venu pour la signature du testament. Doris avait parfaitement entendu le mot « Russie » au moment où elle passait devant la porte mal fermée du bureau. Oui, elle l'avait entendu, ce mot, mais c'était tout : elle n'avait rien entendu d'autre. Ce n'était pas beaucoup, certes, mais c'était comme pour les chats : cela valait quand même mieux que rien. Et ce seul mot engendra un certain nombre d'histoires aussi passionnantes que dramatiques.

Puis surgit le grand mythe chinois. Quelqu'un avait un cousin qui avait un ami qui avait vu — vu de ses yeux — Edward Random dans un hôpital à Shanghai. A moins que ce ne soit Singapour ? Avec ces noms orientaux, vous savez... ils se ressemblent tellement.

Edward ne fit rien pour dissiper les rumeurs. Tout le monde était intéressé et tout le monde lui était favorable. Arnold Random allait de toute évidence faire quelque chose pour son neveu. Son frère James n'aurait jamais fait de lui son héritier universel s'il n'avait pas cru qu'Edward était mort. Le moins qu'il pût faire était de lui céder le domaine et... disons la moitié du capital. Mais quand il apparut qu'Arnold ne faisait rien de tel, il devint la cible de critiques particulièrement acerbes. Ce n'était pas comme s'il n'avait pas de fortune personnelle — car il en avait une solide — ou s'il avait pu exister le plus léger doute sur les intentions de James Random. Ou comme s'il avait eu une femme et une famille. Mais il n'avait aucun parent proche en dehors d'Edward et le moins qu'il pouvait faire...

Edward était de retour à Greenings depuis un mois ou deux quand une rumeur plus sinistre commença à se répandre. Personne ne savait où elle avait pris naissance et la plupart de ceux qui la propageaient prenaient grand soin d'expliquer qu'eux-mêmes n'en croyaient pas un mot. Mais il n'y a pas de fumée sans feu, n'est-ce pas ? On ne disparaît pas sans raison. Et les raisons susceptibles d'expliquer la disparition d'Edward ne tardèrent pas à sortir de terre. D'abord, ce ne furent que de simples insinuations. Puis les sous-entendus devinrent matière à spéculations et, finalement, on en arriva à voir en celles-ci un fait irrécusable : Edward avait fait de la prison.

Ce fut quand ces bruits parvinrent à ses oreilles que Lord Burlingham surgit un beau jour dans la grand-rue d'Embank et que, prenant place dans la file qui attendait chez le poissonnier, il dit à haute et intelligible voix à Emmeline combien il était satisfait d'avoir pu fournir à son gendre cet emploi d'agent immobilier. Homme robuste et vigoureux, Lord Burlingham avait une voix de stentor. « Le vieux Barr prend sa retraite. S'il est resté six mois de plus, c'était uniquement pour me rendre service. Edward peut lui succéder sans plus attendre. Je lui ai dit que le mieux serait qu'il prenne quelques cours pour se recycler, histoire d'avoir une idée des techniques récentes... ce genre de choses, quoi. Il faut fournir davantage de produits alimentaires à la nation... c'est le devoir de chacun. J'ai toujours eu de l'affection pour ce garçon... il n'est resté absent que trop longtemps. Et je suis toujours content quand je peux rendre service à un voisin. Dites-le bien à votre beau-frère. » Sur quoi, il éclata d'un rire sonore et traversa pour accrocher le vieux Mr. Plowden au passage, laissant les dames qui faisaient la queue digérer ses paroles en faisant des yeux ronds avant de fondre sur Emmeline pour lui poser une multitude de questions auxquelles elle était bien incapable de répondre.

Lord Burlingham était un self-made man. Dans sa jeunesse, il avait couru pieds nus, il avait vendu des journaux dans la rue. Et la fortune était venue. Il avait acheté une propriété, rejoint le Labour Party et avait été élu à la Chambre des Lords à l'occasion d'une de ces crises où le mécontentement était une fois de plus particulièrement exacerbé. Peut-être y avait-il eu d'autres raisons. On laissait entendre qu'il ne se pliait pas avec assez de soumission au joug du Parti et avait l'habitude quelque peu choquante de prendre la parole aux Communes pour lâcher ce qu'il avait sur le cœur. Il se peut qu'on ait jugé moins aléatoire qu'il s'exprime à une autre tribune.

Épongeant sa figure à l'aide d'un foulard rouge et vert, il disait au beau milieu de la grand-rue à Mr. Plowden qu'Edward Random allait succéder au vieux Barr.

— Et il serait préférable que quelqu'un prévienne Arnold Random avant qu'on ne se réunisse à la Chambre la semaine prochaine, sinon je le ferai moi-même et il vaudrait peut-être mieux que ce ne soit pas le cas. Il risquerait d'avoir une attaque ! C'est qu'il ne peut pas me souffrir, vous savez. Il me trouve commun. Ce qui est l'expression de la vérité. Être commun, qu'est-ce que cela a de mal ? Le sens commun, ça existe, non ? Et la loi, ce n'est pas la loi commune, peut-être ? Et le *common people of England* ? Ça existe, oui ou non ?

Sa voix à l'accent provincial étoffé, pas toujours très sûre de ses h aspirés, sonnait haut et clair aux oreilles des dames qui se trouvaient au bout de la queue. Et le vent emporta au loin le « Certainement... certainement, mon cher » chevrotant du vieux Mr. Plowden.

Cet épisode remontait déjà à quelque temps. Pour l'heure, Emmeline, assise devant sa table boiteuse, faisait le compte de ses invités. « Le vicaire et Mrs. Ball... Mildred Blake... le Dr Croft et Cyril... cela fait quatre... plus moi, cinq. Et Susan qui devrait arriver d'une minute à l'autre, à moins, naturellement, qu'elle ait pris le train suivant... six. Six ou sept ? Et Edward... » Lui, impossible de prévoir. Ce qui serait bien, ce serait que Susan et lui se soient rencontrés et qu'ils arrivent ensemble. Mais, d'un autre côté, Edward ne serait pas du tout à son aise à ce genre de réunion. C'est bien dommage parce qu'ils étaient tous si gentils... Même Mildred, bien qu'elle pût parfois être affreusement insupportable. Mais il n'était pas souhaitable qu'Edward reste comme ça à l'écart. Et, naturellement, plus il s'entêterait à s'isoler de la sorte, plus les bavardages iraient leur train. Il ne pouvait en aller autrement... « Sept tasses... mais j'en mettrai huit sur le plateau... oh, mon Dieu ! en voilà une qui a une nouvelle petite fêlure ! C'est sûrement moi qui l'ai faite puisque personne d'autre ne touche à ce service ! »

— Oh non, je ne crois pas, dit-elle à Miss Blake qui reprochait à la jeunesse d'être de plus en plus mal élevée.

Mais c'était une critique qu'elle avait si souvent entendue que cela avait été une réplique machinale tandis qu'elle se demandait si tout le monde prendrait du lait. Bien sûr, c'était une possibilité dont il fallait tenir compte... mais, dans ce cas, en resterait-il assez pour les chats ?

Heureusement, il n'y en avait que deux pour l'instant. Shéhérazade, la mère de famille, une superbe persane, était allongée sur le rebord de la fenêtre et, juché sur le piano, l'ex-Smut qui était devenu si beau que ce nom plébéien ne lui convenait plus et qu'Emmeline l'avait rebaptisé Lucifer. Son noir pelage bouffant, ses yeux d'opale scintillant, le bout de sa queue ébauchant un point d'interrogation, il suivait avec passion les doigts de Cyril qui couraient d'un bout à l'autre du clavier. Comme il n'avait pas encore six mois, il pouvait fort bien oublier les bonnes manières et se précipiter sur la soucoupe. Emmeline le contempla avec tendresse. S'il sautait en miaulant, il lui serait bien difficile de résister. Elle pourrait sans problème se passer de lait, mais c'était à Shéhérazade que revenait l'honneur de la soucoupe.

Elle recommença son compte, mais, cette fois, elle

n'arrivait plus aux mêmes chiffres. Il semblait qu'il y avait toujours une tasse de trop ou une de moins. Et si Edward... Elle regarda à l'autre bout de la pièce et vit Susan entrer, fraîche et rose sous le casque d'or de ses cheveux.

4

Il faisait chaud dans la pièce et ce n'était qu'un début. Tout le monde était ravi de voir Susan. Même Cyril interrompit le morceau qu'il jouait le temps d'agiter sa grande main osseuse dans sa direction. Le Dr Croft se retourna quand il reprit et s'exclama d'une voix exaspérée :

— Maintenant, ça suffit ! Je déteste entendre de la musique quand je prends le thé ! Si l'on peut appeler ça de la musique, d'ailleurs ! On dirait plutôt un chien qui aurait une boîte de conserve accrochée à la queue !

Emmeline lui sourit de son aimable sourire vague.

— Oh ! C'est moi qui lui ai demandé de jouer, docteur, et je trouve qu'il joue merveilleusement bien. Il doit avoir des doigts tout ce qu'il y a de forts. Mais il faut qu'il boive son thé. Cyril, mon cher, auriez-vous l'amabilité de faire passer les tasses ?

Et elle se remit à compter.

— Susan... Cyril... le Dr Croft... Mrs. Ball... le vicaire... Mildred... cela fait six... mais j'ai une tasse de plus sur le plateau...

Si on ne l'entendit pas, on vit le long nez pointu de Miss Blake se plisser en reniflant. Elle ne ressemblait pas à sa sœur rondelette et claire de cheveux. Elle avait le teint plutôt basané et ses yeux noirs, un peu trop rapprochés de ce nez aquilin, brillaient d'un vif éclat. Emmeline se rappelait qu'à trente ans, elle était plutôt jolie. Il y avait eu une période où elle avait craint de devenir sa belle-sœur. Arnold Random lui tournait plus ou moins autour, mais les choses en étaient restées là. En tout cas, maintenant l'idée de la qualifier de jolie femme ne viendrait à personne. Jamais elle ne dépensait un penny si elle pouvait faire autrement et il y avait au moins quinze ans qu'elle portait les mêmes vêtements usagés et le même chapeau de quatre sous.

— Je suppose que tu vas, toi aussi, prendre une tasse de thé ! s'exclama-t-elle sur un ton furieux en jetant un coup d'œil au plateau.

— Euh... oui, oui, ma chère. Voyons voir... oui, je crois que tu as raison. Je vais servir et peut-être que Cyril passera les tasses à la ronde... Et les scones, Susan... pendant qu'ils sont encore chauds...

Mildred Blake se tourna vers Mrs. Ball.

— Emmeline devient réellement trop distraite ! lui dit-elle en baissant à peine le ton.

Mrs. Ball était toujours du même avis que la dernière personne qui avait parlé sauf lorsque sa conscience le lui interdisait. Ce fut précisément ce qui eut lieu. Miss Blake avait tendance à se montrer malveillante et c'était un trait de caractère qui ne devait pas être encouragé.

— Mrs. Random est toujours gentille, dit-elle d'une voix lente.

Elle eut aussitôt le sentiment d'avoir fait preuve de faiblesse. Elle faisait de son mieux pour aimer ses semblables, mais elle trouvait vraiment très difficile d'aimer Miss Blake. Enfin ! Il faut toujours essayer de faire son mieux. Elle prit sa tasse.

— J'espère que votre sœur peut profiter de ce temps merveilleux.

Mais Miss Blake le prit de haut.

— Décidément, Mrs. Ball, il n'en faut pas beaucoup pour vous satisfaire ! Pour ma part, je ne qualifierais certainement pas ce temps de merveilleux. C'est à peine si le soleil a fait quelques rares apparitions depuis ce matin et il souffle un vent glacé.

Les joues rondes de Mrs. Ball prirent vraiment l'aspect de pommes rouges.

— En tout cas, il n'a pas plu.

— Il n'a pas vraiment plu, vous avez raison, mais cela n'empêche pas l'atmosphère d'être terriblement humide. Le climat de l'Angleterre est parfois très pénible en automne. C'est d'ailleurs la même chose toute l'année. Mais cela ne fait guère de différence pour ma sœur qui ne quitte son lit que pour aller s'étendre sur le divan et vice versa.

— Oui, je sais. C'est bien éprouvant pour elle... et pour vous. J'espère que vous êtes contentes de votre nouvelle infirmière. Je n'ai pas encore fait sa connaissance, mais elle avait déjà fait un séjour à Greenings, n'est-ce pas ?

— Elle a soigné Mr. Random... Mr. James Random pendant sa dernière maladie.

— C'est ce que m'a dit Mrs. Random. C'était juste avant notre arrivée. Son nom est Miss Dean, n'est-ce pas ? Je crois l'avoir aperçue dans la rue, ce matin. Elle est bien jolie.

— Elle est efficace comme infirmière.

Le ton sur lequel Miss Blake avait dit cela laissait clairement entendre que l'intérêt qu'elle portait à Clarice Dean était strictement limité à ses devoirs professionnels.

Mrs. Ball soupira. Faire la conversation avec Miss Blake exigeait beaucoup de persévérance.

Le vicaire et le Dr Croft parlaient cricket. Emmeline posait mine de rien dans un coin une soucoupe pleine de lait à l'intention de Shéhérazade. Cyril qui avait fini de passer les tasses et les petits fours à la ronde s'assit à côté de Susan.

— On ne m'avait pas dit que vous viendriez. Je me demande pourquoi.

S'il avait dit ça à Clarice Dean, elle lui aurait aussitôt demandé, les yeux pétillants de malice, pourquoi qui que ce soit aurait pu imaginer que cela l'aurait intéressé. Il avait rendez-vous avec elle à Embank après le dîner. Ils donnaient un assez bon film au Royal. Le problème, c'était qu'il aurait à payer les deux places et il ne savait pas trop s'il serait suffisamment en fonds. En fait, il aurait peut-être préféré y aller avec Susan : elle, elle payait toujours sa place. Mais Susan, ce n'était pas pareil.

— Il y a deux jours, je ne savais même pas moi-même si je viendrais, dit-elle en riant. Mr. Random veut que je profite de ce que mon professeur n'est pas là pour mettre la bibliothèque en ordre. Ce devrait être amusant. Je crois qu'ils ont de bons livres.

Cyril, un grand garçon dégingandé et tout en os aux cheveux jaune paille, fit la grimace.

— Les filles trouvent toujours amusants les trucs les plus invraisemblables ! Un tas de vieux bouquins moisis, je vous demande un peu !

Il se rapprocha de la jeune fille.

— J'ai des tas de choses à vous dire. J'ai eu une explication avec mon père et je ne retournerai pas à l'école.

— Oh, Cyril !

Il hocha énergiquement le menton.

— Non, je n'y retournerai pas. Je me suis fait étendre à ce bon Dieu d'examen. Alors, à quoi bon refaire une année avec, peut-être, un second loupé à la clef ? Et si je le passe, quelle perspective ? Cinq années de médecine et sans doute pas mal en plus parce que si je me suis fait blackbouler une fois, je suis du genre à remettre ça. Alors, à quoi bon, je vous le demande? Quand j'ai expliqué ça à mon père, il est monté sur ses grands chevaux. Ils sont comme ça, les parents! On pourrait penser qu'à l'âge qu'ils ont, ils sont capables de prendre les choses calmement. Mais non! Ça n'arrive jamais! Pourquoi donc, je vous demande un peu! Après tout, c'est de ma vie à moi qu'il s'agit!

Il rapprocha encore un peu plus sa chaise de celle de Susan.

— Pourquoi est-ce que je ne jouerais pas dans un orchestre de danse si j'en ai envie? Je suis bon musicien, vous savez, et ça rapporte bien. Non, ne répétez pas une fois de plus « Oh, Cyril » parce que j'ai déjà tout organisé. J'aurai dix-huit ans la semaine prochaine. Le Royal veut engager un pianiste et je peux faire l'affaire jusqu'à ce que je sois appelé pour faire mon service. Je ferai mon temps, je ferai même une rallonge, et quand je serai démobilisé, il ne me restera plus qu'à chercher un boulot vraiment intéressant. Vous ne croyez pas que mon père se rendra alors compte que j'ai agi de façon particulièrement intelligente?

— Je ne sais pas...

Cyril poussa encore un peu plus sa chaise.

— Mais bien sûr que si! Seulement, il ne voit pas les choses comme il faudrait. Vous savez ce qu'il voudrait que je fasse?

Il fit une horrible grimace.

— Que je m'engage dans l'armée pour y faire carrière! Non mais, Susan, vous vous rendez un peu compte?

— C'est-à-dire que...

— Des examens! Des examens encore et toujours! Des examens à perpétuité! Et ce serait même pire que si je faisais ma médecine parce que, là, une fois qu'on a décroché son diplôme, on est tranquille. Mais dans l'armée, ça ne s'arrête pratiquement jamais. Si ce ne sont pas les cours, c'est l'école des officiers d'active et on continue de passer des concours de promotion jusqu'à ce qu'on ait le pied dans la tombe ! Du coup, je ne me suis pas gêné. Je lui ai dit carrément, à mon paternel, que je n'étais pas client et qu'il pouvait aller se faire cuire un œuf. Alors, ça a été une nouvelle bagarre. Pour l'instant, c'est la trêve, mais je m'attends à ce qu'il remette ça d'un jour à l'autre. Il crache feu et flammes, mais il s'essouffle vite. Vous ne pourriez pas lui dire un mot en ma faveur si l'occasion se présente, hein ? Il dit toujours que vous êtes une fille raisonnable. Moi, je trouve que c'est ridicule de dire un truc comme ça, vous ne trouvez pas ? Vous parlez d'un compliment !

Cette fois, la chaise de Cyril heurta de plein fouet celle de Susan.

— Moi, je pense qu'une fille détesterait qu'on lui dise qu'elle est raisonnable.

— En effet, laissa sèchement tomber Susan.

Cyril la dévisagea, les yeux ronds.

— Ce n'était pas moi qui tenais ce langage, pas la peine de me regarder comme ça. Je vous admire comme ce n'est pas permis, vous le savez bien.

Se voir admiré procure toujours du plaisir, mais Susan, qui avait reculé sa chaise quatre fois de suite sans parvenir à se tenir à une distance suffisamment respectueuse du nez longiforme de Cyril et de ses yeux bleu pâle qui ne cillaient pas, commençait à se dire qu'elle aurait presque — pas tout à fait, mais presque — préféré qu'il ait continué à jouer du piano. Heureusement, Lucifer créa une diversion qui arrivait à point nommé. La soucoupe de lait avait détourné son attention du clavier dont les touches noires et blanches avaient cessé leur allègre petit jeu. Sautant avec légèreté par terre, il se coula subrepticement comme un tigre dans la jungle en direction de la table à thé sous laquelle sa maman à la somptueuse fourrure lapait paresseusement le lait qui emplissait une soucoupe bleu et or. Peut-être avait-elle remarqué son approche, peut-être pas, mais à l'instant où son museau apparut au-dessus du bord de ladite soucoupe et où une langue rose se tendit avidement vers le lait, elle lui flanqua un retentissant coup de patte sur l'oreille. Le chaton poussa un cri aigu, cracha et se replia toutes affaires cessantes en haut du piano où il se posta en grommelant. Il finirait bien, un jour, par faire front à la tyrannie maternelle, mais c'était encore prématuré. Une lueur de mauvais augure scintillait dans ses yeux d'ambre tandis qu'il lavait d'une patte humectée de salive l'affront subi par son oreille.

— Oh, vraiment, ces chats, Emmeline..., soupira Mildred Blake.

5

Susan se rendit le lendemain matin au Grand Bazar tenu par Mrs. Alexander, histoire de passer le temps et aussi pour faire l'emplette d'une carte postale représentant l'église et la tonnelle d'ifs de six cents ans d'âge qui y menait, carte qu'elle comptait envoyer à son professeur qui serait heureux de la recevoir. Elle examinait le présentoir en attendant que Mrs. Alexander ait fini de servir la gouvernante du Dr Croft, qui pouvait mettre aussi longtemps pour acheter une boîte de cirage qu'une petite danseuse pour choisir un tutu, quand Clarice entra dans le magasin et se précipita sur elle avec effusion.

— Ce que je pouvais avoir hâte de vous voir ! Hier, Miss Blake a dit en rentrant que vous étiez passée chez Mrs. Random. Vous devez dresser le catalogue des livres au Manoir, n'est-ce pas ? Comme j'aimerais avoir, moi-même, un emploi aussi plaisant et aussi facile ! Malheureusement, nous autres, pauvres infirmières... (elle poussa un soupir théâtral)... nous devons travailler dur. Mais dites-moi, ajouta-t-elle en baissant la voix (mais juste ce qu'il fallait), est-ce qu'Edward Random est bien là ? Quelqu'un m'a dit qu'il était rentré, mais, d'après Miss Blake, il n'est pas passé chez Mrs. Random. Peut-être qu'il est arrivé par le dernier train ?

Elle baissa encore imperceptiblement le ton.

— A moins qu'il ait préféré couper à la corvée du thé ?

Clarice Dean avait beau pousser des soupirs et se plaindre d'être surmenée, elle paraissait tenir la grande forme. Son maquillage éclatant lui allait à ravir, ses cheveux châtains flottaient sur ses épaules et ses yeux de gazelle pétillaient. Elle n'avait pas mis sa coiffe, mais sa tenue d'uniforme bleue, rehaussée d'un chemisier de mousseline blanche dont les manchettes bouffantes soulignaient les poignets, lui allait à ravir.

Mais elle n'avait pas posé sa question assez bas et sa voix musicale portait loin : Mrs. Alexander et la gouvernante du Dr Croft se retournèrent.

— Le mieux serait que vous le lui demandiez, dit Susan. Je suis en train de choisir des cartes postales.

Clarice se mit à rire.

— Vous êtes la discrétion faite femme ! Mais il est à Greenings, n'est-ce pas ?

— Oui.

— Nous étions très amis, tous les deux, vous savez. Oh ! Cela remonte à pas mal d'années. Je venais d'obtenir mon diplôme. J'ai soigné Mr. James Random quand il a eu sa maladie et, naturellement, je voyais beaucoup Edward. C'est pour cela que j'étais à nouveau là l'année dernière lorsque Mr. Random est décédé. Il voulait que ce soit moi, et personne d'autre, qui m'occupe de lui. Et dire que tout le monde croyait qu'Edward était mort ! Épouvantable, n'est-ce pas ? Que j'ai hâte de le revoir et de l'entendre me relater ses aventures ! Miss Blake prétend qu'il ne lâchera pas un mot, mais, moi, je suis sûre qu'il me racontera tout.

— Je ne crois pas...

Mais Susan n'alla pas plus loin : qu'Edward se débrouille avec Clarice, ce n'était pas son affaire à elle.

La voix épaisse et ânonnante de la gouvernante s'éleva :

— Vous y êtes pour rien, Mrs. Alexander, c'est pas moi qui prétendrais le contraire, mais je vous dis haut et ferme, et ça, j'en démordrai pas, que rien n'est plus comme c'était avant la guerre. Oh que non ! Que ce soit le cirage ou le cuir qu'on cire avec, c'est plus ce que c'était dans le temps. Enfin ! Je vais quand même en prendre une boîte de noir et une de marron, et je tâcherai de faire du mieux possible avec. Comme tout le monde.

— Vous avez bien raison, Miss Sims, pouffa Mrs. Alexander, mais qu'est-ce que vous voulez ? On est bien forcé de se faire une raison. Et vous verrez que ce cirage fera l'affaire. J'en parle en connaissance de cause puisque je m'en sers pour moi.

Elle s'approcha de l'autre bout du comptoir.

— Alors, comme ça, vous revenez nous rendre visite, ma chère petite ? dit-elle à Susan d'une voix chaleureuse. Quel plaisir de vous revoir ! Qu'est-ce que je peux faire pour vous ?

L'interpellée acheta ses cartes postales et Clarice des allumettes.

— Je ne sais pas ce que j'ai bien pu faire des miennes. Ah ! Miss Blake m'a dit de vous demander si vous avez des tomates bien mûres... et puis... Oh ! deux livres de ces pommes à cuire que Miss Ora aime tant. Elle a dit que vous sauriez desquelles il s'agit.

— Oui, bien sûr, répondit Mrs. Alexander en souriant de contentement. C'est celles de notre pommier. Je ne sais pas le nom, mais c'est une bonne espèce. Mon père déversait toujours une barrique d'eau dessus la première semaine de juillet pour que les pommes soient bien rebondies et on continue. Mais vous feriez mieux d'en prendre douze livres, c'est ce que Miss Blake fait toujours. Parce qu'avec Miss Ora, deux livres, ce sera vite parti, vous pouvez me croire.

Edward Random descendait la rue du village sans

regarder ni à gauche ni à droite. Quand il passa devant le bazar, Clarice Dean, un panier de pommes dans une main, un sac de tomates dans l'autre, sortit en trombe et l'arrêta net en lançant ses bras en avant. Ses yeux brillaient autant que ses joues.

— Quelle joie de vous revoir ! s'exclama-t-elle. Mais je suppose que vous ne vous souvenez même pas de moi... Clarice Dean. J'ai soigné votre oncle... vous vous rappelez ?

Effectivement, Edward se la rappelait, mais c'était un souvenir dépourvu de toute émotion. Un garçon et une fille dans un jardin, il y avait bien longtemps.

— Oui, je me rappelle. Comment allez-vous ?

— Je suis l'infirmière de Miss Blake... Miss Ora Blake. Et vous vous rappelez comment vous nommiez Miss Mildred ?

Son rire ravissant bien que quelque peu suraigu flotta d'un bout à l'autre de la rue. Elle se pencha pour dire dans un murmure :

— Miss Mildiou ! Quel grossier personnage vous étiez, non ?

— C'étaient de mauvaises manières d'écolier, je le crains.

Elle rit à nouveau.

— Vous étiez un écolier charmant... et vous aviez presque dix-huit ans ! L'après-midi, nous jouions au tennis pendant que votre oncle faisait la sieste et, grâce à vous, mon jeu s'est bien amélioré. Maintenant, je n'ai de loisir que pendant la soirée. On pourrait aller faire un tour au ciné si ça vous dit. Ils passent de très bons films au Royal. C'est que le métier d'infirmière est abrutissant, vous savez. Oh ! Dites qu'on ira !

— C'est que je dois succéder à Mr. Barr et je vais être pas mal occupé. Oh ! Attention... vous allez faire tomber vos pommes !

— Ce que je peux être idiote, hein ? pouffa Clarice.

C'est que je suis si heureuse de vous revoir ! Vous allez être l'agent de Lord Burlingham, c'est ça ? Mais vous ne serez pas à la tâche jour et nuit. Tenez... je vous téléphonerai d'ici un jour ou deux pour qu'on s'organise une petite sortie.

Et Clarice rentra dans le magasin en arborant un grand sourire.

— C'était Edward Random, annonça-t-elle. Il est effectivement rentré au pays, après tout.

— Oui, dit Susan.

— Merci de ne pas m'avoir suivie. Cela aurait risqué de gâcher nos retrouvailles. J'apprécie le tact dont vous avez fait preuve. En fait, je ne le connaissais pas très bien et le revoir me rend folle de joie. On va aller un de ces soirs au cinéma, tous les deux ! Oh, mon Dieu ! Il faut que je file sinon Miss Blake va sonner le tocsin à la fenêtre avec sa sonnette. C'est qu'elle l'a déjà fait une fois. Elle trouvait que Miss Brown, son infirmière de l'époque, restait trop longtemps à papoter avec Mrs. Alexander.

Clarice n'avait vraiment presque pas changé, se disait Edward en poursuivant son chemin. Elle était toujours aussi jolie et aussi coquette. Elle avait eu l'air très heureuse de le voir. Mais si elle s'était quasiment jetée dans ses bras, c'était un peu comme si elle s'était précipitée sur une bouée de sauvetage. Quand on a Mildred et Ora comme seule compagnie vingt-quatre heures sur vingt-quatre, on est sûrement soulagé de voir à peu près n'importe qui d'autre. Et Clarice s'évanouit de l'esprit d'Edward aussi soudainement qu'elle y avait surgi.

Les sœurs Blake vivaient dans une des vieilles demeures de la fin du XVIIIe. On avait une superbe vue panoramique depuis la fenêtre à saillie du premier étage en appui sur des piliers de pierre directement encastrés dans le sol. Du divan du salon où on l'installait à huit heures du matin, Miss Ora pouvait voir tout ce qui se passait dans la rue jusqu'au moment où, après le dîner, elle regagnait sa chambre qui donnait sur l'arrière de la maison. Il était impératif qu'elle soit de bonne heure au salon, faute de quoi elle aurait manqué le passage du facteur, et cela, il ne pouvait en être question. Là elle avait une vue idéale et pouvait suivre sa tournée d'un bout à l'autre de la rue. Elle avait su quand son petit ami avait cessé d'écrire à Maggie Ledbetter et quand la jeune Mrs. Harris avait commencé à recevoir toutes ces lettres de l'étranger, ce qui avait fait énormément causer jusqu'à ce qu'on apprenne qu'elle avait une tante qui habitait à Vancouver. Enfin, c'était ce qu'elle disait... Comme son mari était rentré de Malaisie peu après et qu'elle avait quitté Greenings, il était naturellement impossible de savoir si elle avait réellement une tante à Vancouver, mais les demoiselles Blake continuaient à avoir des doutes.

Clarice grimpa vivement l'escalier après avoir remis les pommes et les tomates à Mrs. Deacon, la bonne à tout faire qui était, de surcroît, une cuisinière hors pair. Miss Ora, tout excitée, l'attendait avec impatience.

— Ne me racontez pas que c'était Edward Random ! Je devrais d'ailleurs plutôt dire « ne me racontez pas que ce n'était pas lui » parce que j'ai bien vu que c'était lui et quand vous êtes sortie du magasin comme un boulet de canon, j'ai cru que vous alliez faire tomber toutes vos pommes !

— Moi aussi !

— Ce panier, c'est Mrs. Alexander qui vous l'a prêté ? Ce n'est pas un des nôtres. Et qu'y avait-il dans le sac en papier ? Des tomates ? J'espère qu'elles étaient mûres. Miss Brown prenait ce qu'on lui donnait sans y faire attention et sans jamais s'assurer que les fruits et les légumes étaient mûrs, c'était exaspérant. Mais qu'est-ce que vous avez à me parler de tomates alors que c'est d'Edward Random que je veux vous entendre causer ? Vous aviez l'air enchantée de le voir.

— Oh oui ! Je l'étais.

Miss Ora Blake avait une figure poupine toute rose, des yeux bleus protubérants et une abondante masse de cheveux blancs et pelucheux que retenait un ruban de satin bleu garni d'un petit volant de dentelle.

— De mon temps, une jeune fille n'aurait jamais dit une chose pareille, fit-elle en regardant Clarice d'un air empreint de solennité.

— Pourquoi n'aurais-je pas dit ça ? Nous nous voyions beaucoup lors de mon premier séjour à Greenings.

— *Qui remonte à sept ans.*

Clarice se mit à rire.

— C'est que nous étions très amis, vous savez — et je n'oublie jamais mes amis.

Sept ans ! Miss Ora entreprit de se livrer à de savants calculs. A cette date, il n'y avait certainement pas longtemps qu'Edward avait terminé sa scolarité. Il avait combien ? Dix-huit ans. Parce qu'il n'en avait pas plus de vingt-cinq à l'heure qu'il était. Elle se rappelait quand on le promenait encore dans son landau. Oui, il avait dans les dix-huit ans lorsque James Random avait eu sa méchante grippe et que Miss Dean était venue s'occuper de lui. Et elle avait déjà son diplôme d'infirmière. Elle avait l'air d'une jeunesse, on ne pouvait pas dire le contraire, mais elle avait sûrement quelques années de plus qu'Edward. Il ne fallait pas se fier à sa bonne mine. Oui, elle devait facilement friser la trentaine, conclut Miss Ora avec satisfaction.

— Il était très gros, ce panier de pommes, dit-elle sur un ton acerbe.

— Mrs. Alexander m'a dit...

— Mrs. Alexander veut vendre sa marchandise. Mais Mildred ne va pas être contente... vraiment pas contente du tout. Elle trouvera que c'est une dépense extravagante. Elle n'aime pas particulièrement les fruits et il faut faire attention avec elle. Vous feriez mieux de dire à Mrs. Deacon de cacher ces pommes pour qu'elle ne les voie pas, puis de rapporter son panier à Mrs. Alexander pendant qu'elle dînera.

6

Arrivé à la clôture du pavillon du garde, Arnold Random fit une pause avant de manœuvrer le loquet de la porte. De taille moyenne, il avait l'allure et la sécheresse de traits que les Random se transmettaient généralement de père en fils. Droits comme des i, presque tous avaient le teint sombre et des yeux marron ou noisette. Mais on peut avoir les mêmes traits et donner des impressions différentes. Chez James Random, ils avaient été empreints de bienveillance. Jonathan, lui, n'avait eu aucun point commun avec les autres : blond et tête en l'air selon les potins du village, il avait hérité le teint clair des Foxwell, la branche maternelle. Mais les caractéristiques typiques des Random avaient fait un retour en force chez Arnold, amplifiées même, eût-on dit, par cette éclipse temporaire. Il avait le port de tête distingué, le maintien assuré et les mains élégantes de la lignée aristocratique de la famille. La façon qu'il avait de regarder de haut ses contemporains aurait pu lui valoir la médaille d'or de la catégorie, comme l'avait fait un jour observer Lord Burlingham. Et c'était d'ailleurs de cette façon qu'il était en train de considérer le jardin d'Emmeline. Enfin, il souleva le loquet, fit quelques pas dans l'allée étroite menant à la porte et jeta un coup d'œil à la ronde.

Le parterre était, en fait, une sorte de longue tranchée rectangulaire taillée dans le parc — d'un côté, le jardin d'agrément avec ses plates-bandes et ses rosiers, de l'autre le potager. Il aurait dû être soigné et méticuleusement ordonné — c'est la règle pour le jardin des gardes. Mais ce n'était pas le cas. Emmeline le laissait aller à vau-l'eau depuis que James lui en avait accordé la jouissance. Les sourcils d'Arnold se froncèrent à ce souvenir. Non qu'il fît objection aux parterres en tant que tels. Il se rappelait les bordures de géraniums écarlates, de calcéolaires jaunes, de lobélies bleues disposés avec un goût parfait. Jamais la moindre fleur morte, jamais une feuille déplacée. Mais c'était du temps du vieil Hardy. Depuis l'installation d'Emmeline, tout allait de mal en pis. Des asters d'automne et des tournesols envahissants, des anémones roses et blanches, des gueules-de-loup et des mignardises au milieu des roses, sans compter des quantités d'autres fleurs à moitié flétries dont il ne prétendait même pas connaître les noms. Et les roses ! On ne voyait pour ainsi dire qu'elles ! Certes, elles profitaient bien — elles embaumaient l'air. Mais les rosiers n'étaient pas taillés, ils poussaient comme bon leur semblait. Il faudrait absolument arracher tout ça. Ce n'était plus un jardin, c'était un maquis à l'état sauvage ! Et il faudrait aussi faire des coupes claires dans les plantes grimpantes qui tapissaient la façade du pavillon.

Quelque chose agita soudain les broussailles et Lucifer, ex-Smut, en émergea, sa queue noire dressée toute droite, les yeux scintillants comme des gemmes au soleil.

— Toi, file ! dit Mr. Random qui n'aimait pas les chats.

Lucifer bondit, effectua une sorte de spectaculaire looping entre ciel et terre et, retombant sur ses pattes, fila comme un noir éclair, la queue en tire-bouchon.

Shéhérazade qui prenait le soleil sur le rebord d'une fenêtre suivait la scène avec impassibilité, mais Toby, un chat vraiment très laid aux pattes arrière incroyablement longues et qui n'avait qu'une oreille, plongea au milieu d'un fouillis de menthe verte et de lavande où il disparut corps et biens. Il avait été maltraité et avait reçu force coups de pied dans sa jeunesse avant qu'Emmeline l'eût recueilli, et il s'en souvenait. Si quelqu'un disait « File », eh bien, il filait.

Il y avait trois autres chats dans les environs immédiats, mais ils se désintéressaient totalement des événements. Arnold Random leur décocha un coup d'œil torve avant de secouer sans ménagement le heurtoir.

Emmeline ouvrit la porte avec, dans les bras, un minuscule chaton dont la mère, une belle persane grise, la suivait pas à pas en poussant des miaulements plaintifs. Emmeline portait une blouse bleue. Ses cheveux blonds auraient sans doute pu être un peu moins en bataille. Elle mettait de l'ordre dans la petite pièce du fond, ce qui avait eu pour effet de déranger Amina et sa progéniture, et cela n'avait pas du tout été du goût de la chatte. Un de ses petits s'était réfugié sous la commode — qui, comme le piano, avait fait partie de l'héritage de l'arrière-grand-mère d'Emmeline — et il ne voulait pas en sortir. Cela avait commencé à mettre Amina dans tous ses états. Bref, la visite impromptue d'Arnold tombait on ne peut plus mal. Mais comme il n'était pas question de le lui laisser entendre, Emmeline lui adressa un de ses sourires aimablement vagues en s'exclamant :

— Oh ! Quelle bonne surprise ! Entre, je t'en prie.

La corbeille d'Amina était à titre tout provisoire posée au milieu du salon. Poussant des plaintes déchirantes, le chaton qui l'occupait faisait des efforts désespérés pour essayer de jouer la fille de l'air. Emmeline le repoussa au fond du panier, y déposa celui qu'elle avait dans les bras afin de lui tenir compagnie et passa dans la cuisine pour aller porter la corbeille dans la pièce du fond, suivie par la chatte qui, la queue rigide, la suivait pas à pas en poussant des glapissements stridents.

Le silence reprit ses droits quand les portes furent refermées. Emmeline revint faire ses excuses.

— Je suis désolée, Arnold. Elle n'aime pas qu'on change ses petits de place.

— C'est bien ce que j'ai remarqué.

Il y avait belle lurette qu'Emmeline n'espérait plus voir Arnold faire preuve de cordialité, mais il n'avait pas toujours la mine aussi rébarbative. Il allait y avoir un moment pénible à passer. Et elle n'aurait jamais le temps de faire la pièce du fond, pour ne rien dire du petit qui s'était caché sous la commode. Se forçant à l'optimisme, elle se dit qu'il finirait par se fatiguer d'être là et se déciderait à en sortir. Nouant ses mains sur ses genoux, elle scruta son beau-frère avec attention. Il était contrarié, il suffisait à peine d'un coup d'œil pour s'en rendre compte. Le ménage, les choses qui ne sont pas à leur place, cela contrariait presque immanquablement les hommes. Même son cher Jonathan qui avait toujours si bon caractère...

Mais Arnold interrompit le fil de ses pensées.

— Il paraît qu'Edward loge chez toi.

— Oh, oui.

— Je crois savoir aussi que Lord Burlingham l'a engagé comme agent immobilier.

— Oh, oui. C'est vraiment chic de sa part.

— Vraiment? Ce n'était pas sous ce jour que je voyais les choses. S'il me fallait trouver un adjectif pour qualifier l'attitude de Lord Burlingham, je pense que ce serait l'épithète « insolente » qui me viendrait à l'esprit. Mais laissons cela. Je me suis simplement demandé quelles dispositions Edward avait l'intention de prendre. D'après ce que j'ai compris, Mr. Barr va conserver son appartement de fonction et je dois dire qu'il me paraîtrait tout à fait malséant qu'Edward loge au village... à supposer, d'ailleurs, que quelqu'un puisse ou veuille l'avoir comme locataire.

Une jolie couleur rose envahit les joues d'Emmeline.

— Mais c'est chez moi qu'il logera, Arnold. *Bien sûr.* Je n'ai jamais pensé qu'il pourrait en aller autrement. Lui non plus... en tout cas...

— Voilà qui est regrettable.

— Oh non !

Arnold qui était resté debout s'approcha de la fenêtre. Un autre de ces affreux chats était étendu de tout son long sur les coussins du pouf — il était jaune, celui-là, et il devait sûrement répandre des poils partout. Même si Arnold avait eu des velléités, si ténues fussent-elles, d'attendrissement — et, naguère, il était arrivé que les yeux d'Emmeline aient cet effet sur lui —, la seule vue de ce chat aurait suffi à le braquer définitivement. Cette maison était devenue positivement insalubre ! Il se retourna et dit d'une voix glaciale :

— Je suis désolé, mais je crains qu'il ne me faille vous demander à toi et à Edward de modifier vos projets.

Emmeline le dévisagea.

— Modifier nos projets ?

— Oui. Je ne souhaite en aucune manière vous gêner, mais Fullerby ne fait plus du tout l'affaire. Cela depuis longtemps déjà et je viens de lui donner son congé. Le jardinier que je compte engager a de la famille et je dois le loger. Si James a mis le pavillon à ta disposition, c'est uniquement parce que Fullerby avait sa propre maison au village.

Emmeline était visiblement abasourdie.

— Mais, Arnold, cela fait seize ans que j'habite ici. Je n'ai jamais pensé...

— Eh bien, il va le falloir. Si tu as le moindre doute

sur la légalité de ma décision, je peux te rassurer tout de suite. Je crois qu'aucun contrat de location n'a été signé et que tu n'as jamais payé le moindre loyer.

— C'est vrai. James, ajouta-t-elle après une courte pause, était un frère très affectionné.

— Tu n'avais pas de bail et tu ne payais pas de loyer, répéta Arnold, impavide. Si je ne me trompe, c'est James qui t'a fourni les meubles. Il s'agit purement et simplement d'un prêt.

— Il y en a qui sont à moi.

— Bien sûr. Mais tu ne peux pas prétendre être locataire d'un logement non meublé. En fait, tu n'es pas locataire du tout. James t'a seulement autorisée à résider dans ces murs parce qu'il n'avait pas besoin du pavillon pour loger un jardinier. Moi si.

Emmeline avait toujours les mains croisées sur les genoux. Ses yeux écarquillés avaient le regard innocent qu'il trouvait absolument ridicule pour une femme de cet âge. C'était presque comme si elle ne comprenait pas un traître mot de ce qu'il disait...

Il éleva la voix :

— Comme je le disais, je ne veux pas te mettre dans une situation gênante. Sans doute voudras-tu trouver un endroit où t'installer. Je te suggère de chercher une chambre meublée à Embank, par exemple...

Il s'interrompit devant le hochement de tête de sa belle-sœur.

— Non, je n'en ai aucune envie.

— C'est à toi que la décision appartient. Je n'ai pas d'ordres à te donner.

Elle le regarda dans le blanc des yeux.

— Ce n'est pas à cause de Fullerby ni du nouveau jardinier... n'est-ce pas, Arnold? C'est à cause d'Edward. Il te déplaît qu'il habite ici.

— J'estime, en effet, que sa présence en ces lieux est tout à fait inopportune.

— Cette maison a toujours été sa maison, Arnold. Elle demeurerait la sienne si James n'avait pas été persuadé de sa mort.

Cette fois, Arnold laissa ses sentiments éclater au grand jour.

— Burlingham l'a mis à la tête de son agence uniquement dans le but de m'exaspérer ! Je suppose que c'est l'idée que, dans son esprit vulgaire, il se fait d'une bonne blague ! Installer la brebis galeuse de la famille chez le voisin ! On ne peut évidemment pas attendre d'un porc qu'il pousse autre chose que des grognements, mais je suis bien forcé de te dire que je suis surpris que tu te sois prêtée à une manœuvre aussi ignoble, Emmeline. Puisque tu sembles nourrir de l'affection pour Edward, tu devrais être capable de te rendre compte que tu lui rends un bien mauvais service en le poussant sous les feux de la rampe et en remuant des tas de choses qu'il serait et, de beaucoup, préférable d'oublier. Si tu tiens vraiment à lui, tu serais bien inspirée de le convaincre d'aller autre part.

Emmeline dardait toujours les yeux sur son beau-frère.

— Et s'il s'installait ailleurs ?

— Cela vaudrait bien mieux pour lui. S'il va quelque part où personne ne le connaît, il pourra prendre un nouveau départ. Savoir où il était et ce qu'il a fait au cours des cinq années écoulées n'intéressera personne. Ici, en revanche...

Le mouvement que fit Arnold en redressant la tête mit son profil en relief.

— Pourquoi est-il revenu à Greenings où tout le monde ou presque a sa petite théorie à scandale pour expliquer ce qu'il a fait depuis cinq ans ? Le mobile que poursuit Burlingham saute aux yeux. Il sait quelle opinion j'ai de lui et il n'a qu'une envie : m'incendier, pour parler aussi vulgairement que lui. Mais quelles sont les motivations d'Edward ? Et les tiennes ? Alors, c'est bien clair, n'est-ce pas ? Si jamais il vient s'installer ici, toi, tu prends la porte !

Il avait presque hurlé le dernier mot. Cette scène aurait paru surprenante à quelqu'un qui ne l'aurait connu que superficiellement. Mais Emmeline n'était pas autrement étonnée. Ce n'était pas la première fois qu'elle voyait son beau-frère perdre son sang-froid. Cela arrivait d'un seul coup comme c'était maintenant le cas — quand un chien avec lequel il jouait lui avait donné un coup de dent, quand un cheval l'avait désarçonné parce qu'il avait mis son sabot dans un trou : quand il avait à faire face aux conséquences d'une bévue quelconque. Elle avait toujours su que derrière son calme et sa réserve apparents, il y avait en lui quelque chose d'instable, quelque chose qui était susceptible de craquer si la pression se faisait trop forte. Quelle était la pression à laquelle il se trouvait présentement soumis ? se demandait-elle en scrutant son visage.

Et Arnold, quant à lui, était épouvanté. Il avait totalement perdu le contrôle de la situation. Il avait dit des choses qu'il n'avait en aucun cas eu l'intention de révéler. Des choses qui bouillonnaient au fond de son esprit, mais qui n'auraient jamais dû sortir de sa bouche. Son intention avait été d'être calme, raisonnable et digne. Il engageait un nouveau jardinier, il avait besoin du pavillon, il était malheureusement contraint de prier Emmeline de prendre d'autres dispositions. Au départ, il était hors de question de faire la moindre allusion, si lointaine fût-elle, à Edward. Et maintenant, il ne lui était plus possible de revenir à son plan primitif placé sous le signe de la placidité.

Emmeline le regardait, ses yeux d'un bleu intense tranchant sur le bleu fané de sa blouse.

— Pourquoi as-tu peur qu'Edward vienne habiter ici ? demanda-t-elle.

7

Susan sortit du bazar avec ses cartes postales et un sac de tomates que Mrs. Alexander lui avai demandé de remettre à Emmeline de sa part.

— C'est ma récolte, avait-elle précisé. Je ne devrais peut-être pas le dire, mais c'est Mr. Fullerby qui me fournit les plants. Les tomates qu'il fait pousser au Manoir sont des splendeurs. Il remporte tous les prix à la foire d'Embank. C'est bien dommage qu'il s'en aille.

— Ah bon? Il s'en va?

— C'est ce qu'on m'a dit, mais ne le répétez pas. Le torchon brûle plus moins entre Mr. Arnold et lui à ce qu'il paraît. D'ailleurs, peut-être bien que ça l'arrange. Il a sa maison, il touchera sa retraite et s'il veut la compléter en faisant des petits boulots, Miss Blake et le Dr Croft ne demanderont pas mieux que de l'embaucher au noir. C'est finalement Mr. Arnold qui s'en mordra les doigts ,si vous voulez mon avis.

Susan avait alors pris les tomates, mais Mrs. Alexander était loin d'en avoir fini.

— Je ne sais pas si vous êtes au courant, Miss Susan, mais le William Jackson, il va partir, lui aussi. Il s'est fait licencier pas plus tard qu'hier d'après ce qu'on m'a causé. J'ai toujours dit qu'il finirait un jour ou l'autre par aller trop loin. Il reste tous les soirs au Lamb jusqu'à la fermeture... quand il ne passe pas la soirée à Embank, et il n'arrive à son travail qu'à la fin de la matinée. La pauvre Annie ! C'est qu'elle ne rit pas tous les jours avec lui, la malheureuse ! Dieu seul sait ce qu'elle espérait quand elle l'a épousé. Vingt ans, qu'elle avait. Elle en avait quatorze quand votre tante Lucy l'avait prise à son service. Je vous demande un peu ! Se marier avec un bon à rien qui n'en voulait qu'à ses économies et aux sous que Miss Lucy lui avait laissés !

Susan se rappelait parfaitement William Jackson, un des aides-jardiniers du Manoir. Des cheveux rouquins, une tête de furet. Elle n'avait jamais eu de sympathie particulière pour lui. Annie avait fait une belle sottise en l'épousant. Jamais tante Lucy ne l'aurait laissée faire pareille bêtise. Tout ce qu'on pouvait espérer était que les choses ne soient pas aussi catastrophiques que Mrs. Alexander le laissait entendre, mais quand Susan posa la question, celle-ci secoua la tête.

— Non, ce n'est pas le cas, hélas ! Cette pauvre Annie n'est plus qu'une épave. Et, en plus, coincée dans cette maison isolée de l'autre côté de la souille ! Pas étonnant s'ils l'ont eue pour une bouchée de pain ! Franchir la souille en posant les pieds sur les pierres qui dépassent de l'eau une fois la nuit tombée ou quand il pleut des cordes, c'est tout ce qu'il y a de dangereux. Ce qu'il faudrait, c'est qu'on construise un pont, mais au prix qu'est la vie au jour d'aujourd'hui... Dommage qu'ils y aient pas pensé au temps de la reine Élisabeth quand la journée de travail était payée un penny...

— En ce temps-là, ce qu'on pouvait acheter avec un penny reviendrait maintenant à je ne sais combien de shillings, dit Susan en riant. Ça payait le loyer de la maison, la nourriture et l'habillement de toute la famille.

— Si seulement c'était encore comme ça ! soupira Mrs. Alexander.

Sur le chemin du retour, Susan ne pensait ni à la dévaluation de la monnaie, ni à Fullerby, ni à William Jackson, ni même à la pauvre Annie. Elle avait deux images à l'esprit et il n'y avait rien à faire pour qu'elle s'en débarrasse. Dans la première, elle était sur le chemin poussiéreux reliant Greenings à Embank, sa valise à ses pieds, tendant les mains à Edward Random. Dans l'autre, Clarice Dean se tenait pratiquement de la même manière au milieu de la rue du village. L'image de Clarice avait infiniment plus d'éclat et de grâce que celle, un peu vague, de Susan Wayne, et cette dernière avait le sentiment d'avoir été dépassée. Elle se sentait humiliée. C'était ridicule, mais c'était comme ça. Elle avait eu chaud au cœur à la vue d'Edward et ne l'avait pas caché, elle n'avait rien d'autre en tête. Et puis Clarice avait exprimé par son attitude pratiquement la même émotion, mais autrement mieux qu'elle. Une flamme qui s'allume... un chatoiement de couleurs...

A quatre pattes dans la pièce du fond, Emmeline, armée d'un balai, essayait de faire sortir de dessous la commode le chaton qui s'accrochait de toutes ses griffes au tapis tandis que, dans la cuisine, Amina poussait des gémissements à fendre l'âme.

— Peut-être que si on enlevait les tiroirs...

— En général, ces meubles anciens sont inébranlables.

Les deux femmes sortirent le tiroir du bas qui, rempli d'albums de photos, pesait un poids pas croyable. Comme le craignait Susan, la commode était en chêne massif, mais juste au milieu, là où s'était trouvé le plus lourd des albums, les planches s'étaient fendues. Les deux femmes poussèrent, tirèrent, soulevèrent les pieds de la commode avec un outil et après une demi-heure d'efforts exténuants, alors qu'elles étaient sur le point de renoncer, convaincues qu'elles n'y arriveraient jamais comme ça, le chat, qui commençait sans doute à avoir faim, émergea de sa cachette en rampant — on aurait dit un petit serpent noir —, les considéra d'un œil réprobateur et bâilla au nez d'Emmeline.

Ce fut une fois seulement que la pièce eut recouvré son aspect et son désordre coutumiers qu'Emmeline, qui avait finalement décidé d'accorder le sursis à la plupart des choses qu'elle avait l'intention de jeter, dit à Susan de son ton habituel :

— Arnold est passé me voir ce matin. Il veut me mettre à la porte. Mais il vaut mieux ne pas le dire encore à Edward. J'ai peur que ça ne lui fasse du souci.

8

Il était presque dix heures et il faisait nuit noire quand Edward qui était resté jusqu'à point d'heure à discuter avec Mr. Barr arriva à la souille. Il sortit sa lampe de poche pour éclairer les pierres qui permettaient de la franchir à pied sec, encore que, la force de la mémoire aidant, ses pieds les auraient retrouvées sans difficulté. Il avait beaucoup plu la nuit précédente et le ruisseau avait grossi. Les pierres étaient glissantes et celle du milieu était recouverte d'une mince pellicule d'eau.

Edward s'élança et sauta de pierre en pierre. Jamais il ne s'était senti aussi détendu, jamais il n'avait éprouvé un tel sentiment de liberté au cours des cinq pénibles années précédentes. Il ne pleuvait plus — il n'avait pas plu de la journée —, mais l'air était humide et il faisait très doux. « *East, west, home's best* », chantait une petite voix dans sa tête. Le seul endroit où l'on est vraiment chez soi, c'est celui où l'on connaît chaque branche et chaque pierre, chaque homme, chaque femme et chaque enfant, où, quand on regarde autour de soi, on sait que des hommes du même sang que vous ont contribué depuis trois cents ans à donner leur aspect aux choses qui vous entourent.

Une fois sur la berge de la souille, il vit la silhouette

noire du clocher qui se détachait sur le ciel. Une vague lueur rendait visibles les découpures d'une fenêtre à meneaux, celle de la tribune de l'orgue.

Edward se raidit d'un seul coup. Eh bien, si ! Il y avait quand même un petit détail de la routine qui lui était sorti de la tête : on était vendredi et Arnold venait tous les vendredis de neuf heures à dix heures répéter les morceaux qu'il jouerait au service du dimanche. Le Manoir avait maintenant l'électricité et l'église était branchée sur la ligne. Fini le temps où un gamin du village devait se battre avec les soufflets. C'était un bel instrument et Arnold était à son affaire avec lui. Le village était très fier de son organiste. L'été, les amateurs de musique venaient l'écouter quelques minutes. Mr. Arnold jouait merveilleusement, disaient-ils en repartant.

Mais Edward ne se sentait nullement enclin à rester écouter. Le bref instant d'attendrissement nostalgique auquel il avait cédé était déjà passé. Fronçant les sourcils dans l'obscurité, il poursuivit sa marche en accélérant l'allure — et ce fut tout juste s'il n'entra pas en collision avec quelqu'un qui arrivait du village d'un pas mal assuré en faisant des zigzags.

— Attention, mon vieux ! lança-t-il d'une voix sèche en tendant la main pour le retenir.

Le type avait visiblement bu. Il chancelait sur ses jambes.

— 'vous d'mande pardon, m'sieu, bafouilla-t-il.

Edward dirigea sa lampe sur lui. Des cheveux rouquins. Le visage blanc comme un linge. S'il n'avait pas eu ce teint livide, Edward ne l'aurait peut-être pas reconnu, mais qu'il pleuve, qu'il vente ou qu'il fasse soleil, William Jackson gardait toujours cette pâleur maladive. « Un vrai fromage à la crème », comme disait le vieux Fullerby. Pas de problème, c'était bien William Jackson — et il ne s'était pas amélioré !

Il se raidit quand Edward l'appela par son nom.

— Ça va bien, Mr. Edward... j'rentre à la maison... c'est moi... j' rentre.

— Alors, fais attention en traversant. Les pierres sont glissantes.

L'autre émit un petit rire incertain.

— Vous faites pas d'souci, j'peux pas glisser, même si c'était c'que j'essaierais. Avec mes semelles cloutées, y a pas danger... et ces pierres, j'passe dessus quatre fois par jour tous les jours que le bon Dieu fait. C'est dans l'vieux pavillon juste après le tournant qu'on habite avec Annie, maintenant... ça fait quelque chose comme dans les deux ans qu'on est marida... moi et Annie. Annie Parker, quoi, qui travaillait chez Miss Lucy. Comme elle lui avait laissé un joli petit paquet d'oseille quand elle est morte, Miss Lucy, on a acheté la maison et on a publié les bans.

Si l'alcool que William Jackson avait bu lui coupait les jambes, il n'avait aucun effet sur sa langue, et il était d'humeur à poursuivre la conversation.

— Eh bien, tu ferais mieux de continuer ta route, dit brusquement Edward qui, lui, n'avait nulle envie de rester là à l'écouter. Et fais attention où tu poses les pieds.

William Jackson oscilla sur ses jambes. Il pouvait se tenir tout droit s'il voulait — aussi droit que n'importe qui d'autre. L'ennui, c'était qu'il ne savait pas s'il voulait continuer sa route ou repartir dans l'autre sens. Mr. Arnold était à l'église et s'il s'était envoyé cette dernière pinte, c'était pour avoir le courage d'aller le trouver et de lui dire ce qu'il avait l'intention de lui dire, pas vrai ? Mais maintenant, y avait Mr. Edward qu'était là... Alors, si c'était à lui qu'il racontait sa petite histoire, hein ? Ils étaient dans le coup tous les deux, au fond... Mr. Arnold dans l'église et Mr. Edward sur le chemin. Il ne savait pas trop... il aurait pas dû boire cette dernière pinte...

— Mr. Edward..., commença-t-il d'une voix mal assurée.

Mais Edward s'éloignait déjà.

— Bonne nuit, Will, dit-il.

Et il n'y eut plus personne. Rien que le bruit de plus en plus lointain de ses pas, aussi rapides et aussi assurés que quand ils étaient encore tous les deux des gamins. Peut-être qu'il aurait dû lui parler, à Mr. Edward... mais c'était l'autre qui avait le blé. William secoua la tête et resta un moment à piétiner sur place. Enfin, il fit demi-tour et se dirigea vers l'allée d'ifs menant à l'église.

9

La séance de couture tirait à sa fin. L'opération ouvroir, timidement lancée sur l'initiative de Mrs. Ball qui s'était engagée dans le mouvement Sauvegarde de l'Enfance, s'était avérée une réussite. Tous les vendredis, la plupart des dames du village qui étaient disponibles se retrouvaient dans le salon du presbytère pour jouer bénévolement de l'aiguille. Ces réunions placées sous le signe de la charité étaient l'occasion rêvée d'échanger potins et commentaires, et chacune de ces charitables personnes nourrissait l'espoir que la recette du délicieux gâteau qui leur était toujours servi à neuf heures et demie lui serait confiée — à elle et à elle seule. Hélas, c'était là une vaine espérance. Les discrets sous-entendus, les compliments, les promesses d'échange ne suscitaient de la part de la toujours modeste et obligeante Mrs. Ball qu'un hochement de tête accompagné d'un sourire et une aimable fin de non-recevoir : « Je suis désolée, mais c'est un secret de famille que j'ai promis de ne pas rompre avant que ma tante Anabel ne m'y ait autorisée. » Mrs. Pomfret, dont le mari cultivait ses terres à l'est de Greenings, avait eu beau lui promettre en échange la recette authentique de la bouillie de froment remontant au XVIIIe siècle, Miss Sims, le truc infaillible qui permettait de conserver les pommes de terre nouvelles en l'état jusqu'à Noël, Miss Blake l'art et la manière (qu'elle tenait de son arrière-grand-mère) de faire la crème brûlée, entremets qui, proclamait-on, était encore plus délectable que la célèbre crème Oxford, Mrs. Ball s'était montrée intraitable. Chaque fois qu'on avait essayé de la forcer dans ses derniers retranchements, elle poussait un profond soupir à un moment ou un autre de la soirée qui suivait et confiait au vicaire son époux qu'elle s'en voulait affreusement. « Seulement, ajoutait-elle, elle m'a fait promettre de garder le secret et m'a dit que son fantôme viendrait me hanter si jamais il sortait de la famille. » Mais le vicaire avait alors la cruauté de rire. D'après ce qu'il avait entendu dire sur son compte, il préférait en effet éviter la visite de la tante de son épouse.

Il n'était pas loin de dix heures et ces dames se préparaient à partir.

— Oh ! Un peu plus et j'allais oublier ! s'exclama Mrs. Alexander qui était en train de faire ses adieux. Cette pauvre Annie Jackson est passée me voir au début de l'après-midi. Elle cherche du travail et je lui ai promis d'en parler autour de moi. Apparemment, son mari a perdu sa place et ils n'ont plus de rentrées.

Miss Blake eut un reniflement méprisant.

— Elle a voulu l'épouser, oui ou non ? Elle n'a que ce qu'elle mérite. Je lui ai dit à l'époque qu'elle le regretterait jusqu'à son dernier jour. Et savez-vous ce qu'elle m'a répondu ? « Chacun a sa vie à mener et je mène la mienne comme je l'entends. » Et voilà où ça l'a conduite ! Je n'ai jamais apprécié William Jackson et je ne connais personne qui ait de la sympathie pour lui ! Et il dégringole la pente de plus en plus vite depuis qu'il a mis la main sur les économies d'Annie !

— Elle ne doit pas rire tous les jours, dit Mrs. Ball.

Mildred Blake releva le menton.

— Oh ! C'est qu'elle l'a bien cherché ! Quand on ne

tient pas compte des avertissements, il ne reste plus qu'à subir les conséquences de ses actes inconsidérés. Eh bien, bonne nuit, Mrs. Ball. J'entends qu'Arnold Random est en train de répéter. Je vais faire un saut à l'église pour lui parler du service de dimanche prochain parce que si je dois jouer, il faut que je le sache le plus tôt possible. Il ne peut quand même pas espérer que je chante deux psaumes, trois cantiques et que je joue une paire de morceaux à l'orgue comme si je ne faisais que ça tous les jours.

Mrs. Ball était soulagée qu'on ait cessé de parler de la pauvre Mrs. Jackson.

— Ah oui, c'est vrai ! Il doit en principe passer le week-end à Londres, n'est-ce pas ?

Le presbytère était contigu à l'église de sorte que, pour s'y rendre, Miss Blake n'avait pas à passer par l'allée d'ifs. Elle prit le raccourci par le cimetière qui la conduisit jusqu'à la petite porte au-dessus de laquelle brillait la fenêtre éclairée et qui, elle le savait bien, n'était pas fermée. Trente ans plus tôt, c'était par là qu'elle se glissait dans l'église pour écouter Arnold Random et elle rentrait avec lui quand il avait fini de jouer. Mais ces trente années n'avaient ni attendri son cœur ni lénifié son caractère. Même après tout ce temps, elle n'éprouvait pas l'ombre d'un sentiment d'indulgence à l'égard d'Arnold Random.

Comme elle longeait l'église, elle prit conscience que l'orgue s'était tu. En fait, elle ne l'avait pas entendu depuis qu'elle avait quitté le presbytère, mais elle était sûre qu'il jouait au moment où elle parlait d'Annie Jackson avec Mrs. Ball. Arnold n'était pas parti : sinon, il aurait fermé la porte en s'en allant. Il devait être en train de ranger ses partitions. Somme toute, c'était aussi bien comme ça : elle n'avait aucune envie de rester à l'écouter. Il y avait belle lurette qu'elle avait cessé de s'intéresser à la musique comme à bien d'autres choses.

Elle était encore capable faire courir ses doigts sur les touches, mais son talent s'arrêtait là.

Elle poussa la petite porte qui donnait directement dans l'église et entra. L'orgue était à gauche. L'organiste était caché par un rideau derrière lequel se trouvait la source de la lumière qui, dehors, éclairait vaguement la fenêtre à meneaux. Miss Mildred alluma la torche dont elle s'était déjà servie en traversant le cimetière et s'avança. Ce fut alors qu'elle entendit des voix. D'abord, celle, sèche et aiguë, d'Arnold Random qui disait quelque chose comme « Ce ne sont que des radotages ». A cela quelqu'un répondit avec l'accent du pays et, à en juger par la façon que cette personne avait de bredouiller, elle ne devait pas être à jeun.

Miss Mildred s'avança sans bruit.

— Et à supposer que c'est pas du radotage, Mr. Arnold ?

A ce moment, elle identifia la seconde voix : c'était celle de William Jackson.

— Supposez que ce que j'viens de vous dire, c'est la vérité d'évangile ?

— Vous êtes ivre ! répliqua Arnold Random sur un ton cassant.

De l'endroit où elle se trouvait, Miss Mildred apercevait un bras de William Jackson — du coude à l'épaule. On avait poussé le rideau et il se tenait à quelque distance de l'ouverture. Quand il fit un pas mal assuré vers sa gauche, le faisceau de la lampe éclaira les cheveux roux qui hérissaient sa nuque.

— Ah non, v'faites erreur, mon bon m'sieu. J'suis pas ivre. J'aurais peut-êt' pas dû m'l'enfiler, cette dernière pinte, mais j'suis point saoul. J'suis peut-êt' pas aussi solide qu'je devrais sur mes guiboles, mais j'ai la tête tout ce qu'il y a de clair. Et, il y a un an, Mr. James m'a fait venir dans son bureau avec Billy Stokes pour qu'on soit ses témoins à cause qu'il faisait son testament. Tenez, hier, ça remontait juste un an jour pour jour.

— Et alors ?

— C'est pour causer de c't' affaire avec vous qu'je suis venu vous voir ce soir. Moins d'une semaine plus tard, Mr. James cassait sa pipe. Tout le monde pensait qu'il allait se remettre, que son infirmière allait s'en aller et tout ça. Et pan ! Il casse sa pipe. Et puis Billy qui s'était engagé dans la Marine est tombé à l'eau. On l'a plus jamais revu. Alors, y a plus que moi qui peux dire sous serment que Mr. James a bel et bien écrit son testament.

— Vous êtes saoul, Jackson. Naturellement que Mr. Random a rédigé un testament ! Qui a été signé par des témoins, enregistré et tout le toutim. Maintenant, déguerpissez et rentrez chez vous. Je vais boucler la porte.

Williamson se balançait d'une jambe sur l'autre.

— Pas si vite, mon bon monsieur. Si vous voulez pas écouter c'que j'ai à vous dire, ben, j'en connais des qui demanderont pas mieux. Mr. Edward, par exemple.

— Que voulez-vous dire par là ?

— C'est à propos de lui, justement. Y a trois ans, tout le monde sans exception croyait qu'il était mort. Mr. James, il en était convaincu. Alors, il a fait venir un notaire d'Embank et il a modifié son testament. Peut-êt' que j'ai passé devant la fenêtre de son bureau juste au moment où il restait plus qu'à le signer. Peut-êt' que mes yeux, ils étaient pas bien à leur place dans ma tête. Peut-êt' que j'ai pas pu voir de l'autre côté de la vitre comment qu'il était, le papier qu'il signait. Une grande feuille de papier blanc format ministre qu'était tapée à la machine, et Mr. James Random qui se penchait dessus pour mettre son nom en bas. Et il y avait le notaire, son clerc et la dame qui logeait dans la maison — comment qu'elle s'appelait, déjà ? Ah oui ! Mrs. Peabody.

Elle est repartie le lendemain, Mrs. Peabody. Pour aller en Australie ou je ne sais où.

— Vous êtes saoul, Jackson, répéta Arnold Random d'une voix égale mais atone.

William se mit à rire — ce qui fit sursauter Mildred Blake.

— C'est parce que j'ai vu par la fenêtre Mr. Random signer son testament que vous dites que je suis saoul ? Et il y a eu hier un an jour pour jour, je l'ai vu en signer un autre. Celui-là, il était pas rédigé sur du papier blanc, mais sur du bleu, il était pas tapé à la machine, mais écrit à la main et les témoins, c'étaient pas le clerc du notaire et Mrs. Peabody, mais Billy Stokes et moi. C'est pas de boire une pinte de trop au Lamb qui vous saoule son homme, Mr. Arnold, et, moi, même quand je suis bourré à mort, je reste frais comme un gardon. Alors, si vous me croyez pas, j'en connais d'autres qui me croiront, eux. Mr. Edward, pour commencer. Supposez que j'aille lui raconter ce que j'ai vu et entendu, hein ? Billy, il était reparti. Mr. James Random, le front dans la main, contemplait la feuille de papier bleue qu'était posée devant lui. Je lui ai demandé s'il voulait que je m'en aille. Alors, il a levé la tête, il m'a regardé et il a dit sur un ton très solennel : « Vous avez grandi ensemble, Mr. Edward et toi. Cette nuit, je l'ai revu en rêve aussi clairement que je te vois là et il m'a dit : "Je ne suis pas mort et je vais revenir." C'est pour ça que j'ai fait un nouveau testament et que je t'ai demandé d'être témoin. Quand il reviendra, il ne faut pas qu'il découvre qu'il ne lui reste plus rien. Je voudrais que tu te rappelles mes paroles, William. Et que tu les lui répètes quand il sera revenu. »

Ce fut Arnold Random qui brisa le long silence qui suivit.

— Et pourquoi ne les lui avez-vous pas répétées ?

William Jackson gratta le sol de son pied.

— J'm'ai dit qu'il valait mieux attendre. Je pensais bien qu'il reviendrait. Et puis j'ai appris que ça y était — il était là. Mais c'était pas un truc à mettre noir sur blanc. J'voulais pas avoir d'ennuis, pas ? Mais comme vous m'avez mis à la porte...

— Vous avez eu l'idée de fabriquer cette histoire absurde !

Le hochement de tête de Jackson n'échappa pas à Miss Blake.

— J'ai rien fabriqué, Mr. Arnold. Rien inventé. C'est la vérité vraie. Mr. James a refait son testament et je suis prêt à jurer sur la Sainte Bible que je l'ai vu le signer de sa main, après quoi Billy et moi on a signé à notre tour. Et qu'il m'a dit qu'il avait vu Mr. Edward dans un rêve et que Mr. Edward lui a dit qu'il était pas mort. Mais c'est pas que je souhaite vous causer des ennuis, Mr. Arnold. Si vous me reprenez à vot' service avec une p'tite augmentation à la clef, peut-êt' ben...

On eût dit qu'Arnold Random avait reçu un coup de massue. Sous le choc, il ne put que dire une fois de plus à Jackson qu'il était saoul. C'était sa seule défense, sa seule arme et il se rendait bien compte de sa faiblesse. Si William s'était saoulé aujourd'hui, il serait dessaoulé demain. L'ivresse lui avait fait sortir ces paroles de la bouche ou lui avait délié la langue jusqu'à ce qu'il puisse les cracher. Mais maintenant qu'il les avait prononcées, pourrait-il les renfermer à nouveau dans la boîte de Pandore quand il aurait éliminé l'alcool qu'il avait ingurgité ? C'était sans doute du domaine du possible. S'il était réembauché avec un salaire amélioré, il continuerait à se taire — pour cette fois-ci. Jusqu'à ce que les fonds soient en baisse et qu'il ne puisse plus résister au désir de poursuivre son chantage.

Parce que, dans le silence qui était retombé, l'idée qu'il était victime d'un chantage se faisait de plus en plus nettement jour dans l'esprit d'Arnold. Dire amen une fois, accepter une fois de payer, et c'était fini : on avait les fers aux pieds jusqu'à la fin de sa vie. La vie de qui ? La chaîne ne serait rompue que quand l'un des deux serait mort... et William avait au bas mot trente ans de moins que lui. La rage s'empara d'Arnold, balayant tout sur son passage, et sa fureur se donna libre cours.

— Espèce d'ignoble maître chanteur ! explosa-t-il.

Et ce n'était que le début. Mildred Blake avait beau se boucher les oreilles, les mots qu'Arnold hurlait sonnaient haut et clair. Quel langage ! Et dans une église, qui plus est ! Il y avait même des mots qu'elle ne connaissait pas. Quelle inconvenance ! C'était scandaleux ! Plus que cela... sacrilège !

Elle battit précipitamment en retraite. Les voix furibardes la poursuivaient tandis qu'elle s'éloignait. Elle était choquée, bien sûr — tout à fait choquée, terriblement choquée —, mais cela n'empêchait pas son esprit de fonctionner. William Jackson avait dit la vérité, il n'y avait pas le moindre doute là-dessus : James Random avait rédigé un autre testament annulant celui par lequel il faisait d'Arnold son légataire universel. Quelques jours avant son décès, il avait été visité par un rêve qui l'avait convaincu que son neveu Edward était vivant et il avait modifié le document exprimant ses dernières volontés. Le contenu du second testament était clair comme de l'eau de roche. Si Arnold l'avait fait disparaître, ce serait le déshonneur et il irait en prison. Et s'il continuait de faire comme s'il en ignorait l'existence, il devrait faire face à un chantage et se trouverait devant l'alternative suivante : payer ou perdre son héritage.

Mildred Blake était l'une des rares personnes à deviner tout ce que la possession du Manoir représentait pour lui. Il y avait eu une époque — voici trente ans — où ils avaient été intimes au point de pouvoir presque lire chacun les pensées de l'autre. Pendant une courte

— très courte — période, tout avait été d'une clarté lumineuse entre eux. Ce qu'Arnold avait alors vu l'avait tellement effrayé qu'il avait fait machine arrière. Et ce qu'elle avait vu, elle, Mildred Blake ne l'avait pas oublié. C'était de nouveau bien vivant.

Dans l'église, les voix s'étaient faites de plus en plus sonores. Des bruits de pas se mêlèrent à elles. La vision de Mildred Blake s'était accoutumée à l'obscurité. Sans allumer sa lampe, elle s'élança en courant vers l'allée d'ifs conduisant au porche d'entrée du cimetière.

10

Il était sept heures du matin quand Jimmy Heard, tout essoufflé d'avoir couru, frappa à coups redoublés à la porte du presbytère. Il avait douze ans et pour aider un peu sa mère qui était veuve, il vendait les journaux. Pour cela, il se rendait à bicyclette à Embank pour les chercher au train de 7 h 20. Son père avait été employé comme gardien de bétail dans l'une des fermes de Lord Burlingham et la famille avait été autorisée à loger dans une bicoque assez délabrée située au bord du chemin de l'autre côté du ruisseau. Il était en larmes quand Mrs. Ball en robe de chambre vint ouvrir.

— Oh, m'dame, il est mort, dit-il d'une voix haletante entre deux sanglots. Il s'est noyé ! Il est dans l'eau et j'ai pas pu le bouger ! Oh, m'dame !

Mrs. Ball le prit par les épaules. Dieu ! Qu'il était maigre ! Évidemment, un garçon en pleine croissance...

— Qui est-ce ?

Il tremblait.

— William Jackson, m'dame. Oh, m'dame ! Il s'est noyé... dans la souille ! Oh, m'dame !

Mrs. Ball appela le vicaire qui appela son sacristain et ils descendirent tous les quatre jusqu'à la souille. William Jackson gisait à plat ventre dans l'eau dont la profondeur n'atteignait pas un mètre. Ce qui s'était passé était évident. La grosse pierre plate du milieu était pratiquement noyée après les pluies qui étaient tombées à verse dans la nuit de jeudi à vendredi.

— Si William n'avait pas été plein comme une barrique, ç'aurait été un vrai miracle, dit de but en blanc le sacristain. Il a glissé sur cette pierre, il est tombé et il était tellement bourré qu'il n'a pas pu se relever, encore que normalement le contact de cette eau froide aurait dû le secouer. Fallait qu'il soit fichtrement saoul pour se noyer dans ce trou d'eau de quatre sous ! Je crois que vous feriez mieux d'appeler la police, monsieur le vicaire. Moi, je vais rester pour empêcher les gens de s'approcher et d'y toucher.

Jimmy était en retard pour ses journaux. Mrs. Ball lui donna à boire un bol de chocolat accompagné de deux scones qui restaient de la veille, ce qui lui fit suffisamment récupérer ses forces pour sauter sur son vélo. Il partit donc, mais, chaque fois qu'il rencontrait quelqu'un, il s'arrêtait pour lui apprendre qu'il venait de trouver William Jackson noyé dans la souille. S'il y avait eu plus de gens dehors, il aurait encore pris davantage de retard. Mais il annonça la nouvelle à Mrs. Alexander qui le guettait derrière sa vitrine pour lui demander de transmettre un message à sa belle-sœur qui habitait juste à côté de la maison de la presse, et à Mrs. Deacon qui balayait le perron de la maison, et à Joe Caddle qui partait pour son travail à la ferme Pomfret.

Mrs. Deacon et Mrs. Alexander auraient bien voulu en savoir beaucoup plus long, mais Joe qui était toujours de mauvaise humeur le matin se borna à grommeler qu'il y avait des gens qui avaient toujours de la chance. Mrs. Deacon se dépêcha tellement qu'elle partit prendre son travail chez les demoiselles Blake avec un bon quart d'heure d'avance. Miss Ora serait encore dans sa chambre d'où elle ne pouvait pas voir Jimmy. Mais quand elle aurait appris la nouvelle, elle ne perdrait pas une minute — pour ça, on pouvait lui faire confiance. Seulement, il n'y aurait rien à voir lorsqu'elle serait installée sur le canapé du salon, à part le portail du presbytère, l'église et la route menant à la souille. Mais la souille elle-même était hors de vue.

Mrs. Deacon descendit donc la rue au pas de charge et, dès qu'elle fut arrivée, elle se précipita dans la chambre de Miss Ora.

— Oh, Miss... William Jackson, vous savez ? Le mari de cette pauvre petite Annie...

Miss Ora se dressa sur son séant. Elle avait des bigoudis et un châle enveloppait ses épaules.

— J'ai toujours dit que c'est un bon à rien. Qu'est-ce qu'il a encore fait ?

— Oh, Miss... il s'est noyé !

— Comment ?

— C'est Jimmy Heard qui l'a découvert, même que ça lui a flanqué un tel coup qu'il ne retrouvait plus la route du presbytère ! Le vicaire a appelé Mr. Williams et ils y sont allés. Il était dans le ruisseau exactement comme Jimmy avait dit. Alors, le vicaire a prévenu la police.

Miss Ora commença à retirer ses bigoudis.

— Dans ce cas, on va faire venir une ambulance d'Embank. Il faut que je me lève tout de suite ! Passez-moi mon peigne et mon face-à-main, Mrs. Deacon. Mais je ne vois pas comment quelqu'un a pu se noyer dans la souille. A moins d'être ivre. J'imagine que Jackson tenait une bonne cuite.

— La pauvre Annie ! soupira Mrs. Deacon.

— Arrêtez de dire des stupidités !

C'était Miss Mildred Blake.

Ni l'une ni l'autre n'avait entendu la porte s'ouvrir et toutes deux sursautèrent en la voyant dans l'embrasure, le teint brouillé et la mine sinistre, revêtue du vieux manteau dont elle avait fait sa robe de chambre.

— Pauvre Annie... Je vous demande un peu ! poursuivit-elle. William Jackson était un mauvais mari et le jour où elle l'a épousé a été un jour noir pour elle.

Ce qui était l'opinion générale.

Miss Ora fut installée sur son divan à temps pour voir l'ambulance arriver et repartir. Elle passa un second châle sur ses épaules, fit ouvrir toutes grandes les fenêtres du salon afin qu'aucun des commentaires que pourraient échanger les gens dans la rue ne lui échappe, et fit successivement faire à Clarice Dean trois courses au bazar, histoire d'être tenue au courant des réactions de l'opinion publique. Pour ce qui était des femmes, en tout cas, elles n'arrêteraient pas d'entrer dans le magasin et d'en ressortir et leurs langues iraient bon train, mais il n'y avait personne qu'elle pourrait envoyer au Lamb quand les hommes y seraient réunis et cela l'énervait prodigieusement. Ils feraient naturellement attention à cause du patron du pub. Laisser les clients se saouler dans son établissement était un délit puni par la loi et il ne faisait aucun doute que William Jackson avait bu plus que de raison. Sinon, il ne se serait pas noyé dans un vague trou d'eau. Bien sûr, Mr. Parson jurerait ses grands dieux qu'il n'avait pas bu plus de deux pintes et il n'y aurait pas un seul des habitués pour prétendre le contraire. Il était déjà plus ou moins question qu'on lui retire sa licence et ils n'avaient aucune envie d'être forcés d'aller boire leur bière à Embank. Tout cela, Miss Ora ne cessa de le répéter en gros et en détail à toutes les oreilles qui passaient à sa portée — celles de Mrs. Deacon, de Clarice, de Mildred qui n'avaient guère de contre-arguments à lui opposer.

Mildred s'installa à sa table de travail et se mit à compulser les livres de dépenses de la maison. Un domaine sur lequel elle était on ne peut plus pointilleuse. Bientôt, elle était plongée dans son compte de la Caisse d'épargne et son compte en banque. Bien que l'aînée des deux sœurs, Miss Ora, n'eût pas à y poser les yeux, Mildred se plaignait perpétuellement du peu d'argent qu'elles avaient pour vivre et ne cessait de répéter qu'elles devaient être terriblement économes. De fait, elle ne dépensait quasiment rien pour elle. Le vieux manteau qui lui servait de robe de chambre, par exemple, datait de plus de trente ans : elle l'avait achetée pour le deuil de son pauvre papa. Et les vêtements qu'elle avait présentement sur le dos — une blouse en flanelle pleine de reprises et une horrible jupe qui avaient appartenu à Lettice Halliday, leur vieille cousine —, Mildred avait eu l'intention de les donner à une œuvre de charité, mais, finalement, elle les avait mises de côté et les portait depuis la mort de ladite cousine.

Miss Ora posa avec complaisance les yeux sur son ravissant châle bleu. C'était quand même autre chose que les nippes défraîchies de sa sœur ! Les chiffres lui donnaient la migraine et elle ne demandait pas mieux que laisser à Mildred le soin de s'occuper des comptes du moment qu'elle avait droit à son savon parfumé, à ses sels pour le bain, à ses rubans bleus, à ses adorables châles et à son abonnement à la bibliothèque. Elle lisait les romans d'amour à la chaîne avec le plaisir que la familiarité apporte à l'habituée. Surtout pas de surprises désagréables, pas de péripéties imprévues. La jolie orpheline ne pouvait qu'épouser son détestable tuteur qui, en réalité, n'était pas du tout détestable : il cachait simplement une passion romantique sous le masque du rigorisme. Le héros injustement accusé devait être vengé. Cendrillon devait finir par épouser son Prince Charmant sous l'assourdissant carillon des cloches sonnant à toute volée. Et tout est bien qui finit bien.

L'ambulance arriva et repartit sous les regards des curieux rassemblés par petits groupes dans la rue. William Jackson avait bu un verre de trop et s'était noyé en tombant dans le ruisseau. L'ambulance l'avait emporté et Mrs. Ball était allée prévenir sa femme. On allait ouvrir une enquête.

Ainsi se passa la matinée.

11

Le déjeuner terminé, Mildred mit son chapeau et sortit. Miss Ora qui la regardait partir était ulcérée. Pourquoi ne lui avait-elle pas dit où elle allait ? Comme elle avait tourné à gauche, ce n'était pas au presbytère. Elle n'avait donc pas l'intention de passer voir Annie Jackson. La suivant de ses yeux bleus auxquels rien n'échappait, sa sœur la vit passer sans même tourner la tête devant chez Mrs. Palmer — quatre-vingt-treize ans et invalide — et chez Mrs. Wood — dont le fils Johnny était le gamin le plus insupportable de Greenings et qui passait à juste titre pour le suspect numéro un si jamais quelqu'un ne retrouvait plus ses pommes.

Elle continua son chemin d'un pas égal et ne tarda pas à sortir du champ de vision de Miss Ora qui en conclut sans hésitation qu'elle allait voir Emmeline Random. Avec son affreux manteau et sa vieille jupe ! Elle ne s'était même pas donné la peine de se changer ! Miss Ora eut un claquement de langue désapprobateur. Décidément, c'était à désespérer !

Mais, passant tout droit devant le pavillon du garde sans même honorer d'un regard le jardin chaotique éclatant de couleurs d'Emmeline, Mildred Blake s'engagea dans l'interminable allée menant au Manoir où elle sonna et demanda à voir Arnold Random. Elle serrait dans sa main un petit carnet noir auquel un crayon était accroché par un bout de ficelle. Ce carnet, tout Greenings le connaissait. Miss Mildred était une quêteuse acharnée. Quand elle ne quêtait pas pour la Sortie de l'École du Dimanche, c'était pour le Goûter de Noël des Enfants, pour l'Excursion de la Fête des Mères ou pour le Thé des Professeurs. Doris Deacon qui lui ouvrit se demanda pour quelles festivités elle venait aujourd'hui solliciter Arnold Random. C'était un peu tôt pour Noël et le Banquet des Mères avait eu lieu en août.

— Mr. Random est dans son bureau ? lui demanda Mildred tout à trac. J'y vais.

Et, sans attendre la réponse, elle fonça droit devant elle.

— Je voulais la faire attendre dans le petit salon pendant que je préviendrais Mr. Arnold, dira par la suite Doris à Mrs. Deacon. Les gentlemen n'aiment pas qu'on vienne les envahir comme ça, mais je n'ai pas pu l'arrêter.

— Personne nc peut arrêter Miss Mildred quand elle a quelque chose en tête, commenta Mrs. Deacon.

L'entrée de Miss Blake fut loin d'enchanter Arnold Random. Il avait fait un excellent déjeuner qui avait eu pour point final une savoureuse tasse de café. Il était soulagé. Libéré d'un poids intolérable. Maintenant, c'était la paix. Mauvais mari, travailleur médiocre et maître chanteur de surcroît, William Jackson avait constitué une menace. Sa mort était une bénédiction. Maintenant, Arnold Random n'avait plus de soucis à se faire.

Et puis, voilà que la porte s'ouvrait sur Mildred Blake vêtue de ses vieilles fringues minables, les yeux braqués sur lui. Elle brandissait son fameux carnet noir et Arnold supposa qu'il allait lui falloir verser son obole. Tous les pennies, les pièces de six pence et d'une demi-couronne qu'elle recueillait, pour ne pas parler de dons plus conséquents, allaient-ils vraiment là où ils étaient censés aller ? se demanda-t-il rêveusement. Mais c'était une question en porte à faux. Puisque toutes les cotisations étaient rigoureusement notées sur le carnet, elles étaient forcément comptabilisées. Enfin... s'il y avait eu moyen de passer au travers, Mildred Blake n'aurait certainement pas hésité à prélever son dû, il la connaissait assez pour ne nourrir aucun doute sur ce point. L'argent, elle ne connaissait que ça, elle n'en avait jamais assez. Une... une prédatrice, voilà ce qu'elle était. Une prédatrice, il n'y avait pas d'autre mot.

Dédaignant le fauteuil qu'il lui indiquait, elle s'assit sur une chaise devant la table et posa le carnet noir devant elle. L'un de ses gants de coton était percé et un doigt osseux sortait par le trou. Elle ouvrit le feu sans plus attendre :

— Je suis venue pour vous parler de William Jackson.

Elle n'avait pas cessé de dévisager Arnold.

A ces mots, celui-ci éprouva un vague malaise. Ce qui, bien sûr, était ridicule puisqu'elle ne pouvait rien savoir. C'était un secret entre lui et un homme qui avait cessé de vivre. Entre lui et deux morts : Billy Stokes, disparu en mer, et William Jackson, mort noyé dans la souille à quelques centaines de mètres de chez lui. Si Mildred Blake était là, c'était parce que, toutes affaires cessantes, elle faisait la quête pour la veuve.

— Je suis passée à l'église hier soir, laissa-t-elle tomber.

Ce fut comme si Arnold Random avait reçu un coup de poing en pleine poitrine. Elle était assise au coin de la table, la main posée sur son petit carnet noir. Les bords du trou de son gant étaient tout effilochés et son doigt nu semblait pointé sur lui. Ses yeux parurent être deux flammes noires scintillant dans le brouillard. Elle parlait, mais il ne la voyait plus. Les mots qui sortaient de sa bouche étaient incompréhensibles.

Enfin, le choc s'amortit. La brume commença à se dissiper et il la vit à nouveau nettement, assise devant lui, la main sur le carnet.

— Je ne sais pas ce que vous racontez, s'entendit-il dire.

— Vous le savez très bien, répliqua-t-elle d'une voix grave et sonore. J'ai bien cru que vous alliez tourner de l'œil et quand on s'évanouit, c'est forcément qu'il y a une bonne raison pour ça. Vous désirez un verre d'eau ?

— Non merci.

— Comme vous voudrez. Donc, je suis passée à l'église hier soir après la séance de couture du presbytère. Je voulais vous parler des cantiques qu'on doit chanter dimanche. Je suis entrée par la petite porte latérale. William Jackson était avec vous. J'ai entendu toute votre conversation.

Une sorte de plaisir féroce se lisait sur le visage de Mildred Blake. Arnold Blake était incapable de trouver quoi que ce soit à dire. Parce qu'il n'y avait rien à dire.

Un bon moment s'écoula avant qu'il murmure :

— Il était ivre.

Elle approuva du chef.

— Un peu, oui. Suffisamment pour lâcher ce qu'il a lâché, mais pas assez pour que ce qu'il disait soit de l'invention pure et simple. A savoir que votre frère James a rédigé un second testament annulant celui qui faisait de vous son héritier universel, parce qu'il avait fait un rêve qui l'avait convaincu qu'Edward était toujours vivant. Et alors ? La Bible est là pour prouver qu'il y a des gens qui ont des rêves, non ? Bref, il a rédigé un nouveau testament et appelé les jardiniers, Billy Stokes et William Jackson, pour servir de témoins. Ce qui est bien gênant pour vous, n'est-ce pas ? Qu'avez-vous fait de ce testament ?

Arnold leva la main.

— Mildred, je vous donne ma parole...

Un reniflement silencieux plissa le nez de Miss Blake.

— Au début, il est possible que vous ne l'ayez pas su. Peut-être ne l'a-t-on trouvé qu'après que le testament numéro un eut été homologué. Quel choc cela a dû être pour vous ! Peut-être n'a-t-il réapparu qu'après le retour d'Edward. Alors, vous vous êtes dit que le mieux était encore d'attendre et de voir quelle tournure prendraient les choses. Billy Stokes était mort et il se pouvait fort bien que William eût pensé que la pièce qu'il avait paraphée était celle qui avait été validée. Vous ne saviez pas que celle qu'il avait vu votre frère signer, en passant par hasard devant la fenêtre, était totalement différente du testament à la signature duquel il avait assisté une semaine avant la mort de votre frère. Et vous ne saviez pas davantage que James Random avait rêvé qu'Edward était toujours vivant. Ignorant ces détails, vous vous êtes donc dit que vous ne risquiez rien à continuer de faire le mort... si j'ose dire. Si jamais le pire devait finalement se produire... c'est-à-dire au cas où William trouverait que deux et deux font quatre, vous pourriez toujours faire des recherches qui vous permettraient de découvrir le document comme par le plus grand des hasards.

Les yeux de Mildred Blake étaient restés soudés au visage d'Edward et celui-ci avait — c'était épouvantable — l'impression qu'elle lisait ses plus secrètes pensées.

— Comme il ne s'est rien passé, vous avez commencé à vous rassurer, mais lorsque vous avez appris qu'Edward revenait à Greenings pour être l'agent de Lord Burlingham, cela a été le coup dur. Et puis, ça a été l'épisode de l'église, hier soir. Il est bien regrettable que vous ayez perdu votre sang-froid. Du coup, William a compris que vous aviez peur de lui. Et, pour dire la vérité, Arnold, vous m'avez choquée. Le langage que vous employiez... et dans une église, par-dessus le marché ! Je suis partie en courant presque.

Arnold eut un geste d'impatience.

— Il y avait de quoi faire sortir n'importe qui de ses gonds. Il cherchait ni plus ni moins à me faire chanter.

— Ce qui était bien maladroit de sa part.

Une lueur ironique scintilla brièvement dans les yeux de Miss Mildred.

— Oui, vraiment très maladroit, il n'y a pas d'autre mot.

— Qu'allez-vous faire ? demanda Arnold en s'efforçant de contrôler sa voix.

— Mais que voulez-vous que je fasse, mon cher Arnold ? Je vais devoir raconter tout ce que je sais à l'enquête.

Arnold la dévisagea.

— A l'enquête ?

— Naturellement. Je surprends de graves accusations qui sont portées contre vous. Un testament qui a été étouffé, une tentative de chantage, puis une violente querelle. Je me hâte de repartir. Et, le lendemain à l'aube, on découvre le corps du maître chanteur noyé à deux pas de l'endroit où avait éclaté cette querelle. Il est évidemment de mon devoir d'informer la police. Je pense inutile d'insister sur les conclusions qu'elle tirera fatalement de ma déposition.

Arnold, horrifié, était littéralement paralysé d'effroi. Quand on voit approcher un danger, on peut trouver un moyen de lui faire face. Réfléchir, imaginer quelque chose qui permettra de s'en sortir. Mais la menace l'avait pris si brutalement au dépourvu qu'il était comme assommé.

Mildred Blake hocha le menton.

— Quelle malchance que je sois passée à l'église

hier soir, n'est-ce pas ? Je voulais simplement m'entendre avec vous pour ce qui était de l'accompagnement musical du service de dimanche. Si j'étais rentrée directement chez moi après la séance de couture, personne n'aurait jamais pu savoir que vous avez assassiné William Jackson.

Assassiné ! Le mot fatal avait été prononcé. C'était épouvantable. Du coup, Arnold Random retrouva l'usage de la parole.

— Dieu du ciel ! Mais non... Je ne l'ai pas touché ! Je vous jure que je ne l'ai pas touché, Mildred.

Elle tapota son carnet du bout des doigts.

— Alors, il serait tombé tout seul et il n'aurait pas pu se relever ? Dans un trou d'eau aussi peu profond ? Allons, mon cher Arnold...

Les joues habituellement pâles d'Arnold s'empourprèrent. Le sang battait dans ses tempes.

— Mildred, je vous *jure*...

— Mais même si je vous croyais, je serais bien la seule. Quiconque fait disparaître un testament pour capter l'héritage destiné à quelqu'un d'autre est automatiquement condamné à une peine de prison. William Jackson pouvait vous faire arrêter quand il voulait. C'est ce qu'il vous a expliqué à l'église. Vous le saviez, et moi aussi. Son intention était de vous faire chanter. Son objectif était que vous le repreniez à votre service avec une augmentation de salaire. Et ce n'était qu'un début. Il ne se serait pas arrêté là. Et quelles qu'auraient été ses futures exigences, vous n'auriez pas pu faire autrement que de les satisfaire. Nous le savions tous les deux. Vous ne pouviez rien faire. Sauf une chose — celle que vous avez faite. Il devait traverser la souille pour rentrer chez lui et les pierres qui permettent de la franchir à pied sec étaient glissantes après toute la pluie qui était tombée. Il avait trop bu et il tenait mal sur ses jambes. J'étais là et je le voyais tituber pendant que vous le couvriez d'injures. Quel spectacle... et cette odeur de bière ! Sans parler du langage que vous employiez ! A jeun, un homme ne se serait jamais noyé dans la souille. Mais si l'on fait tomber un ivrogne dans le ruisseau et qu'on l'empêche de se remettre debout, il a de fortes chances de se noyer, n'est-il pas vrai, Arnold ?

Arnold vida ses poumons et s'appuya contre le dossier de son fauteuil. Son visage congestionné reprenait sa pâleur habituelle, le sang cessa de tambouriner dans ses tempes et il retrouva le fil de ses pensées.

— Vous vous trompez, Mildred... je ne l'ai pas tué.

— Combien de personnes croyez-vous convaincre de votre innocence ?

— Je ne sais pas.

Les noirs sourcils de Mildred Blake se haussèrent.

— Douze jurés ? J'en doute, si vous voulez que je vous donne mon avis.

Il en doutait tout autant. Cette accusation... ces menaces... cette tentative de chantage... la fureur avec laquelle il l'avait accueillie... et William Jackson qu'on retrouve comme par hasard bel et bien mort, la tête sous l'eau.

Arnold fixa Mildred Blake.

— Ce n'est pas vrai, dit-il.

Mildred qui s'était penchée vers lui se redressa et croisa les mains sur son genou.

— Si je vous croyais...

Il répéta :

— Ce n'est pas vrai.

Elle commença à retirer sans hâte son gant troué en regardant attentivement la main qu'elle dénudait. Une main osseuse, sans grâce et d'une propreté douteuse, aux ongles jaunâtres et coupés ras. Quand elle eut enlevé son gant, Mildred la posa sur son carnet.

— Nous nous connaissons depuis bien longtemps,

dit-elle. On a son devoir civique à remplir, certes, mais l'on a aussi des devoirs envers ses amis. Si je pouvais avoir la certitude que la mort de William Jackson a été purement accidentelle...

Elle parlait d'une voix lente en faisant un sort à chaque mot.

— Mais comment faire pour vous convaincre? Je vous répète que je ne l'ai pas touché.

— Si je pouvais vous croire, je conclurais peut-être que rien ne m'impose d'aller faire ma déposition à la police. Je dis bien *peut-être*.

— Mildred!

— Vous ne l'avez pas tué?

— Mais non... je vous dis que non.

— Vous ne l'avez pas suivi? Vous ne l'avez pas poussé et fait tomber dans la souille?

A nouveau, Arnold avait presque perdu l'usage de la parole. Secouant la tête, il s'efforça de chercher les mots qui la convaincraient, qui la toucheraient.

— Je ne l'ai pas touché, répéta-t-il une fois de plus. Il est parti... j'ai rangé mes partitions... et puis je suis sorti à mon tour. Je ne l'ai pas touché.

— Soit, je veux bien vous croire, laissa-t-elle tomber après un silence qui semblait ne jamais devoir prendre fin, mais je pense pas que je serai la seule. Toutefois, en m'abstenant de rapporter à qui de droit ce dont j'ai été témoin, je prendrai un risque considérable. Je suppose que vous vous en rendez compte.

— Personne ne le saura.

— Je l'espère, mais on ne peut jamais rien certifier. J'ai dit aux autres dames pendant la soirée de couture que je ferais un saut par l'église pour vous parler du service dominical. Il n'est pas impossible que l'une ou l'autre ait vu William Jackson entrer à l'église ou en sortir.

— Il faisait noir.

— C'est vrai, mais le risque n'en demeure pas moins et il faut le prendre au sérieux. Si je fais cela pour vous, j'estime que vous devez, vous aussi, faire quelque chose pour moi.

— Oui... oui, bien sûr... tout ce que vous voudrez, parvint-il à balbutier.

— A sa mort, votre frère Jonathan nous devait une très grosse somme, dit-elle d'une voix précise de comptable.

— Jonathan ?

— Vous ne pouvez ignorer qu'il était endetté jusqu'au cou.

— Mais James a remboursé tous ses créanciers.

— Mais cette dette-là est restée impayée. Il m'avait bien dit de ne pas prêter d'argent à Jonathan, mais je n'ai pas suivi ses conseils.

Arnold avait la certitude que James avait payé toutes les dettes de Jonathan. Jusqu'au dernier sou. Mais force lui était de dire amen et de régler la prétendue dette qu'il avait contractée envers Mildred Blake s'il voulait qu'elle garde le silence.

Au fond, il n'avait fait que changer de maître chanteur. Et celui-là était encore plus effrayant que le premier.

12

L'enquête fut rapidement expédiée. Ce ne fut qu'une simple formalité. « Mort accidentelle », conclut-elle. Mr. Ball prononça l'éloge funèbre du défunt et la veuve, vêtue de la jupe et du manteau noirs dont Miss Lucy Wayne lui avait généreusement fait cadeau en son temps, pleura à chaudes larmes devant la tombe. Dans une semaine, elle reprendrait du service au presbytère. Joe Hodges et son épouse tenaient toujours à s'installer au pavillon et même si elle pensait pouvoir continuer d'y habiter toute seule, il ne lui restait presque plus rien de ses économies et mieux valait continuer de travailler pendant qu'elle le pouvait et mettre de côté l'argent d'un loyer parce qu'on ne sait jamais de quoi l'avenir sera fait. Mrs. Ball n'était peut-être pas là depuis longtemps, mais c'était une vraie lady et Annie savait reconnaître une vraie lady quand elle en voyait une. Si elle devait se remettre à travailler, mieux valait que ce soit au presbytère que n'importe où ailleurs. Ce n'est que quand on a sa maison à soi... Les larmes ruisselèrent de plus belle sur son visage ravagé. Au fond d'elle-même, elle savait qu'elle n'aurait peut-être plus longtemps un endroit où se loger. William avait été un mauvais mari. Il buvait, il avait commencé à la battre et il y avait la fille d'Embank. C'était avec son argent à elle qu'ils avaient acheté la maison, mais elle était au nom de William.

Elle pleurait devant la fosse béante. Mais quelle était la part de ses larmes qu'elle versait pour lui et quelle était la part qu'elle versait pour ses économies envolées, pour ses espoirs et sa fierté perdus ? Elle ne le savait probablement pas elle-même.

Le samedi juste après le déjeuner, avant que les enquêteurs eussent prononcé leur verdict et que William Jackson eût été enterré, Clarice Dean composa le numéro du pavillon du garde. Comme le téléphone se trouvait dans la chambre de Miss Ora, elle avait attendu que Miss Mildred fût sortie pour se glisser dans la cabine qui jouxtait le magasin de Mrs. Alexander. Personne ne pouvait entendre ce que l'on disait si l'on prenait la précaution de s'assurer que la porte était bien fermée. Et il fallait, bien sûr, ne pas oublier que c'était une ligne collective et que n'importe qui pouvait être à l'écoute. Mais cela n'avait pas la moindre importance pour Clarice Dean. Elle se moquait éperdument que des indiscrets pussent entendre la conversation intime et affectueuse qu'elle se préparait à avoir avec Edward Random.

Mais ce ne fut pas lui qui décrocha : ce fut Susan Wayne et Clarice fit la grimace. Edward n'était donc jamais au pavillon du garde ? Elle avait déjà appelé la veille au soir à une heure aussi tardive que possible. Probable que Susan Wayne était là-bas en visite. Elle ferait la commission.

— C'est vous, Susan ? susurra-t-elle de sa voix la plus sucrée. Quel plaisir de vous entendre ! Vous avez commencé votre travail au Manoir ?

— Non, je démarre seulement demain. Vous voulez parler à Emmeline ?

Clarice laissa échapper un petit rire argentin.

— Non, ma chérie. En fait, on était convenus,

Edward et moi, d'aller un de ces jours au cinéma et il se trouve que je peux me libérer ce soir. Est-ce qu'il est là ?

— Non. C'est qu'il n'a pas une seconde à lui pour le moment. Il se met au courant pour succéder à Mr. Barr.

— Il travaille un samedi après-midi ? Mais il ne peut pas... Enfin, c'est de la barbarie ! Quand doit-il rentrer ?

— Je n'en ai aucune idée.

— Vous êtes dure avec moi, ma chérie. Je suppose qu'il vaut mieux que je ne lui téléphone pas chez Mr. Barr ?

— C'est également mon avis.

— Vous n'êtes vraiment pas complaisante, Susan ! Nous avons tous les deux très envie de cette soirée ciné et c'est terriblement frustrant de ne pas pouvoir le joindre alors que je suis justement libre aujourd'hui !

— Je suis navrée, Clarice, mais je ne vois vraiment pas ce que je pourrais faire pour vous aider. Hier soir, il est rentré à dix heures et quart. Peut-être qu'il rentrera plus tôt ce soir... ou encore plus tard. Il n'a rien dit. Tout ce que je peux faire, c'est lui dire que vous avez téléphoné.

Nouveau petit rire bêta de Clarice.

— Et s'il ne rentre pas avant minuit, croyez-vous que je serai plus avancée ? Bon... Je le rappellerai après l'heure du thé. Nous aurons encore tout le temps d'aller à Embank voir le grand film et de dîner après. Ce que c'est sciant de devoir travailler ! Cela gâche tous les bons moments qu'on pourrait avoir, vous ne trouvez pas ?

Edward rentra à quatre heures et demie.

— Clarice Dean a téléphoné, lui annonça Susan.

— Qu'est-ce qu'elle voulait ?

— Vous parler. Et aller au cinéma. Elle dit qu'elle peut avoir sa soirée.

— Pas moi.

— Elle doit rappeler après l'heure du thé.

— Eh bien, tu n'auras qu'à lui dire...

Mais Susan l'interrompit d'un hochement de tête.

— Elle voudra vous parler.

— Tu n'auras qu'à lui dire que je ne suis pas rentré.

— Miss Ora vous a sûrement vu passer. D'ailleurs...

— Tu ne peux pas trouver un mensonge, n'est-ce pas ? Je me rappelle que tu étais effectivement en état de déficience mentale sur ce plan.

Personne n'aime être accusé de pécher par vertu et le rouge monta aux joues de Susan.

— Les gens qui aiment qu'on raconte des mensonges n'ont qu'à les raconter eux-mêmes.

— Je crois que je me défendrais mieux que toi. J'ai davantage d'expérience dans ce domaine.

— Vraiment ? fit candidement la jeune fille en le regardant droit dans les yeux.

L'expression d'Edward se durcit.

— Oh, que oui ! Et j'ai été formé dans la meilleure des écoles possible. Quelle indémêlable toile d'araignée file-t-on quand on se lance dans l'art de la supercherie, comme dit le poète ! Et je te garantis qu'on le pratique avec succès quand on sait que si quelqu'un réussit à débrouiller cette toile d'araignée, cela te coûtera la vie, ni plus ni moins. Atropos et ses grands ciseaux... il te la taillade d'un coup, d'un seul !

— Oh non !

Susan se serait mordu la langue ! Il lui parlait — lui parlait vraiment. Et elle ne devait surtout pas crier car ce qu'il disait lui faisait mal.

Brusquement, Edward sourit de son sourire un peu torve.

— C'est d'accord. Je ne te demanderai pas de raconter des mensonges et, de mon côté, je ne t'en raconterai pas. Je ne sais pas si c'est ou non un compliment, mais je pense que, somme toute, te dire la vérité sera toujours plus facile.

Clarice téléphona à cinq heures. Mais dans le salon des demoiselles Blake, cette fois, Miss Ora et Miss Mildred faisaient durer leur dernière tasse de thé en longueur et tendaient l'oreille pour entendre ce qu'elle disait. Ce qui, ni l'une ni l'autre n'étant sourde, ne présentait naturellement aucune difficulté. Mais entendre ce qui se disait à l'autre bout du fil était une autre histoire. Un bredouillis exaspérant était tout ce qu'il leur était possible de saisir. Elles n'auraient même pas su qu'il sortait de la bouche d'Edward Random si Clarice n'avait pas répété son nom à plusieurs reprises.

— Edward ? Enfin vous ! Mais où étiez-vous donc passé toute la journée, mon chéri ? Il était entendu que je vous appellerai, mais pas moyen de vous joindre ! La seule chose que m'a dite Clarice, c'était que vous n'étiez pas là et qu'elle ne savait pas quand vous rentreriez. J'ai cru devenir folle ! Vous voulez que je vous dise ? Je commençais à me demander si, au fond, elle n'essayait pas de nous empêcher de passer la soirée au cinéma, vous et moi.

Edward réussit enfin à endiguer le flot.

— La question ne se pose pas. Susan n'a jamais proféré un mensonge de sa vie et celui qui lui apprendra à mentir n'est pas encore né. C'est très reposant.

— Edward *chéri*... mais c'est affreusement sinistre ce que vous me racontez là ! Il est vrai qu'elle est un peu du genre pas drôle, non ? Elle a toujours été comme ça. C'est une fille bien, d'accord, mais d'un barbant ! Bon, passons aux choses sérieuses. Vous m'avez dit de vous prévenir quand je serai libre pour qu'on aille au cinéma. Figurez-vous que Miss Ora m'a accordé ma soirée. C'est rudement chic de sa part. On pourrait prendre le car pour Embank à six heures, qu'en dites-vous ?

— Désolé mais ce n'est pas possible, répondit Edward. J'ai trop de travail et je serai encore occupé pas mal de temps.

— Comme vous êtes gentil, chéri. De présenter les choses comme ça, je veux dire. Mais nous pourrions tout simplement nous voir un moment, non? Enfin quoi... Lord Burlingham ne peut quand même pas vous faire travailler jour et nuit. Voulez-vous que je lui en touche un mot? Il était assez gentil avec moi, vous savez.

Il n'était jamais venu à l'idée de personne de prétendre qu'Edward Random se distinguait par sa lenteur d'esprit. Il était capable de voir aussi loin que n'importe qui à travers un mur de briques et il vit clairement à travers le mur particulier auquel il était confronté que Clarice utilisait l'appareil des demoiselles Blake qui, il en avait quasiment la certitude, ouvraient toutes grandes leurs oreilles — et il était évident pour elles qu'ils étaient, Clarice et lui, liés par les rapports les plus tendres. Sur le moment, cela le mit en rogne, mais à ce premier mouvement de colère succédèrent l'amusement et la malice. Très bien! Puisqu'elle en voulait, elle allait être servie! Il avait prévu de rester encore trois bonnes heures plongé dans les comptes du domaine, mais cela pouvait attendre. D'ailleurs, comme Clarice venait d'en faire la remarque, on ne peut pas travailler jour et nuit.

— Surtout, n'en faites rien! lui dit-il. Mais ne quittez pas... attendez une petite minute, je vous prie. Je vais voir s'il y a moyen.

Les demoiselles Blake notèrent immédiatement que Clarice rosissait de plaisir, et qu'elles le remarquent ne pouvait que l'enchanter. Et pour faire bonne mesure, elle se fendit d'un sourire ravi.

Laissant le récepteur se balancer au bout de son fil, Edward alla à la rencontre de Susan qui descendait l'escalier et, passant le bras par-dessus la rampe, il lui saisit le poignet.

— Ce soir, nous allons tous au cinéma.

Susan secoua la tête.

— Emmeline ne voudra pas.

— Eh bien, on emmènera le petit Croft... Quel est son nom, déjà... Cyril. Mais j'ai besoin d'un chaperon. Ou plutôt de deux — un pour faire la causette à Clarice et un qui me fera la causette à moi.

Il n'avait pas lâché le poignet de la jeune fille dont l'expression s'était soudain faite plus animée que jamais auparavant. Elle commençait brusquement à se sentir heureuse.

— Je n'ai pas les qualités requises pour jouer les chaperons, dit-elle avec un petit rire. D'ailleurs, c'est une espèce éteinte — comme les dodos.

Edward resserra son étreinte.

— Vous allez venir même si je dois pour ça vous tirer par les cheveux — et comme vous en avez des masses, cela fera une bonne prise. Mais comme je suis déjà plus ou moins un objet de scandale, il serait préférable que vous me suiviez gentiment. *Susan...*

Elle le regarda en souriant.

— Je devrai rester collée à vos chausses ?

— Comme de la poix.

Edward libéra son poignet.

— Je vais faire tout de suite part à Clarice de la charmante petite réunion que j'ai mise sur pied.

Force fut à Clarice de faire un violent effort pour que sa voix demeure toujours aussi sucrée.

— Mais, Edward chéri, ils ne peuvent pas nous imposer leur présence comme ça ! Ce sont des choses qui ne se font pas !

— Je ne pouvais pas laisser tomber Susan, dit Edward sur un ton allègre. Et plus on est de fous, plus on rit, n'est-il pas vrai ? Je téléphone à Cyril et on prendra tous le car de six heures.

Clarice fit un louable effort pour ne pas raccrocher brutalement, mais comme Edward avait déjà coupé, cela n'aurait servi à rien. Aussi reposa-t-elle doucement l'écouteur sur la fourche en s'exclamant plaintivement :

— Il y a vraiment des gens qui n'arrivent pas à comprendre quand leur présence est indésirable. Le pauvre Edward est furieux. Quel poison, cette Susan Wayne ! Elle tient absolument à venir avec nous.

Miss Mildred convint que Susan était entêtée comme une mule et, de fil en aiguille, on passa ses autres défauts en revue. Quand Clarice monta dans sa chambre pour s'habiller, elle avait en tout cas le sentiment que les demoiselles Blake étaient désormais convaincues que si Edward et elle ne s'étaient pas encore officiellement déclarés, il ne s'en fallait pas de beaucoup. Et ce que les demoiselles Blake savaient aujourd'hui, tout Greenings le saurait inévitablement demain.

13

Que Miss Silver aurait à connaître de l'affaire de Greenings était totalement imprévisible; son intervention fut absolument fortuite. Rien n'aurait permis de penser qu'ayant entrepris d'assortir de la laine à l'intention de sa nièce Ethel Burkett, elle serait après de longues et infructueuses recherches entrée dans le salon de thé situé juste en face de la dernière mercerie qu'clle avait vainement visitée. La pauvre Ethel serait déçue. Elle avait trouvé de la bonne laine d'avant-guerre dans une boîte rangée au fond d'un placard, mais il n'y en avait pas tout à fait assez pour faire une robe pour la petite Joséphine. C'était pourtant une laine d'une excellente qualité et d'une bien jolie couleur. Comme c'était dommage! C'était un de ces jours de grisaille londonienne où tout paraît froid et sinistre. Une revigorante tasse de thé serait la bienvenue. Avec quelques scones et un peu de beurre, peut-être. Miss Silver avait vraiment l'estomac dans les talons.

Le salon de thé était plein, mais au moment même où elle poussait la porte, deux clientes se levaient, libérant une table du coin, et, se félicitant de sa chance, elle s'assit sur l'une des deux chaises. Elle était déjà en train de passer sa commande après avoir posé son sac et son parapluie sur la seconde chaise lorsqu'une jeune fille entra. S'immobilisant, elle balaya la salle des yeux, cherchant visiblement une place libre. Brune, les cheveux ondulés, le teint florissant, elle était bien jolie.

Rares étaient les détails qui échappaient à l'attention de Miss Silver et elle remarqua instantanément que ladite jeune fille était habillée avec un rien trop d'élégance. Ni la coupe de ses vêtements, ni la matière dans laquelle ils étaient taillés n'étaient de nature à produire l'effet qu'elle visait ostensiblement à provoquer. Que ceux de Miss Silver fussent quelque peu râpés et remontassent à une mode depuis longtemps oubliée ne la retenait en rien de porter un jugement parfaitement fondé sur la tenue d'une autre femme. Il lui suffit d'un coup d'œil pour conclure que cette jeune personne appartenait à la classe, si nombreuse dans toutes les grandes villes, qui s'efforce de satisfaire ses ambitions sociales en arborant des copies bon marché des tout derniers modèles des grands couturiers. Comme elle se disait que cette jeune femme serait tellement mieux avec une jupe et un manteau tout simples faits dans une étoffe solide, l'arrivante s'approcha de sa table.

— Est-ce que je peux me mettre ici ? lui demanda-t-elle d'une voix cristalline bien qu'un tantinet haut perchée. A moins que vous n'attendiez quelqu'un ?

Miss Silver libéra la seconde chaise du sac à main et du parapluie qui l'encombraient.

— Non, je suis seule, répondit-elle avec aménité. C'est tellement agréable de boire une tasse de thé après les courses, n'est-ce pas ?

La jeune fille convint que c'était bien vrai. Elle plissait légèrement le front. Sortant un poudrier de son sac à main, elle entreprit de parfaire son maquillage, mais son froncement de sourcils ne désarmait pas. Elle rangea sa houppette, commanda son petit en-cas à la serveuse et écouta avec une attention toute superficielle les propos de Miss Silver relatifs au temps qu'il faisait. Ce ne fut que lorsque la serveuse se fut éloignée, après lui avoir apporté une tasse de thé accompagnée d'une assiette de petits fours, qu'elle se pencha presque avec brusquerie et dit :

— Vous ne me connaissez pas, mais vous êtes Miss Silver, n'est-ce pas ? Miss Maud Silver ?

La question ne laissa pas de surprendre quelque peu l'intéressée. Si elle avait déjà vu cette jeune personne — ces cheveux noirs et bouclés, ces joues au teint éclatant, ces yeux noisette un rien trop rapprochés —, elle se le serait rappelé.

— Je ne crois pas que nous nous soyons déjà rencontrées, fit-elle.

L'autre hocha la tête.

— Non, vous avez raison, nous ne nous connaissons pas. Mais je suis infirmière et j'ai soigné un malade juste en face de l'immeuble où Mirabel Montague — la danseuse, vous savez — avait simulé un cambriolage. J'ai su le fin mot de l'histoire parce qu'un des inspecteurs... enfin, c'était un ami, en quelque sorte. Un garçon charmant et d'excellente famille, frais émoulu de l'École de Police. Et il m'a dit que c'est vous qui avez démontré que c'était un cambriolage bidon. Il paraît que Scotland Yard ne jurait plus que par vous. Il a tendu le doigt dans votre direction pour vous désigner. Il y a près d'un an de cela, mais je vous ai reconnue dès que je suis entrée.

Un an... une semaine ou deux après la mort de James Random... un mois avant qu'on lui eût proposé ce poste au Canada... Dick Winnington disant avec un rire sonore : « Vous voulez que je vous montre quelque chose qui n'est pas dans l'album de famille ? Jetez donc un coup d'œil à cette dame, là-bas ! C'est Miss Maud Silver... Maudie la Mascotte, l'orgueil et la fierté du Yard ! » Elle avait eu des relations intimes avec Dick, mais il avait disparu de sa vie. Comme tous les garçons.

Elle se mordit la lèvre et ajouta :

— Vous portiez le même manteau et le même chapeau.

Ce manteau faisait sa réapparition tous les automnes depuis Dieu seul savait depuis combien d'années. Son étoffe était encore en parfait état, mais elle avait un on ne sait quoi d'indéfinissable qui trahissait qu'elle était loin d'être de la première jeunesse. Quant au chapeau, un chapeau de fcutre agrémenté d'une espèce d'étoile de mer violette sur le côté et, derrière, d'une floraison de rubans mauves et noirs, c'était depuis de longues années l'un des fleurons de la parure de Miss Silver. Il continuerait d'être fidèle au poste pendant encore au moins deux hivers.

— Je suis Miss Maud Silver, en effet, dit-elle en souriant, mais je crains que Mr. Winnington ne m'ait placée sur un pinacle que je ne mérite certainement pas. Il s'est simplement trouvé que j'avais en ma possession certaines informations qui ont pu être de quelque utilité à la police. Et n'est-il pas du devoir de toute citoyenne et de tout citoyen de faire tout ce qu'il lui est possible pour promouvoir le triomphe de la justice ?

Ces propos eurent le don de démonter Clarice Dean et il lui fallut quelques instants pour recouvrer son assurance.

— Oui, bien sûr ! fit-elle alors avec précipitation. C'est d'ailleurs justement de cela que je voudrais parler avec quelqu'un. Je me disais que je prendrais bien une tasse de thé et quand j'ai regardé à l'intérieur et que je vous ai vue assise dans le coin, je me suis dit : « C'est à elle qu'il faut que je pose la question. » Parce que personne ne désire avoir affaire à la police si on peut s'en dispenser, n'est-ce pas ? Seulement, j'ai une mauvaise impression qui, au lieu de disparaître, ne fait que s'accentuer. Et quand on en arrive à ne plus pouvoir dormir... eh bien, on a envie d'en parler à quelqu'un !

— Qu'est-ce qui vous tourmente ainsi ? demanda Miss Silver avec gravité.

Comme c'est si souvent le cas, le seul fait d'avoir parlé de ce qui la tracassait apportait déjà un certain soulagement à Clarice.

— Oh ! Ce n'est rien du tout, répondit-elle. C'est simplement que je n'avais personne à qui me confier. Mais quelqu'un qui a des contacts avec la police...

Miss Silver toussota.

— Je n'ai pas de rapports officiels avec elle.

Clarice lui lança un coup d'œil acéré.

— Ah bon ? J'ignorais. Encore que cela n'est naturellement pas du ressort de la police. Ce qu'il y a, c'est que je suis plutôt ignare en matière de lois. Alors, les choses étant ce qu'elles sont, je risquais peut-être aussi bien d'avoir des ennuis si je causais que si je gardais ce que je sais pour moi. C'est qu'il faut bien que je gagne ma vie, pas ? Et avoir la réputation d'être une faiseuse de potins, c'est pas bon pour une infirmière, si vous voyez ce que je veux dire.

— Souhaitez-vous me confier ce qui vous préoccupe ?

Clarice mordit dans un petit four.

— Oui... je crois que oui. Mais à condition que vous ne disiez rien à la police. Je crois que ce serait une bonne chose qu'il y ait quelqu'un d'autre au courant et pour autant que je sache, il n'y a plus que moi...

Ce ne fut qu'au bout de plusieurs longues secondes qu'elle acheva sa phrase :

— ... *maintenant*. On pense à des trucs complètement aberrants quand on se réveille en sursaut au beau milieu de la nuit, vous savez. C'est comme ça que j'ai réalisé qu'il ne restait plus que moi. L'idée m'est venue d'en parler à Edward, mais pas moyen de lui mettre la main dessus. Il est plongé dans son nouveau boulot jusqu'aux yeux et quand il ne bosse pas, c'est l'autre, la Susan, qui le monopolise. Une vraie sangsue, cette fille !

Miss Silver se resservit une tasse de thé. Cette petite avait l'air d'être à bout de nerfs. Elle émiettait son petit four, laissait tomber le morceau qu'elle portait à sa bouche, faisait glisser sa tasse vers elle pour la repousser l'instant d'après. Quelle hérésie de laisser une bonne tasse de thé refroidir comme ça !

— Qui est cet Edward ? demanda-t-elle après avoir bu une gorgée de la sienne.

Clarice se mit alors à lui parler de tout : d'Edward Random, et de Greenings, et des deux testaments de Mr. Random, et de Miss Ora Blake dont elle était maintenant l'infirmière. Elle prenait seulement soin de modifier les noms : Greenings devenait dans sa bouche Greenways et Random Rivers. Mais pour les autres, elle se contentait d'utiliser le prénom sans citer le nom de famille.

— Moi, j'étais là quand il a rédigé son testament une semaine avant son décès. Enfin, je n'étais pas à proprement parler dans sa chambre, mais, la nuit d'avant, il m'avait appelée. Quand je suis entrée, il était assis dans son lit et il m'a dit qu'il avait vu Edward en rêve — son neveu qu'on croyait mort. Et, dans son rêve, Edward lui avait dit qu'il n'était pas mort. « Aussi, a-t-il poursuivi, il faut que je modifie mon testament. Pour le moment, toute ma fortune doit revenir à mon frère Arnold et si Edward est vivant, ce n'est pas juste. » Quand je lui ai rétorqué que ce n'était jamais qu'un rêve qu'il avait fait, il m'a répondu qu'il y avait des rêves qui étaient vrais et que c'était le cas de celui-là. Le lendemain, il était en si bonne forme qu'il a pu se lever, s'habiller et descendre dans son cabinet de travail. J'avais mon après-midi de libre. Quand je suis rentrée, il m'a dit qu'il avait refait son testament en présence des deux jardiniers pour servir de témoins. « Maintenant, je peux mourir en paix », qu'il a conclu. Il ne m'a pas dit où il l'avait rangé, son testament. Et une semaine plus tard, il est mort.

— Et son neveu est revenu ?

— Six mois après. Moi, j'étais partie au Canada avec un malade — c'était peu de temps après que je vous avais vue de loin. Je suis restée là-bas pas loin d'un an. Je n'ai rien su jusqu'à mon retour de ce qui s'était passé pendant ce temps. Et puis un de ses amis que j'ai rencontré m'a dit qu'Edward avait brusquement réapparu, qu'il suivait une formation pour devenir une sorte d'agent immobilier, qu'il avait beaucoup changé et que personne ne savait ni ce qu'il avait fait ni où il avait passé tout ce temps. Et qu'il était furieux, tout ce qu'il y avait de furieux parce que son oncle Arnold Ran... Arnold Rivers avait hérité de toute la fortune et de toutes les propriétés de son frère. Alors, je me suis dit comme ça que je devrais aller faire un tour à Greenings pour me faire une idée claire de la situation et j'ai écrit au docteur pour lui demander s'il pouvait me recommander à une personne qui aurait besoin d'une infirmière pour s'occuper d'elle.

Greenways était brusquement devenu Greenings, détail qui n'échappa pas à Miss Silver, et ce nom était si facilement sorti de la bouche de son interlocutrice qu'il était évident que c'était le vrai. Et cela attira d'autant plus son attention qu'il éveillait en elle une résonance familière : la fille et le gendre d'une de ses vieilles amies s'étaient récemment installés à Greenings et la pressaient avec insistance de leur rendre une petite visite.

— Oui ?

Clarice était maintenant tout animée. Étonnant comme cette petite bonne femme mal fagotée, qu'on aurait dite sortie tout droit d'un album de portraits de famille, inspirait confiance ! Et tout y passa. Elle lui raconta comment elle avait obtenu cette place à Greenways — elle faillit dire Greenings et se rattrapa au dernier moment — et avait appris qu'Edward allait arriver pour occuper la situation qui lui avait été proposée.

— Et, bien sûr, je veux le mettre au courant... dans son propre intérêt, après tout. Mais pas moyen de le voir seul. Cette Susan dont je vous ai déjà parlé s'accroche littéralement à lui. Elle est amoureuse de lui, ça saute aux yeux. Mais c'est là une chose dont les hommes ne s'aperçoivent jamais. Il n'y a que moi qui compte aux yeux d'Edward. Enfin, il n'y aurait que moi si je m'en donnais la peine.

Miss Silver toussota pour l'exhorter à continuer.

— Dois-je comprendre que vous me demandez comment vous pourriez, à mon avis, bénéficier de l'affection de ce jeune homme ?

La couleur envahit les joues de Clarice.

— Oh, non... non... bien sûr que non ! Pour cela, je n'ai pas besoin de conseil !

Elle éclata de son petit rire perlé et bêta.

— C'est seulement que Susan est terriblement exaspérante. Tenez, l'autre soir, nous devions aller au cinéma, Edward et moi. Eh bien, rien à faire : il a fallu qu'elle nous accompagne ! Elle ne nous a tout bonnement pas laissé échanger un mot et il m'a fallu faire la conversation avec cet affreux gamin dégingandé qui travaille chez le docteur ! Il faut que je mette Edward au courant. Seulement, j'aimerais savoir un peu mieux où j'en suis exactement avant de lui apprendre que son oncle a fait un autre testament.

— Parce qu'il ne le sait pas ?

— Il n'en a pas la moindre idée.

Clarice se tut et jeta un coup d'œil à la ronde.

Il commençait à se faire tard et le salon de thé se vidait peu à peu. Les deux femmes étaient assises l'une en face de l'autre dans un coin tout au fond. Les tables voisines étaient maintenant inoccupées et c'était quasiment comme si elles étaient dans un salon privé.

Clarice dévisagea Miss Silver.

— C'est là que je ne sais pas où j'en suis. Il me sera

très reconnaissant et tout — c'est forcé, vous ne pensez pas ? Le Manoir est une ancienne demeure et il y a beaucoup d'argent. Je veux dire que ce serait pratiquement comme un cadeau que je lui ferais, n'est-ce pas ? Mais je préférerais savoir où j'en suis avant de faire quoi que ce soit. Une jeune fille doit penser à elle, n'est-il pas vrai ? Évidemment, il ne s'en sortirait peut-être pas trop mal avec son nouveau travail. La maison est très bien. Seulement, son prédécesseur n'a pas l'intention de déménager. Alors, je ne sais vraiment pas.

Miss Silver l'étudia. Elle avait l'habitude des confidences et elle en avait entendu certaines qui sortaient de l'ordinaire. Cette Clarice Dean était une jolie fille... sans famille et seule dans la vie... convaincue qu'elle devait se battre pour gagner la partie... c'était une égocentrique dont l'éducation laissait plus qu'un peu à désirer... dont l'idée fixe était de se marier et de s'établir, d'assurer son avenir... et qui était prête à se servir de toutes les informations dont le hasard avait voulu qu'elle eût connaissance pour parvenir aux fins qu'elle s'était fixées.

Elle la considéra avec gravité.

— Vous êtes sûre que son oncle a établi un second testament ?

— Oh oui... il me l'a dit.

— Qui n'a pas été exécuté ?

— Non. La totalité de l'héritage est allé à son frère Arnold.

— Et il n'a rien laissé à son neveu ?

— Absolument rien. Tout le monde trouve que c'est une chose inadmissible.

— Dans ce cas, je pense que votre conduite est toute tracée. Vous devriez aller voir le notaire de famille, lui dire ce que vous savez et lui donner le nom des personnes qui ont servi de témoins lors de la signature. C'étaient les deux jardiniers au service du testateur, si j'ai bien compris ?

— Mais bien sûr ! Voilà pourquoi je voulais parler à quelqu'un ! Billy Stokes... c'était l'un des deux. Mais il s'est engagé comme marin et il est mort noyé. Un jour de tempête, il a été emporté par une lame.

— Et l'autre ?

Clarice reposa le petit four dont elle avait grignoté plus de la moitié et, plissant le front, en gratouilla le glaçage rosâtre.

— William. Il était encore là. Je lui ai parlé du testament. Il se rappelait qu'il y avait apposé son paraphe. Je lui ai dit de n'en parler à personne tant que je n'aurais pas réfléchi et décidé ce qui serait le mieux. Il n'était pas ivre, mais il avait bu. Parce qu'il boit... enfin, il buvait. Il m'a dit que cela pourrait peut-être rapporter des sous... pour nous deux. « Ne faites pas d'imbécillités ! » je lui ai répondu. Cela s'est passé jeudi et, samedi, la femme de ménage de la demoiselle chez qui je suis placée est arrivée dans tous ses états pour annoncer qu'on l'avait retrouvé noyé dans la souille juste derrière le village.

— Une souille n'est pas assez profonde pour qu'un homme se noie dedans, à moins qu'il ne soit tombé ou qu'on l'ait poussé. Et même dans ce cas, il devrait normalement être capable de se remettre sur ses pieds.

— Il était probablement ivre. Il se saoulait très souvent.

Clarice avait dit cela sur un ton détaché frôlant presque l'indifférence. Mais un tremblement agitait sa main.

— Il y a évidemment eu une enquête. Quelle en a été la conclusion ?

— Mort accidentelle.

— L'hypothèse d'un acte de malveillance n'a pas été retenue ?

Clarice secoua la tête.

— C'est une idée qui n'est venue à l'esprit de personne, pas même à mes deux bonnes femmes qui sont pourtant les pires mauvaises langues du pays.

Mais elle ne regardait pas Miss Silver en face.

— Vous voyez où je veux en venir, n'est-ce pas? reprit-elle au bout d'un moment. Les deux témoins sont morts. Je n'ai personnellement jamais vu le testament. Tout ce que je sais, c'est ce que m'a dit William : que Mr. James Random en a fait un. Je ne vois pas trop à quoi ça m'avancerait d'aller raconter ça à un notaire, pas vrai? Et une infirmière se doit d'être prudente. Si jamais on la soupçonne de colporter des médisances, il ne lui reste plus qu'à rendre son tablier. C'est un risque que je ne peux en aucun cas me permettre de courir.

— Bien sûr.

La voix de Miss Silver était lointaine. Des propos censés avoir été tenus par un mourant ou peu s'en fallait, un testament hypothétique, une charmante jeune fille qui ne pouvait même pas affirmer qu'elle l'avait vu et qui faisait l'impossible pour devenir l'épouse du légataire présumé... il n'y avait rien de solide à tirer de cette histoire.

Clarice repoussa sa chaise en arrière.

— J'étais sûre que vous diriez cela. Je suppose que tout le monde réagirait de la même manière.

Elle essuya ses doigts parsemés de miettes et se leva.

— Je vais devoir faire du mieux que je pourrai pour défendre mes intérêts.

Fallait-il ou non la mettre en garde? Miss Silver leva la main.

— Ne cherchez pas à utiliser les renseignements susceptibles d'être parvenus à votre connaissance dans le but d'assurer votre intérêt personnel. Cela risquerait d'être tenu pour une manœuvre de chantage et le chantage est un délit que la loi punit sévèrement. Et cela peut aussi s'avérer être un jeu dangereux — pour la personne qui s'y livre.

Clarice se mit à rire. Peut-être un peu trop vite.

— Mais qui parle de chantage ?

— Moi. Je vous le répète : ce n'est pas seulement une action criminelle, c'est une activité extrêmement dangereuse. J'ai le sentiment que vous avez peur. Si vous savez quelque chose que vous ne m'avez pas dit, quelque chose que vous devriez rapporter à la police, hâtez-vous de la mettre au courant, je vous en prie. Ce n'est pas seulement votre devoir : c'est aussi la meilleure façon de vous protéger. Écoutez-moi et suivez mon conseil : réfléchissez à ce que je vous ai dit et n'essayez surtout pas de tirer avantage des mauvaises actions dont quelqu'un a pu se rendre coupable.

Les couleurs se retirèrent du visage de Clarice. Elle ouvrit la bouche, mais le seul son qui en sortit fut à peine un hoquet. Puis ses joues virèrent brusquement à l'écarlate sous l'effet de la colère. Ses lèvres outrancièrement carminées se refermèrent un instant et ce fut d'une voix où l'on aurait cherché en vain la moindre trace d'aménité qu'elle cracha :

— Vous feriez mieux de vous occuper de vos propres affaires !

Sur quoi, elle prit ses gants, empoigna son sac et s'éloigna à grands pas.

Miss Silver ne tenta pas de la suivre. Quand la jeune fille eut franchi la porte après avoir réglé sa note, elle hocha imperceptiblement la tête, s'empara de son sac et de son parapluie et sortit à son tour pour prendre le bus qui la reconduirait au 15 Montague Mansions.

Clarice était dans un état d'esprit plutôt agité. Elle était venue à Londres dans l'intention de chercher une partie de ses affaires, ayant décidé que rester encore quelque temps chez les demoiselles Blake serait sans doute une bonne affaire pour elle. Mais, assise maintenant dans le wagon de troisième classe qui la ramenait à Greenings, elle n'en était plus aussi sûre. L'écho des paroles de Miss Silver résonnait encore dans sa tête. Du chantage ! Dire une chose pareille, je vous demande un peu ! « Ce n'est pas seulement une action criminelle : c'est une activité extrêmement dangereuse... J'ai le sentiment que vous avez peur... »

Elle s'efforça de penser à autre chose — à n'importe quoi d'autre. Il était vraiment dommage que son tailleur marron soit encore chez le teinturier. Ç'aurait été la tenue idéale à porter à Greenings. Sa jupe rouge était beaucoup plus élégante et elle la mettait admirablement en valeur, mais c'est fou ce que ces péquenots peuvent être étroits d'esprit, question vêtements ! Un vieux manteau de tweed qui pendouille dans tous les sens, c'est parfait. Mais si vous avez le malheur de mettre quelque chose d'un peu plus chic, ils vous regardent en pinçant le nez et vous passez pour une coquette qui ne pense qu'à sa toilette ! Quelques années plus tôt, Edward ne le lui avait pas envoyé dire : « Vous ne pouvez pas vous habiller comme ça ici, ma petite, lui avait-il lancé. Tout simplement parce que ça ne se fait pas. » Clarice s'était souvenue de cette mise en garde et la jupe rouge sur laquelle sa pensée s'attardait avec regret était restée dans le carton qu'elle avait confié à son amie Maisie Long.

Elle commençait à penser à une nouvelle robe en lainage à col roulé semblable à celle qu'elle avait vue dans cette boutique ultra-chic de Bond Street — seulement, il faudrait qu'elle la fasse elle-même, ça ne paraissait pas très difficile, mais, dans ces cas-là, il y avait toujours quelque chose qui clochait — quand la voix de Miss Maud Silver grésilla dans sa tête comme une de ces stations étrangères qu'on entend à la radio : « Ce n'est pas seulement une action criminelle : c'est aussi une activité extrêmement dangereuse. » Qu'est-ce que c'était que ces radotages ! Et puis d'abord, qui prête attention à ce que peut raconter une vieille idiote de ce genre ?

Et puis ce fut la voix de Dick Winnington, haute et claire, si sonore qu'on aurait pu croire qu'il était là, dans le wagon : « Le Yard pense un bien fou d'elle. » Et à nouveau Miss Silver en contrepoint : « Pas seulement criminel... *dangereux*. Dangereux... dangereux... dangereux », répétaient les trépidations des roues sur les rails.

Il fallait penser à autre chose. Comment serait sa nouvelle robe ? Verte... un joli vert émeraude dans les teintes foncées... ces émeraudes éclatantes étaient d'un commun ! Et, au col, une broche avec des pierres vertes qui feraient rappel. Elle pourrait acheter l'étoffe dans cette boutique à la fin de la semaine quand les demoiselles Blake l'auraient réglée. Elle trouverait le patron dans *Vogue*. Il allait falloir qu'elles la payent recta. C'était Miss Mildred qui tenait les cordons de la bourse et tout le monde savait quelle comédie c'était chaque fois qu'elle devait lâcher un sou. « Mais pas question que je me laisse faire. Le Dr Croft me soutiendra si on en arrive à ce genre de confrontation. »

Confrontation... Le mot chassa tout le reste. Edward... il allait falloir qu'elle ait une confrontation avec lui. Il éludait... il cherchait des excuses... il évitait délibérément de la rencontrer seul à seule. Ce qui voulait dire qu'il avait peur d'elle... peur de ce qu'elle pouvait lui faire... peur de ses propres sentiments. Il y avait des hommes comme ça... timides... nerveux... méfiants. Mais timide ou nerveux étaient des qualificatifs qui, s'agissant d'Edward, ne pouvaient en aucun cas venir à l'esprit. Eh bien, c'était qu'il se méfiait. Qu'il ne voulait pas se compromettre. Il ne fallait surtout pas l'effrayer. Se contenter d'être allusive, rester dans le vague, dire qu'elle ne savait pas très bien ce qu'elle devait faire. Qu'il s'agissait de quelque chose qui la travaillait... quelque chose que son oncle James lui avait dit avant sa mort. Oui, c'était la solution ! « J'ai pensé que vous deviez être mis au courant, Edward, parce que j'étais à l'étranger, n'est-ce pas, et quand je suis revenue, ça a été un choc de découvrir que votre oncle Arnold avait hérité de tout. » Oui, c'était la bonne tactique. Mais il faudrait y aller progressivement, ne pas lâcher le morceau d'un seul coup afin qu'ils se revoient pour en parler. Ne pas en dire trop tout de suite... lui donner l'impression que quelque chose la travaillait, qu'elle avait un poids sur la conscience, histoire de tirer les choses en longueur et de l'intriguer. Il n'y aurait aucun mal à ça, pas vrai ? C'était vraiment trop idiot de se casser la tête à cause de ce que pouvait raconter une vieille fille stupide comme Miss Silver...

« Dangereux... dangereux... dangereux », répétaient les roues ferraillantes du train.

14

Edward n'avait toujours pas une minute à lui. Prendre la succession du père Barr n'était pas une mince affaire. Si, passant en revue les livres de comptes, il tombait sur une facture concernant la réparation d'un toit, par exemple, ça y était : il était bon pour connaître en détail l'histoire des quatre ou cinq générations de la famille qui avaient vécu dans le cottage au cours des deux siècles passés. S'il avait cru qu'il connaissait ce coin de campagne sur le bout des doigts, force lui était de reconnaître humblement son erreur. Mr. Barr et ses aïeux jusqu'à un arrière-arrière-arrière-grand-père avaient occupé d'une manière ou d'une autre telle ou telle portion de tel ou tel domaine qui n'avait été acquis qu'à une époque plus récente par Lord Burlingham et ce qu'il ignorait des familles riches, pauvres ou moyennement aisées établies dans un rayon de vingt miles autour de Greenings ne méritait tout simplement pas la peine d'être cité.

« Ah ! Littleton Grange, disait-il. Nous l'avons racheté. Mon arrière-grand-père racontait une histoire à propos d'une des filles qui avaient habité là. Ça devait remonter à 1747 ou quelque chose comme ça. Son fiancé avait été mêlé à la rébellion jacobite et elle s'était enfuie en France où elle l'avait épousé. Mais la famille a prétendu qu'elle était morte de la petite vérole et c'est un cercueil sans personne dedans qu'on a enterré. Mon père se rappelait ce que disait son grand-père. Quand on a rouvert le caveau pour inhumer le dernier membre de la famille, il y a soixante-dix ans, il l'avait vu de ses yeux. Un des côtés de la bière était tombé et elle était aussi vide que le plat de la main. »

Continuant de feuilleter ses paperasses, Mr. Barr tomba sur Betsey Fulgrove qui, accusée de sorcellerie, avait été condamnée à être noyée à Burlingham Green... « C'est de là que vient le titre de Sa Seigneurie. Et vous pouvez dire ce que vous voulez, mais tout ce que je sais, c'est que quand mon grand-père a inspecté le plancher à moitié pourri de ce qui lui avait servi de maison, on a trouvé le squelette d'un petit enfant enveloppé dans un drap de lin. Aussi, si Betsey est morte après son plongeon, il y a des chances pour qu'elle n'ait eu que ce qu'elle méritait. »

Pour Edward, tout cela était extraordinairement apaisant : le vieux Barr au visage rougeaud plissé de rides et son accent campagnard, l'Angleterre rurale et la lente procession des vies individuelles qui finissent par constituer son histoire, l'essor, la progression et la chute d'une famille, l'introduction d'un nouveau type de culture ou d'une nouvelle espèce d'élevage, quelquefois adoptés après beaucoup d'hésitation et des palabres sans fin, mais, le plus souvent, rejetés et classés comme étant « la folie » de Tel ou Tel ! Il y avait des marottes et des lubies. Des fautes, des erreurs et des retours en arrière. Des crimes, des meurtres et des morts brutales. Il y avait eu l'Année de la Peste qui avait endeuillé Embank. Il y avait eu l'année de la grande tempête qui avait vu le clocher de St. Luke s'effondrer et crever le toit de la nef. C'étaient d'interminables histoires mettant en scène des gens sans nombre.

Peu à peu, Edward en était arrivé à conclure que quoi

qu'il lui fût arrivé, il n'était pas un cas particulier. Même dans ce petit coin d'Angleterre, il faisait partie d'une véritable société dont, au fil des siècles, les membres s'étaient battus, avaient trahi, avaient péché, s'étaient repentis ou avaient persévéré dans le péché, dont les luttes avaient tant soit peu contribué à améliorer le monde ou l'avaient, au contraire, un peu plus défiguré. A mesure que les jours passaient, ce qui était mort en lui commençait à renaître. Pas totalement, pas tout le temps, mais par intervalles. L'espace d'une heure ou deux, d'une journée ou d'une nuit, la chaleur revenait, il se réveillait. Parfois, il lui arrivait de dormir sans rêver.

Le lendemain du jour où Clarice était allée à Londres, il travaillait dans le bureau de l'agence immobilière. La fenêtre en saillie qui donnait sur un jardin passé au peigne fin était garnie de rideaux de dentelle et de doubles rideaux. Il était sept heures du soir et ils étaient tirés, ce qui rapetissait considérablement la pièce envahie de fumée de tabac. Il faisait chaud. Mr. Barr, indifférent au temps qu'il faisait dehors, tenait à ce que les fenêtres soient fermées et à ce que la cheminée soit allumée. Petit mais large d'épaules, il avait une épaisse crinière blanche toute frisée, et il se vantait d'être encore capable de tenir ses livres sans avoir besoin de mettre de lunettes. S'il n'y avait pas eu le registre paroissial indiquant sa date de naissance, personne ne se serait douté qu'il avait quatre-vingt-cinq ans bien sonnés. Il allait prendre sa retraite, c'était entendu, mais Edward ne se faisait pas d'illusions : retraite ou pas, aussi longtemps que le père Barr serait capable de mettre le doigt dans le pot de confiture Burlingham, il l'enfoncerait jusqu'au coude et l'agiterait vigoureusement.

On avait refermé les livres de comptes et le vieux Barr bourrait à nouveau sa pipe.

— N'allez pas vous imaginer que je me mêlerai de ce qui ne me regarde pas une fois que j'aurai passé la main. C'est bien la dernière chose qui me viendrait à l'idée.

Edward qui était déjà debout et se préparait à partir se mit à rire.

— Je suis convaincu que vous ne lâcherez le morceau qu'au tout dernier moment, si c'est là ce que vous voulez dire. Comme c'est ce à quoi je m'attends, inutile de vous faire du souci.

Le père Barr pouffa.

— Oh ! Je ne me fais pas de soucis. Je ne m'en suis jamais fait, alors il n'y a pas de raison pour que je commence. S'il y a une chose que j'ai apprise, c'est que les hommes ne se font jamais tellement de soucis. Beaucoup moins que les femmes, en tout cas. Qu'est-ce qu'elles se tracassent ! Surtout celles qui sont mariées, ce sont les pires. C'est en partie à cause de ça que je suis resté célibataire. Si c'est pas pour leur mari qu'elles se tracassent, c'est pour leurs enfants. Et si c'est pas pour eux, c'est pour les vêtements de leurs gosses, c'est pour leurs poules, ou pour leurs chats, ou pour leurs chiens, ou pour ce que pense la voisine. Pas question qu'une femme me fasse partager ses tracassins. C'est la décision que j'ai prise il y a plus de soixante ans et il n'y en a pas une seule qui m'ait fait changer d'avis.

Il émit un gloussement et tira sur sa pipe.

— Je ne dis pas qu'il n'y en ait pas qui ont fait tout ce qu'il fallait pour essayer, mais ça a toujours été en pure perte. Une personne respectable qui vienne me faire à manger et s'occuper du ménage, c'est tout ce que je demande. Et, pour ça, Mrs. Stokes est parfaite. Évidemment, on ne peut espérer qu'une femme ne fasse pas la causette, mais Mrs. Stokes sait ne pas dépasser les limites et qu'est-ce qu'on peut demander de plus ?

Il plongea une main dans sa poche et en sortit un bout de papier chiffonné.

— Tenez, voilà le nom du type que je vous causais...

Christopher Hale. Ça m'est revenu cette nuit, même que je me suis levé pour le noter. Ce que c'est que de vieillir ! Dans le temps, je n'aurais pas dû attendre qu'un nom me revienne. Enfin voilà... Christopher, mort noyé dans la souille en 1839. Je suis allé au cimetière ce matin jeter un œil sur sa pierre tombale. Kezia, sa femme, a fait graver plein de vers de mirliton dessus. Mon grand-père disait toujours qu'elle croyait qu'il avait été assassiné. Peut-être que non, mais peut-être que oui. Parce que, si on y réfléchit, ça ne doit pas être si facile que ça de se noyer dans la souille, vous ne pensez pas ?

Les petits yeux du père Barr, braqués sur Edward, luisaient d'un éclat acéré sous le chaume blanc de ses sourcils.

— Oh, je ne sais pas. Ce ne serait pas impossible pour un gars qui aurait bu un coup de trop. Ce qui a justement été le cas l'autre jour pour William Jackson.

Le regard acéré resta encore un moment fixé sur Edward. Puis Mr. Barr se retourna et balança d'un coup de pied une bûche dans le feu. Il y eut un geyser d'étincelles.

— C'est possible, après tout, dit-il avec détachement. N'empêche que Kezia a toujours cru dur comme fer qu'on l'avait assassiné, son mari.

Edward prit congé. Des nuages couraient dans le ciel noir. Il faisait frais et l'air pur était vivifiant. Quel contraste avec l'atmosphère enfumée du bureau de Barr ! Une bonne route bien dégagée menait à Embank. Un mile plus loin, on pouvait emprunter l'allée cavalière qui reliait la ville à Greenings, mais Edward prit le sentier qui traversait les bois de la propriété de Lord Burlingham pour rejoindre le chemin à peine tracé menant à la souille. Cela raccourcissait le trajet de près d'un demi-mile et c'était plus agréable. Il aimait entendre craquer les brindilles sous ses semelles et, dans le sous-bois, les mouvements révélateurs de la présence d'autres créatures en visite plus ou moins clandestine. Il n'était pas encore né, celui qui dirait au renard, au lapin, au blaireau, à l'hermine ou au chat de rencontre : « Il n'y a que moi qui ai le droit de chasser ! »

Il marchait sans se presser. Les nuits commençaient à se refroidir. Ils étaient très vieux, ces bois. Il y avait des chênes qui devaient être là depuis cinq cents ans et des ifs qui les dépassaient encore en âge. Une forêt était indiquée exactement à cet endroit sur une carte du comté datant de 1469 qu'Edward avait eu l'occasion de voir et, depuis, les propriétaires s'étaient succédé. Des noms normands, des noms anglais — des tombes au cimetière, des plaques funéraires à l'église. Et puis Lord Burlingham qui comme tous ses prédécesseurs avait adopté le nom du village de Burlingham à trois miles de Greenings. Jadis, il s'appelait tout bêtement Tom Thomson et, petit garçon, il vendait les journaux pieds nus dans les rues. Et maintenant, il était le nouveau hobereau du lieu, tels les jeunes arbres, robustes et pleins de sève, qui poussaient au milieu des vieux.

Edward émergea du couvert à l'endroit où le chemin descendait en pente douce vers la souille qu'il entendait clapoter. Le ruisseau était encore gonflé, mais même si elles étaient humides, les pierres qui permettaient de le franchir ne devaient pas être immergées. Il alluma sa torche électrique et la berge opposée lui apparut nettement. A droite, la silhouette de l'église se détachait à peine à contre-ciel avec l'allée de vieux ifs qui faisait une tache noire. Il éteignit sa lampe dès qu'il eut traversé la souille. Sa mémoire remplaçait efficacement ses yeux.

Au moment où il passait le portail du cimetière, quelque chose bougea.

— C'est vous, Edward ? fit une voix qui tremblait un peu.

Il la reconnut : c'était celle de Clarice Dean. En voilà une idée de l'attendre comme ça ! songea-t-il avec une soudaine irritation. Parce qu'elle l'attendait, cela ne faisait aucun doute. Elle n'avait rien à faire à l'église et, à sept heures vingt, on préparait le dîner au presbytère.

— Clarice ! s'exclama-t-il sur un ton involontairement acerbe.

Elle courut vers lui et passa son bras sous le sien.

— Vous ne pouvez pas savoir comme je suis heureuse de vous rencontrer, Edward ! Enfin, on ne voit rien dans cette obscurité, c'est affreux, mais j'ai aperçu la lumière de votre lampe et j'ai immédiatement compris que cela ne pouvait être que vous parce que Mrs. Deacon dit que vous passez toujours par là et que vous êtes pratiquement le seul à prendre ce chemin, surtout maintenant que ce pauvre William Jackson...

Elle s'interrompit pour reprendre sa respiration.

— Je pensais à toutes les choses épouvantables qui sont tapies dans le noir ! Vos chaussures couinaient quand vous êtes sorti de la souille...

— Elles sont trempées. Il y a beaucoup d'eau dans le ruisseau.

Clarice enfonça les doigts dans le gras du bras d'Edward.

— Je sais ! Mais je me disais que ce serait affolant si ce n'était pas vous... Si c'était... William Jackson... qui sortait tout mouillé... de la souille !

— Je n'ai jamais entendu parler de fantômes qui ont besoin d'une lampe électrique pour s'éclairer.

Son ton était odieusement terre à terre et il sentit Clarice frissonner.

— C'est qu'on ne pense pas à ce genre de choses quand on meurt de peur, vous savez. Et je ne suis pas comme vous, les gens de la campagne. Je n'ai pas l'habitude du noir.

Edward laissa échapper un rire sec.

— Dans ce cas, c'est bien simple. Vous n'avez qu'à rester à la maison.

Ils s'étaient mis en marche, non point que Clarice le voulût, mais parce qu'Edward était bien décidé à poursuivre sa route et que si elle ne lui avait pas emboîté le pas, force lui aurait été de lâcher son bras.

— Pour l'amour du ciel, ne me tirez pas comme cela, Edward ! Pourquoi pensez-vous donc que je suis venue en pleine nuit dans ce coin horrible ? C'était le seul moyen d'avoir un entretien avec vous. Ou bien vous n'êtes pas là, ou bien Susan vous saute dessus, et... il y a quelque chose dont je tiens à vous parler.

— Parlez — autant que vous voudrez, mais lâchez mon bras. Vous me serrez si fort que je suis sûr d'avoir des bleus.

Le seul résultat de ces protestations fut de renforcer encore l'étreinte de Clarice.

— C'est que c'est important, Edward... vraiment important. Pour vous. Il s'agit de quelque chose que je pense devoir absolument vous dire.

Ils avaient maintenant dépassé le cimetière et le portail du presbytère. Ils apercevaient le pavillon qu'habitaient la vieille Mrs. Stone et sa fille impotente. La lumière de la chambre de Betsey Stone brillait gaiement derrière les rideaux rouge vif qui avaient été le cadeau de Noël d'Emmeline. Il y avait d'autres fenêtres éclairées plus loin. La rue du village n'était guère un lieu propice aux confidences, même s'agissant de Clarice, songeait Edward. La maison des demoiselles Blake était toute proche.

— Je crois qu'il vaudrait mieux que cette conversation ait lieu un autre jour. Ni vous ni moi n'avons le temps maintenant. Je suis déjà en retard pour dîner et je suppose que, de votre côté, vous ne devez pas risquer de mécontenter Miss Mildred. Aussi, si vous n'y voyez pas d'inconvénient...

Edward avait accéléré l'allure. Ils étaient presque devant le pavillon et Clarice sentit que son plan était mal parti. Elle l'avait pourtant si minutieusement mis au point ! Elle n'avait pas eu l'intention de le bousculer. Pourquoi ne pouvait-il donc pas rester encore un peu, lui faire un brin de cour... bref, lui donner l'occasion de lui dire ce qu'elle tenait à lui dire ? Il ne cherchait vraiment pas à l'aider ! Elle éprouvait un violent sentiment d'urgence — comme si c'était une occasion unique qui ne se représenterait plus si elle avait le malheur de la laisser échapper.

— Vous ne comprenez pas ! s'exclama-t-elle. Ce n'est pas pour moi, c'est pour vous. Il s'agit du testament de votre oncle !

Elle n'aurait pas pu commettre pire erreur. Edward, immédiatement sur la défensive, donna libre cours à sa colère :

— Je n'ai pas la moindre intention de discuter des dernières volontés de mon oncle. Je vous serais on ne peut plus reconnaissant de vous abstenir d'aborder ce sujet.

— Mais, Edward, vous ne me laissez même pas vous expliquer...

— Je croyais pourtant avoir été suffisamment explicite ! Je ne veux pas de vos explications et je vous prie instamment de ne pas vous mêler de mes affaires. Ayez l'amabilité de vous occuper des vôtres et de laisser les miennes tranquilles. Est-ce que je suis assez clair, cette fois ?

A présent, ils étaient à la hauteur du pavillon dont, justement, la porte s'ouvrait. Une bougie à la main, la vieille Mrs. Stone, difforme et pliée en deux, raccompagnait quelqu'un. La flamme de la bougie éclaira la visiteuse : c'était Susan Wayne.

Clarice dut la voir avant Edward. Elle regardait dans cette direction alors que lui la regardait, elle. Pourquoi ne l'avait-elle pas fait taire ? Les deux femmes avaient sûrement perçu la rage qui faisait vibrer sa voix si elles n'avaient pas entendu les paroles qu'il venait de prononcer. Cette pensée la laissa effarée.

Alors, avant même qu'il eût pu l'en empêcher, Clarice se jeta à son cou et éclata en sanglots.

— Non, Edward... *mon chéri*... non, ne vous mettez pas en colère ! Je ne peux pas le supporter ! Vous me faites peur ! Oh, *Edward !*

Ils étaient tout près de la porte et la voix de Susan leur parvint distinctement :

— Bonne nuit, Mrs. Stone. Mais ne restez pas dans le froid.

Elle s'avança vers Edward et Clarice en courant.

— Que se passe-t-il ? Je ne vois pas... Oh, c'est vous, Clarice... Que vous arrive-t-il ? Vous seriez-vous foulé la cheville ou quelque chose comme ça ? Quel accident stupide ! Attendez ! Je vais vous soutenir. Appuyez-vous sur moi, nous allons vous raccompagner. Tout va bien, Mrs. Stone, ajouta-t-elle par-dessus son épaule. Elle s'est seulement tordu la cheville. Retournez auprès de Betsey.

Mrs. Stone rentra comme à regret et la porte se referma.

— C'est Miss Susan qui a causé de cheville foulée, les autres n'en avaient pas parlé avant. Si tu veux que je te dise, Betsey, il y a quelque chose entre elle et Mr. Edward, et il a dû lui faire des misères. C'est qu'elle pleurait, tu sais. Et elle disait qu'elle avait peur de lui.

Betsey Stone décocha un regard maussade à sa mère.

— Si tu crois que tu m'étonnes ! Je l'entendais d'ici. Ivre de rage, qu'il était.

Mrs. Stone hocha la tête.

— Mr. Edward a toujours eu mauvais caractère.

— Je pense que le mieux est de nous en aller, vous ne croyez pas ? dit Susan quand Mrs. Stone eut refermé.

Il n'y avait pas qu'Edward qui était en colère. Elle l'était aussi. La rage froide qui fait mal. Elle ne voyait pas ce qu'elle aurait pu dire de plus. Et, à part un ou deux hoquets étranglés, Clarice était tout aussi muette. Elle avait aussi bien pu pleurer pour de vrai que jouer la comédie ? Susan était assez hors d'elle pour être sûre qu'elle faisait son numéro.

Edward n'ouvrait pas la bouche. Cela suffisait amplement comme publicité, inutile d'en rajouter en jurant comme un charretier en pleine rue. Tous trois avançaient sans parler. Ce ne fut qu'une fois arrivés à la porte des demoiselles Blake que Susan rompit enfin un silence qui avait atteint l'extrême limite du supportable.

— Vous êtes très en retard pour le dîner et je pense que ces demoiselles ne vous auront pas attendue pour se mettre à table. Aussi, vous feriez bien de vous dépêcher. Mais n'oubliez surtout pas de boiter parce que, demain, tout le village saura que vous vous êtes foulé la cheville et que vous pleuriez sur l'épaule d'Edward.

Clarice laissa échapper un gémissement plus bruyant que les autres.

— Oh, Susan... vous n'allez pas raconter...

— Moi pas, mais vous pouvez être sûre et certaine que Mrs. Stone saura s'en charger. J'espère seulement qu'elle se rappellera cette histoire de cheville. Bonsoir !

Edward ne l'avait pas attendue et Susan dut courir pour le rattraper, mais pour l'attention qu'il lui prêta, elle aurait aussi bien pu être au diable vauvert. Ce ne fut que lorsqu'il eut posé la main sur le loquet du portail d'Emmeline qu'il recouvra l'usage de la parole :

— Je finirai un jour ou l'autre par la tuer, cette fille ! grommela-t-il.

Une vague de chaleur s'empara de Susan. Elle était bien d'accord avec lui ! Elle se sentit soudain toute ragaillardie. Comme c'était bon !

— Mais qu'est-ce qui a bien pu lui prendre ?

Edward eut un ricanement sarcastique.

— Je n'en ai pas la moindre idée ! Elle a l'air de se figurer qu'elle a pour mission de fourrer son nez dans mes affaires et je crains que cela m'ait fichu en rogne.

— Ça, on peut dire que vous paraissiez en colère, en effet.

— Qu'est-ce que vous pensez que la vieille dame a entendu ?

— Je ne sais pas. Mais comme elle n'est pas sourde, je suppose qu'elle en a entendu à peu près autant que moi.

— Et qu'avez-vous entendu au juste ?

— Eh bien, quand j'ai ouvert la porte, je vous ai vu là et vous étiez en colère. Je n'ai pas saisi les paroles que vous avez dites... j'ai seulement compris que vous n'étiez pas particulièrement content. Et puis Clarice a éclaté en sanglots et a dit que vous lui faisiez peur.

— Elle en a dit beaucoup plus long, fit Edward sur un ton cassant. Je suppose que vous avez tout entendu. Et Mrs. Stone aussi, certainement.

— Oui, et c'est pourquoi j'ai inventé cette histoire de cheville. Clarice est tout à fait le genre de fille à pousser des cris si elle se fait mal... enfin, j'imagine. N'importe comment, elle est loin d'être la seule dans ce cas-là et tout ce que j'espérais, c'était que Mrs. Stone penserait que c'était pour ça que vous étiez en colère.

Edward poussa la grille et ils s'engagèrent dans l'allée. Sous un rosier, deux yeux d'un vert flamboyant étaient braqués sur eux. Il y eut un miaulement plaintif et Susan sentit quelque chose de doux et de chaud se frotter sur sa cheville.

— Cette maison est une arche de Noé à l'usage des chats, dit Edward. Je me demande combien Emmeline en aurait aujourd'hui s'il n'y avait pas eu la guerre ! Félicitations, ajouta-t-il en saisissant la poignée de la porte. Pour un premier essai en matière de mensonges sous l'inspiration du moment, c'était presque un coup de maître, ma petite Susan.

15

« Il ne faut pas que j'oublie de boiter », songea Clarice. Comme elle se creusait la tête pour essayer de trouver une histoire qui expliquerait pourquoi elle était allée jusqu'au pavillon de Mrs. Stone, il lui apparut soudain que le plus simple était encore de dire la vérité : qu'elle s'était rendue à la souille pour rencontrer Edward Random.

— Et je me suis foulé la cheville. La nuit, je ne suis bonne à rien, j'ai peur du noir. Nous sommes tombés sur Susan qui sortait de chez Mrs. Stone et nous sommes partis ensemble tous les trois. J'étais bien contente d'avoir son bras et celui d'Edward pour me soutenir.

Miss Mildred émit un reniflement.

— Emmeline la pourrit, la vieille ! Quand elle ne lui fait pas cadeau d'œufs ou de fruits, il faut qu'elle lui donne Dieu sait quoi pour Betsey, son poison de fille ! Quant à vous, Miss Dean, si vous voulez mon avis, vous feriez mieux de ne pas vous aventurer dans le noir puisque cela ne vous réussit pas.

— Je me dépêchais parce que j'avais peur d'être en retard.

— Ce qui est le cas !

Miss Ora prit un mouchoir et un flacon d'eau de

Cologne. Mildred allait se montrer désagréable. Sans raison. Comme c'était pénible ! Il fallait essayer de créer une diversion.

— Susan a-t-elle dit que Betsey allait un peu mieux ? Il y a deux jours, le Dr Croft était inquiet.

Miss Mildred lâcha un nouveau reniflement.

— Betsey Stone nous survivra à tous. Sa mère est aux petits soins pour elle et tout le monde les comble de faveurs. Je doute fort que Susan ait fait allusion à elle. Et si on veut dîner, je crois qu'il serait largement temps de passer à table. J'ai déjà dû éteindre deux fois le gaz sous le potage.

Le repas terminé, Miss Mildred fit la vaisselle et Clarice mit Miss Ora au lit. Celle-ci n'avait nul besoin de l'aide d'une infirmière pour se déshabiller et faire ses ablutions, mais l'empêcher d'agir comme cela lui chantait était d'une difficulté quasiment insurmontable. C'était un combat perdu d'avance que sa sœur avait abandonné depuis bien des années. Si Ora tenait à ce qu'une garde-malade s'occupe d'elle, une floraison de symptômes inquiétants surgissaient comme par magie jusqu'à ce qu'elle ait gain de cause et qu'elle ait son infirmière à son chevet. Dépenser de l'argent de cette façon était un gaspillage honteux, mais comment faire autrement ? Il fallait bien en passer par là. Quand Ora disait que la moitié des revenus qui rentraient était à elle, Mildred était bien forcée de s'incliner. Cela la mettait hors d'elle, mais si elle voulait gérer le compte en banque de sa sœur comme elle l'entendait, force lui était de se faire une raison et de supporter le défilé sans fin des infirmières qui ne cessaient de se succéder. Aucune ne restait d'ailleurs très longtemps et il n'y en avait encore jamais eu qu'une seule qui à force d'être houspillée et cajolée avait accepté de faire la vaisselle. Une fille à moitié débile qui avait rendu son tablier au bout de trois jours.

Quand Miss Ora fut couchée, Clarice redescendit. Elle tenait une enveloppe à la main.

— Je vais juste poster cette lettre, dit-elle. Je n'en aurai pas pour longtemps.

La bonne vieille excuse! Il suffit d'un coup d'œil à Miss Mildred pour se rendre compte que l'enveloppe était vide. Pour faire croire qu'elle allait effectivement à la poste, il aurait fallu que l'infirmière ait au moins pris soin d'y glisser une feuille de papier. Après un de ces habituels reniflements méprisants, Miss Mildred monta au salon.

Clarice courut d'une traite jusque chez Mrs. Alexander. La boîte aux lettres était fixée au mur du magasin à côté de la cabine téléphonique. Elle avait complètement oublié qu'elle était censée s'être tordu la cheville. Elle fourra l'enveloppe vide dans sa poche, se glissa dans la cabine et composa le numéro du pavillon du garde. Il fallait — il fallait absolument — qu'elle voie Edward et l'oblige à l'écouter. Si tous les abonnés au téléphone du village n'avaient pas été sur la même ligne, elle aurait pu lui dire tout de suite ce qu'elle avait à dire. Mais on ne savait jamais s'il n'y avait pas quelqu'un qui écoutait. Tout le monde savait que quand Miss Sims, la gouvernante du Dr Croft, n'écoutait pas la radio, c'était qu'elle avait décroché le téléphone. Tout comme Miss Ora... sauf qu'à l'heure qu'il était, cette dernière était au lit.

Clarice se demandait si elle ne pourrait pas lâcher au moins une allusion suffisamment claire à l'oreille d'Edward. Le problème, c'était que, dans ces cas-là, on ne dit pour ainsi dire jamais exactement ce qu'on a prévu. Soit on ne dit rien, soit on en dit trop ou trop peu.

Là-bas, dans le pavillon, Susan était en train de parler de son travail au Manoir.

— Rien ne prend autant la poussière que les livres. Il va falloir que j'aille m'acheter une blouse à Embank.

Ce n'est pas croyable ce que ce travail peut être salissant ! Pour moi, on n'a pas touché à la plupart de ces bouquins depuis au moins cinquante ans. J'ai commencé par le rayon qui s'arrête à la fenêtre, celui qui regroupe tous les romans victoriens en trois volumes.

Emmeline qui se préparait à remettre l'un des enfants d'Amina dans le panier à chats leva la tête.

— Jonathan disait toujours que les victoriens finiraient par revenir au goût du jour. C'est qu'il les lisait, vous savez. Et il avait raison... regardez Trollope à la T.S.F. Vous êtes vraiment sûre que ça ne vous a pas fatiguée de passer chez Mrs. Stone, ma petite Susan ? Il y avait cinq œufs aujourd'hui, et il me semble qu'il était entendu qu'ils avaient droit à deux. A moins que... Je n'y ai pas pensé sur le moment, Edward, mais vous en auriez peut-être mangé un de plus ?

Elle était passée d'un sujet à l'autre sans changer de ton. Les goûts de Jonathan en matière de littérature et les goûts d'Edward en matière de nourriture avaient droit à la même attention affable et superficielle. Edward trouvait cela reposant. Emmeline prenait tout — le passé et le présent, les œufs et les romans, les gens, les poules et les chiens — comme cela venait... de la nourriture pour les affamés, de la bonté pour les malheureux, de la tolérance pour tout le monde.

Comme elle s'intéressait maintenant au petit chat qui voulait à toute force sortir du panier, elle avait oublié Edward avant même qu'il eût refusé un second œuf. Il allait dire que la vieille Mrs. Stone était une parasitenée, mais que si Emmeline tenait à l'accabler sous les cadeaux, c'était son affaire, quand le téléphone sonna dans la pièce du fond. Expliquant que Barr avait dit qu'il l'appellerait à propos d'une facture qu'il n'avait pas retrouvée dans la comptabilité, il se leva pour aller répondre.

Lorsqu'il décrocha, Clarice entendit le déclic, puis sa voix :

— Allô... C'est vous, Mr. Barr ?

— Non, c'est moi.

En général, Clarice était parfaitement maîtresse d'elle-même, mais, à présent, elle était nerveuse. Elle ne savait pas pourquoi, mais cette affaire l'effrayait — l'effrayait vraiment.

— Edward... *Edward chéri*... il faut que je vous voie. Il le faut absolument.

Elle parlait d'une voix précipitée et les mots se bousculaient dans sa bouche.

— Il y a quelque chose que vous devez savoir... à propos de votre oncle...

— Figurez-vous qu'il y a quelqu'un d'autre sur la ligne ! Vous n'avez pas entendu le déclic ? Je coupe ! Et sachez que je ne discute pas de mes affaires par téléphone, ni maintenant ni plus tard !

Il n'y avait plus de tonalité. La ligne était morte. Si un tiers était effectivement au bout du fil, il avait dû raccrocher exactement au même instant qu'Edward car il n'y avait pas eu de second déclic. Mais était-ce bien sûr ? Edward disait qu'il y en avait eu un premier, mais Clarice ne l'avait pas entendu. Peut-être parce que son cœur battait trop fort ? A moins qu'il ne se fût agi que d'une excuse qu'il avait imaginée pour se débarrasser d'elle ? Toujours était-il que, maintenant, la ligne était bel et bien morte.

Clarice raccrocha à son tour et revint sur ses pas. Comme elle entrait dans le vestibule plongé dans l'obscurité, Miss Mildred ouvrit la porte de la cuisine.

— Vous y avez mis le temps pour poster votre lettre.

Clarice se rappela qu'elle était censée boiter.

— Mon... mon pied...

— Ah bon ? Je croyais que c'était votre cheville. Elle

semblait fonctionner à merveille quand vous êtes entrée. C'est sans doute encore une de ces guérisons miraculeuses ! Eh bien, puisque vous êtes là, vous devriez monter chez ma sœur. Elle n'arrête pas de sonner.

16

Ce fut deux jours plus tard que Miss Silver reçut une lettre de la fille d'une de ses anciennes camarades d'école. Elle avait passé toute la journée dehors et avait été copieusement arrosée — il faisait encore un temps épouvantable. Elle avait pris le temps de se changer de la tête aux pieds avant de s'asseoir devant le feu pour jeter un coup d'œil au courrier. Quelle joie de retrouver cette chambre accueillante après avoir subi toutes ces averses ! Le nouveau tapis et les nouveaux rideaux qui avaient remplacé leurs ancêtres, mis à la retraite après les longues années de service qui les avaient usés jusqu'à la trame, faisaient de bien plaisantes taches de couleur. Elle avait eu la chance de retrouver le bleu flamboyant auquel elle tenait tant et le tapis était enjolivé de guirlandes de roses aux nuances multiples. Cet arrière-plan ne faisait que mettre en valeur les fauteuils victoriens à chauffeuse pour les pieds et aux accoudoirs de noyer et à la tapisserie brodée de feuilles d'acanthe. Les gravures inspirées des tableaux favoris de Miss Silver — *Espoir* de G.F. Watts, *Black Brunswicker* de Sir John Millais, *Chasse à courre* de Landseer — qui ornaient les murs contemplaient cet aimable intérieur.

La seule note dissonante qui aurait pu faire tiquer un étranger était le grand bureau moderne trônant devant la fenêtre. Mais c'était là pour Miss Silver un accessoire nécessaire et tellement indispensable pour sa vie professionnelle qu'il ne faisait que rehausser le plaisir que lui apportaient son appartement et tout ce qui en constituait le décor. N'était-ce pas, en effet, le symbole visible de son émancipation des contraintes liées à ce qu'elle appelait toujours métaphoriquement sa carrière scolastique ? Des années durant, elle n'avait eu d'autre perspective que de passer son existence à enseigner les enfants des autres jusqu'au jour où elle toucherait une maigre retraite. C'était à son activité de détective privé qu'elle devait son indépendance et un modeste bien-être. Elle avait un peu le sentiment d'appartenir à la même époque que ses chers tableaux et ses fauteuils de noyer. Ses cheveux qui s'argentaient à peine ramenés en chignon sur la nuque et formant une frange frisottée sur le front, le tout sévèrement maintenu par un filet ; ses traits distingués ; sa robe de cachemire vert olive qui semblait n'avoir jamais été en accord avec la façon de s'habiller des personnes qui se soumettent aux impératifs de la mode — tout contribuait à cette impression. Une broche en or massif aux dimensions impressionnantes, portant gravées en relief les initiales enlacées des parents de Miss Silver, fermait l'encolure de sa robe. Cette précieuse relique renfermait des boucles de leurs cheveux. Les meubles étaient l'héritage d'une grand-tante et quand elle balayait avec satisfaction son intérieur d'un regard débordant de gratitude, elle avait en quelque sorte l'impression d'être au sein de sa famille.

Voilà pour ce qui était du passé. Les photographies dans leurs cadres d'argent, de peluche, de velours filigrané qui s'entassaient sur le manteau de la cheminée, les rayonnages et tous les meubles disponibles à l'exception du bureau étaient autant de témoignages de réalisations plus récentes. Elles lui avaient été offertes par des gens qu'elle avait tirés d'embarras, innocentés alors qu'ils étaient sous le coup de soupçons injustes, sortis de la situation intolérable où ils se débattaient, voire sauvés d'une mort certaine; de jeunes garçons et des jeunes filles, des bébés qui ne seraient peut-être pas nés si elle n'était pas intervenue pour protéger ou disculper leurs parents accusés de méfaits qu'ils n'avaient jamais commis.

Se préparant à ouvrir sa lettre, Miss Silver se délectait par avance en songeant à la bonne tasse de thé brûlant que la fidèle Emma Meadows était en train de préparer et qu'elle allait lui apporter d'une minute à l'autre. Et tout en la dégustant accompagnée d'un de ces merveilleux scones dont Emma avait le secret, elle découvrirait avec le plus grand plaisir ce que la fille de son amie avait à lui dire. Mary Meredith avait été sa grande amie à l'école, mais elle s'était mariée à dix-huit ans et, depuis, ses obligations d'épouse de pasteur l'avaient entièrement absorbée. Leur correspondance s'était de plus en plus raréfiée, mais elle n'avait jamais manqué d'adresser ses vœux de Noël à Maud Silver. Jusqu'à l'année dernière, quand Ruth, sa fille, lui avait annoncé la mort de sa maman. Miss Silver s'était rendue à l'enterrement et avait fait sa connaissance. C'était fou ce qu'elle pouvait ressembler à sa mère ! Comme elle, qui plus est, elle avait épousé un ecclésiastique et vivait à la campagne. « Un petit trou adorable et le presbytère est une vraie merveille. Et c'est à deux pas de la ville. Pourquoi ne viendriez-vous pas y passer quelques jours, Miss Silver ? »

L'invitation avait été faite de bon cœur, mais, pressée par le travail pendant les mois d'été, Miss Silver n'avait pas pu se libérer.

Elle sortit la lettre de l'enveloppe et la déplia. « Presbytère de Greenings, par Embank », disait l'en-tête. Elle datait de la veille. Miss Silver déplaça son fauteuil pour rapprocher ses pieds glacés du feu et commença à la lire.

« Chère Miss Silver,

« Comme je suis heureuse d'avoir de vos nouvelles ! J'espérais que vous passeriez nous voir cet été, mais je sais combien vous êtes occupée. Mais vous prenez quand même bien des vacances de temps en temps, n'est-ce pas ? Alors, la prochaine fois, pensez à nous. Greenings est un tout petit village, mais John a fort à faire car l'église dessert trois paroisses, sans compter les visites qu'il doit faire aux fidèles disséminés aux alentours. Les conditions d'existence sont très primitives, en un sens, mais nous sommes en même temps tout à fait modernes. Par exemple, bien qu'un ruisseau, la souille comme on l'appelle, coupe la route conduisant au village — un malheureux s'y est d'ailleurs noyé l'autre jour —, nous avons le téléphone. C'est, toutefois, une ligne collective de sorte que les conversations confidentielles sont exclues ! L'église est ancienne et présente beaucoup d'intérêt. Elle s'enorgueillit d'abriter le tombeau d'un Croisé et elle possède de fort belles sculptures. Nous avons hérité de la gouvernante de l'ancien vicaire. Ce n'est plus une jeunesse, mais c'est un fin cordon-bleu. Et vous allez vous écrier que je nage dans le luxe et l'abondance quand je vous aurai dit que je viens d'engager une femme de chambre ! C'est la veuve du pauvre homme qui s'est noyé dans la souille. John n'avait pas de fortune personnelle quand nous nous sommes mariés, mais un de ses vieux cousins qui est mort il y a deux ans lui a fait un legs conséquent, de sorte que nous bénéficions maintenant d'une aisance largement suffisante. Si seulement nous avions des enfants pour la partager ! Mais John est la crème des maris et nous n'avons vraiment pas à nous plaindre.

« Oui, je crois que je connais la jeune fille dont vous parlez dans votre lettre. Si elle a fait allusion à une certaine Miss Ora, il ne peut s'agir que de Clarice Dean, l'infirmière de Miss Ora Blake, une vieille demoiselle qui habite le village. Ora n'est certainement pas un nom très courant et la description que vous faites de cette jeune fille correspond parfaitement à Miss Dean. C'est la seconde fois qu'elle vient ici. Elle soignait déjà Mr. James Random — il est mort juste avant notre arrivée — et presque tout le monde la connaît. D'après ce qu'on laisse entendre, elle serait plus ou moins amoureuse du neveu de Mr. Random. Mais ce ne sont là que des racontars et je ferais peut-être aussi bien de raturer tout ça. Néanmoins, je m'en abstiendrai parce que cela rendrait ma lettre illisible et je n'ai pas le temps de la recommencer. Et allez donc savoir ce qui est ou qui n'est pas simple cancan ! Dans un petit village, tout le monde se connaît et il est tout naturel de s'intéresser à ce qui se passe. John est assez strict là-dessus, mais on ne peut pas avoir une attitude rigide et inamicale envers les gens, n'est-il pas vrai ? Et quelle importance cela peut-il bien avoir si l'on n'éprouve que de la sympathie pour eux ?

« Je ne peux que vous redire combien votre lettre m'a fait plaisir, chère Miss Silver. Je vous adresse toutes mes amitiés.

« Bien à vous,

RUTH BALL. »

« Ruth sera toujours la gentillesse faite femme », songea Miss Silver en posant la lettre sur ses genoux.

La porte s'ouvrit au même moment et Emma entra avec le plateau. Rondelette, le teint rose d'une fille de la campagne, ses cheveux gris soigneusement tirés en arrière, c'était une personne calme et tranquille.

— Voilà votre thé, Miss. Comme vous n'avez pour ainsi dire rien pris au déjeuner, je suppose, je vous ai préparé un ou deux sandwiches et je vous ai mis du miel pour aller avec les scones. Et je vous apporte aussi le journal du soir. J'ai hésité parce qu'il vaut mieux que vous buviez votre thé pendant qu'il est chaud, mais j'étais sûre que vous me l'auriez réclamé si je ne l'avais pas apporté.

Miss Silver tendit la main pour le prendre. « Vraiment, vous êtes aux petits soins pour moi, Emma », s'apprêtait-elle à dire quand ses yeux accrochèrent un titre en gros caractères et elle n'alla pas jusqu'au bout de sa phrase.

ÉTRANGE COÏNCIDENCE, lut-elle. UNE JEUNE FILLE SE NOIE DANS LA SOUILLE.

17

Ce fut Edward Random qui découvrit le corps de Clarice Dean. Dix heures sonnaient à l'horloge de l'église juste au moment où, arrivant au bord de la souille, il braquait sa lampe sur la première des grosses pierres. Le faisceau de lumière éclaira une main. Rien qu'une main. Quand il en eut approché sa torche, il distingua le poignet, le bord de la manche trempée d'un manteau et, sous l'eau, la vague silhouette du corps. Dans le trou d'eau même où William Jackson s'était noyé. Le courant qui avait entraîné cette main jusqu'au rebord oblique de la pierre la faisait légèrement bouger comme si elle vivait encore faiblement. Sur le moment, Edward était dans l'impossibilité de dire avec certitude qui était cette femme. Elle avait la figure dans l'eau qui la recouvrait entièrement.

Il posa sa torche sur le bas-côté et s'approcha du cadavre. Il se trouvait dans la partie la plus profonde du ruisseau, mais l'eau ne lui arrivait même pas aux genoux. Ce n'était guère plus qu'un nid-de-poule. Si la femme avait mis le pied dans ce trou d'eau et avait perdu l'équilibre, il y avait fort à parier qu'elle ne se serait pas noyée.

Or, elle s'était bel et bien noyée.

Edward la hissa hors de la souille — ce qui ne fut pas

facile car ses semelles glissaient sur la banquette — et quand il l'eut étendue sur le sol, il reprit sa lampe et éclaira son visage. Ce fut alors qu'il vit que c'était Clarice Dean. Et qu'il n'y avait pas la moindre chance qu'elle fût encore en vie. Il tâta le poignet, mais le pouls ne battait plus. Il le savait d'ailleurs d'avance, mais il fallait en avoir la certitude.

Nul ne prétendit par la suite qu'après l'avoir sortie de la souille il aurait pu en faire plus qu'il en avait fait, à savoir allonger le corps à plat ventre sur le talus pour évacuer le trop-plein d'eau, puis courir chercher de l'aide au presbytère.

Mais Clarice était morte. Quand le Dr Croft arriva sur les lieux, Edward et le vicaire s'efforçaient de lui faire de la respiration artificielle, mais leurs efforts s'avérèrent vains. L'ambulance d'Embank fit à nouveau son macabre aller et retour et quand la population apprit que la mort avait frappé une seconde fois, Clarice Dean avait quitté Greenings pour toujours.

Le médecin se devait de mettre les demoiselles Blake au courant. Miss Mildred descendit lui ouvrir, une bougie à la main. Elle avait passé son vieux manteau sur une chemise de nuit en pilou.

— Que se passe-t-il, docteur? lui demanda-t-elle. Pourquoi cette visite à une heure pareille?

— Saviez-vous que Miss Dean était sortie?

— Non... bien sûr que non. Elle s'est couchée tôt... elle avait la migraine, paraît-il. Qu'est-ce qui vous fait croire qu'elle est sortie? Jamais elle ne sort aussi tard. Qu'irait-elle faire à une heure pareille? Il est onze heures!

— Presque. Mais la question n'est pas là. Elle est sortie, j'ai peur qu'il n'y ait aucun doute là-dessus.

— Peur? Que voulez-vous dire? Il est arrivé quelque chose?

— En effet.

Il y avait presque de l'impatience dans le ton du docteur.

— Cela va vous causer un choc et je crois qu'il serait préférable de ne rien dire à votre sœur jusqu'à demain matin. Miss Dean a eu un accident.

— Un accident ? Quel accident ? Que s'est-il passé ?

— Elle s'est noyée dans la souille.

Miss Mildred posa la bougie sur le pilastre de la rampe de l'escalier.

— C'est impossible !

— C'est pourtant le cas, je le crains.

Le vieux manteau de Miss Mildred s'était ouvert, révélant le triste état de ce qu'il était censé dissimuler. La chemise de nuit, jadis blanche, avait pris une teinte d'un gris douteux. N'importe quelle femme se serait instinctivement demandé quel âge pouvait bien avoir cette chemise vénérable. Étant un homme, le Dr Croft se dit simplement avec dégoût que Mildred Blake semblait sortir tout droit d'un taudis pour clochards. Il avait hâte d'en finir.

— Quoi qu'il en soit, dit-il vivement, on ne peut rien faire cette nuit. La police sera là demain matin. Les enquêteurs voudront savoir si elle présentait des signes de dépression. Ne touchez à rien dans sa chambre, il faudra qu'ils examinent ses affaires. Je passerai voir Miss Ora demain. Bonsoir !

Miss Mildred émit un reniflement.

— Où allons-nous trouver une autre infirmière ? fit-elle d'une voix acide.

Le Dr Croft ferma la porte avec plus de violence qu'il n'était nécessaire.

18

A neuf heures du matin, tout Greenings savait que Clarice Dean avait été retrouvée noyée dans la souille. Après que la gouvernante du Dr Croft eut passé vingt minutes au magasin de Mrs. Alexander, bien des personnes étaient arrivées à la conclusion qu'il s'agissait d'un drame de l'amour contrarié, qu'elle s'était suicidée parce qu'elle était amoureuse d'Edward Random qui l'avait repoussée. Tout cela parce que Miss Sims avait cru entendre la veille le téléphone sonner dans le cabinet du docteur.

— Il devait être dans les huit heures et quart, quelque chose comme ça, et comme le docteur n'était pas encore rentré, je suis descendue répondre. Mais quand j'ai eu décroché, j'ai seulement entendu Miss Dean qui causait avec Mr. Edward Random. Bouleversée, qu'elle était. Je crois n'avoir jamais entendu quelqu'un qui paraissait aussi catastrophé et c'était à peine si je reconnaissais sa voix. Mais c'était bien elle, vous pouvez me croire sur parole. L'appareil est juste à côté de la fenêtre et j'ai eu qu'à repousser le bord du rideau pour voir qui était dans la cabine téléphonique. Dedans, il fait sombre, tout le monde sait ça, mais comme je n'avais pas allumé dans le cabinet du docteur parce que je m'étais précipitée pour répondre, je l'ai reconnue tout de suite sans erreur possible. Et, en plus, c'était bien sa voix à elle, mais elle était toute chavirée. « Edward, qu'elle disait, il faut que je vous voie... il le faut absolument ! » Et elle a ajouté quelque chose où il était question de son oncle qu'elle avait soigné, mais, là, j'ai pas bien compris parce le docteur est arrivé à ce moment et le bruit de sa clef dans la serrure m'a empêchée d'entendre. Et juste quand j'allais reposer l'écouteur, Mr. Edward a parlé à son tour. Avec une brutalité, quelque chose de pas croyable. « Edward, il faut absolument que je vous voie ! » qu'elle disait. Et lui, qui lui clouait le bec... En rage, qu'il était. Alors, si vous voulez mon avis, la pauvre petite a décidé d'en finir et elle s'est noyée. Forcément. Parce qu'on peut pas se noyer dans la souille si on n'en a pas l'intention. A moins d'être fin saoul comme William Jackson.

Mais une heure après que la vieille Mrs. Stone eut fait son apparition dans le magasin, une rumeur plus sinistre commença à se faire jour.

— Je l'ai entendu de mes propres oreilles. C'est que j'ai l'ouïe fine, ça, je peux le dire et j'en suis bien contente. Miss Susan avait apporté un œuf ou deux pour Betsey qui n'allait pas fort depuis mardi. J'étais restée debout toute la nuit, j'étais sûre qu'elle ne verrait pas le jour se lever. Donc, Miss Susan était là comme je disais et au moment où elle partait et que je lui ouvrais la porte, qui je vois qui arrive ? Mr. Edward et cette Miss Dean. Évidemment, sur le moment, je savais pas que c'était eux — juste un homme et une jeune fille qui se disputaient. Même que la fille, elle pleurait. Et puis elle a dit son nom si fort que tout le monde pouvait l'entendre. « Edward », elle l'appelait. « Mon chéri », même qu'elle a dit. Et elle se cramponnait à lui. « Non, ne vous mettez pas en colère ! elle lui disait. Je ne peux pas le supporter ! Vous me faites peur ! »

Mrs. Alexander plissa le front.

— Elle n'avait aucune raison d'avoir peur de Mr. Edward.

Mrs. Stone lui lança un coup d'œil en coulisse.

— En tout cas, il semble qu'elle pensait différemment parce que c'est bien ce que j'ai entendu de mes propres oreilles. « J'ai peur de vous quand vous êtes comme ça », qu'elle lui a dit. Et lui, il lui a dit de lui ficher la paix. Peut-être que s'il l'avait laissée tranquille, ça aurait mieux valu pour elle, la pauvre malheureuse. Ça, pour avoir peur, elle avait peur, c'est moi qui vous le dis, et il n'y a pas de fumée sans feu.

— Mr. Edward ne ferait pas de mal à une mouche, objecta Mrs. Alexander.

Été comme hiver, la plantureuse Mrs. Stone portait un imper et était coiffée d'une casquette d'homme. Elle se pencha sur le comptoir.

— Peut-être que oui, peut-être que non. Mais c'est pas des mouches que je cause. La petite, elle avait peur et si un homme me parlait sur le même ton... eh bien, je ne sais pas si je n'aurais pas peur, moi aussi. « *Mon chéri!* » elle lui a dit. Et elle l'a supplié de ne pas se mettre en colère, je ne sortirai pas de là.

Sur quoi, Mrs. Stone regagna son domicile pour s'occuper de Betsey, ce qui lui prit pas mal de temps parce qu'en chemin elle rencontra trois ou quatre personnes à qui elle raconta sa petite histoire — et, chaque fois, Clarice avait davantage peur, chaque fois Edward Random était plus brutal.

L'opinion publique commença à évoluer et à se modifier. Il était déjà arrivé que des jeunes filles se jettent à l'eau après avoir été malmenées par un homme. Rien d'impossible à ce que Clarice Dean se soit donné la mort si Edward Random l'avait malmenée. Quand deux personnes parlaient d'elle, le mot « peur » ne cessait de revenir dans la conversation.

Elle avait peur.

Mrs. Stone disait qu'elle avait peur.

Miss Sims disait qu'elle avait peur.

Toutes les deux l'avaient entendue parler à Edward Random et elle avait peur.

Elle avait peur d'Edward Random.

Et elle s'était noyée dans la souille.

Ce n'était pas le genre de fille à s'effrayer pour rien, commençait-on à se dire. Et de quoi avait-elle eu peur pour autant qu'elle eût peur ? Et, *last but non least* : « On peut se noyer, mais ce n'est pas obligatoirement parce qu'on s'est suicidé. »

La police d'Embank en la personne de l'inspecteur Bury vint interroger les demoiselles Blake — Miss Ora revêtue de son plus beau châle, passionnée et les yeux brillants, le rose aux joues ; et Miss Mildred détachée et pas coopérative pour un sou. Toutes deux affirmèrent que Clarice Dean leur avait paru... « surexcitée, inspecteur, si vous voyez ce que je veux dire », précisa Miss Ora, la plus ouverte des deux sœurs.

L'inspecteur la considéra d'un œil intéressé.

— Et quand avez-vous pris pour la première fois conscience de cet état de surexcitation ?

— Eh bien... ça a été après le déjeuner... n'est-ce pas, Mildred ? Oui, après le déjeuner, j'en suis sûre. Je venais juste de voir passer Mr. Edward Random et j'étais étonnée parce que c'est d'habitude le matin qu'il passe et qu'il ne repasse qu'à une heure tardive. Mais jamais aussi tard que cela a été le cas hier soir, naturellement. J'ai appris que c'est lui qui a découvert le corps de cette pauvre petite, mais c'était tout à fait exceptionnel... qu'il rentre aussi tard, je veux dire. Lord Burlingham lui a donné la succession du vieux Mr. Barr, vous savez. Je plains la pauvre Mrs. Random. Elle ne sait jamais quand il rentre pour dîner, ça ne lui facilite pas la vie. Si encore elle était sa mère...

— Une minute, Miss Blake. Vous dites que c'est peu

après le déjeuner que vous avez remarqué que Miss Dean était particulièrement surexcitée ?

Miss Ora secoua affirmativement la tête.

— C'est à ce moment que ça m'a frappée. Elle aidait ma sœur à descendre des choses — être obligée de monter le plateau du déjeuner au premier étage n'est pas très pratique, mais je suis infirme et il n'est pas question pour moi de monter et descendre l'escalier. Quand elle est revenue, elle était toute rouge et elle arborait un grand sourire comme si quelque chose d'agréable venait de lui arriver.

— Vous a-t-elle dit quoi ?

— Oh non ! Et je ne le lui ai naturellement pas demandé. Encourager les confidences du personnel n'est pas une chose tellement recommandée, vous savez.

L'inspecteur se tourna vers Miss Mildred qui, enveloppée dans ses vieilles frusques élimées, était en train de rapiécer un bas qui avait connu des jours meilleurs dans un lointain passé. Cela manquerait singulièrement de confort quand elle le porterait, vu que le tissu de la pièce qu'elle ravaudait était beaucoup plus raide, songea le policier.

— Vous êtes descendue avec Miss Dean...

— Elle est descendue avec moi, rectifia Mildred.

— S'est-il passé dans l'escalier quelque chose qui expliquerait cet état de surexcitation dont parle votre sœur ?

Un reniflement accueillit la question.

— Parce que je suis censée rendre compte des changements d'humeur d'une péronnelle versatile ?

— Vous la trouviez... étourdie ?

— C'est le cas de presque toutes ces jeunesses. Leur état d'âme change d'une minute à l'autre. On ne peut jamais prévoir leurs réactions.

— Donc, quand vous êtes descendues toutes les

deux, il ne s'est rien produit qui aurait été susceptible d'influer sur l'humeur de Miss Dean ?

Nouveau reniflement.

— Ce n'est pas à moi qu'il appartient de rendre compte de ses faits et gestes. Tout ce que je peux vous dire, c'est qu'elle est allée jusqu'à la porte d'entrée et il m'a semblé qu'elle prenait quelque chose dans la boîte aux lettres.

— Ah ! Elle a pris quelque chose dans la boîte aux lettres ? Vraiment ? Il n'y a qu'une distribution qui a lieu tôt le matin. Donc, si elle a reçu une lettre après le déjeuner, cette lettre n'a pas pu être apportée par le facteur. Pensez-vous que c'est vraiment une lettre qu'elle a reçue, Miss Blake ? Vous comprenez que cela pourrait être important.

— Je suis incapable de vous répondre. Elle est allée à la porte et il m'a semblé qu'elle a sorti quelque chose de la boîte, mais je ne l'ai pas vue le faire à proprement parler. J'apportais le plateau à la cuisine et je ne m'intéressais pas suffisamment aux affaires de Miss Dean pour prêter une attention particulière à ce qu'elle faisait ou ne faisait pas.

L'inspecteur Bury revint à Miss Ora.

— Peut-être allez-vous pouvoir m'aider, Miss. Votre divan est à côté de la fenêtre. Pourriez-vous voir de votre place quelqu'un glisser une lettre dans la boîte ?

Miss Ora hocha la tête avec regret.

— J'ai bien peur que non, inspecteur. Cette baie domine le trottoir, comme vous voyez. Les colonnes qui la soutiennent sont juste en bordure de la rue, ce qui constitue une curiosité qui attire immanquablement l'attention des étrangers. L'un d'eux m'a dit un jour qu'il y a près de Guildford une maison qui présente la même particularité. La célèbre Miss Linley, a-t-il ajouté, serait descendue le long d'une de ces colonnes lorsqu'elle s'est enfuie de la demeure paternelle pour rejoindre Sheridan. Tenez, approchez-vous et vous verrez que la courbure de la baie masque la porte d'entrée.

L'inspecteur avança et se baissa. Quand sa tête fut au niveau de celle de Miss Ora, il constata qu'elle disait vrai. On ne pouvait pas voir la porte d'entrée. Si jamais quelqu'un passant entre les colonnes de soutien et la façade de la maison glissait un papier dans la boîte aux lettres, Miss Ora n'y verrait que du feu.

— J'ai une vue admirable sur la rue, vous savez, lui dit-elle en guise de consolation tandis qu'il regagnait son fauteuil. Je vois absolument tous les gens qui passent. Il n'y a que là que la vue est bouchée.

Il se rassit et la pria de lui rapporter en détail tout ce qu'elle avait remarqué au cours de la matinée de la veille.

— C'est que, voyez-vous, Miss Blake, nous aimerions beaucoup en savoir un peu plus en ce qui concerne ce billet. La personne qui l'a déposé dans votre boîte a forcément suivi la rue et elle est passée devant la maison. Vous l'avez peut-être aperçue, même si vous ne l'avez pas effectivement vue le glisser dans la fente.

Rose de plaisir, Miss Ora lui assura que rien n'échappait jamais à son attention et se lança dans l'énumération détaillée des allées et venues de la veille.

Mrs. Random — Mrs. Jonathan Random, la belle-mère d'Edward Random, précisa-t-elle — était entrée au bazar avec son sac à provisions et elle y était restée vingt minutes.

— Elle a toujours le temps de faire la causette à Mrs. Alexander, mais, comme de bien entendu, elle est toujours trop occupée pour me faire une petite visite à moi. Et ce n'est pas parce qu'elle avait beaucoup d'achats à faire qu'elle est restée si longtemps, puisque son sac était encore tout plat quand elle est ressortie.

Mrs. Stone était également passée.

— Elle a une fière tapette, elle aussi, mais ce n'est

pas moi qui le lui reprocherais, forcée qu'elle est de passer sa vie avec sa fille infirme. Enfin, tout le monde dit que c'est une invalide et je n'hésite pas à dire que sa mère y est pour quelque chose à la servir pour tout et pour rien comme elle fait, mais si vous voulez mon avis, je crois qu'elle n'est pas aussi handicapée que ça et qu'elle pourrait se lever et faire le travail qu'il y a à faire si elle voulait s'en donner la peine.

Mais il n'était guère pensable que ce fût Mrs. Stone qui avait déposé un billet dans la boîte. Il était difficile d'imaginer que la vieille dame ait pu avoir à transmettre un message de nature à réjouir ou à déprimer une jeune personne. Quand il fut établi sans doute possible que Mrs. Stone n'était même pas passée devant la maison, l'inspecteur Bury dut faire des efforts héroïques pour conserver son calme, mais il parvint à maîtriser son exaspération. Une fois épluchés les détails négligeables de ce qui ne méritait même pas d'être étiqueté déclaration, il apparaissait clairement que la plupart des personnes dont Miss Ora rapportait certains faits et gestes et disséquait la personnalité pouvaient être éliminées de la liste des éventuels suspects pour la même raison que Mrs. Stone : elles n'étaient pas passées devant la porte et, en conséquence, aucune n'avait eu l'occasion de mettre un billet dans la boîte. Quant à celles qui étaient effectivement passées devant la maison, il s'agissait de trois ou quatre hommes à vélo qui étaient rentrés manger chez eux et étaient ensuite retournés à leur travail. Eux aussi devaient être rayés de la liste. Jimmy Stokes avait fait rouler un cerceau de fer d'un bout à l'autre de la rue et sa mère lui avait crié qu'il allait arriver en retard à l'école, mais Miss Ora ne l'avait pas perdu de vue un seul instant.

Elle avait aperçu trois membres de la famille Random. Mr. Arnold Random était passé devant la maison pendant que sa belle-sœur était chez Mrs. Alexander.

Arrivé au bout de la rue, il avait poussé le portail du cimetière et s'était enfoncé dans l'allée bordée d'ifs menant à l'église. Il n'avait réapparu qu'une demi-heure plus tard. Cela n'avait rien de particulièrement insolite, songea l'inspecteur : Arnold Random tenait l'orgue et il avait la clef de l'église. En principe, il ne répétait que le vendredi soir entre neuf et dix, mais rien ne l'empêchait de venir faire ses gammes à d'autres moments. Le presbytère était mitoyen de l'église et Miss Ora se demandait si Mrs. Ball ne trouvait pas éprouvant d'avoir les oreilles cassées par la clameur de l'orgue. Franchement, elle aurait pour sa part trouvé cela insupportable, mais quand on est l'épouse d'un prêtre, on doit sans doute s'habituer à ce genre de désagrément.

Enfin, Edward Random était passé à deux reprises devant la maison. Une première fois le matin quand il avait retrouvé sa belle-mère et l'avait accompagnée jusqu'au presbytère; il était revenu seul. Et la seconde fois au début de l'après-midi tout juste avant que Clarice Dean eût pris le billet — si billet il y avait — dans la boîte.

Trois membres de la famille Random, et rien jusqu'à présent qui permît d'établir un lien quelconque entre l'un d'eux et la noyée de la souille.

Sauf que c'était Edward Random qui avait découvert le corps.

L'inspecteur Bury se rendit dans la chambre qui avait été celle de Clarice Dean. C'était une pièce sombre et plutôt lugubre, encombrée de meubles. La malle de l'infirmière était posée sous la fenêtre et ses affaires étaient réparties dans une imposante commode en acajou et une armoire apparemment sans fond. Deux manteaux, une paire de jupes, une robe en lainage, une robe de chambre bariolée, de la lingerie. La malle ne contenait rien d'autre qu'une valise vide. L'un des tiroirs de la commode recelait un bloc de papier, des enveloppes et un stylo, mais pas la moindre lettre.

Ce ne fut que lorsqu'il passa pour la seconde fois devant la cheminée que l'inspecteur remarqua qu'il y avait quelque chose de blanc sous la grille démodée. Il s'accroupit pour extraire l'objet. C'était une boulette de papier chiffonné. Quand il l'eut déplié en y mettant le plus grand soin, il vit que le bout de papier n'était pas seulement froissé : on l'avait également déchiré. Un peu de suie l'avait noirci, mais quelques lignes dactylographiées étaient encore tout à fait lisibles : « D'accord. Réglons cette affaire. Je reviendrai ce soir. On se retrouvera au même endroit. Disons à neuf heures et demie. Je ne pourrai pas arriver plus tôt. »

La signature était déchirée, elle aussi. Elle avait comporté deux initiales. La première était pratiquement effacée et tachée de suie. On discernait juste un trait qui pouvait avoir été la barre transversale d'un A, d'un E ou d'un F. La seconde, elle, pouvait être un R. Ou une autre lettre.

19

Susan passa la matinée dans des nuages de poussière à finir de classer les romans victoriens. Il y en avait une quantité incroyable. Un rayon tout entier était maintenant consacré à la production de Mrs. Henry Wood, dont pas moins de trois exemplaires du célèbre *East Lynne*. Une œuvre dont la réputation de faire pleurer les jeunes filles n'était plus à établir, certes... mais trois exemplaires ! Il y avait aussi abondance d'ouvrages de Charlotte M. Yonge, un auteur pour lequel Tata Lucy, la tante de Susan, avait une adoration particulière. La peinture qu'elle faisait des familles victoriennes à tiroirs l'avait elle-même toujours captivée. Tous ces titres en édition originale avaient visiblement été maintes fois lus et relus. Susan avait entendu dire que, pendant la guerre de Crimée, de valeureux guerriers affrontant chaque jour la mort et les épidémies pleuraient à chaudes larmes sur l'infortunée héritière de Redclyffe qu'un destin cruel avait arrachée à l'affection des siens pendant sa lune de miel.

La chronique de ces familles avec leurs aléas, même quand elles étaient accablées de telles tragédies, avait quelque chose d'apaisant. De toute façon, les personnages qui succombaient seraient morts aujourd'hui, mais ceux qui leur survivaient étaient encore on ne peut plus vivants. Et Susan en lisait des passages par-ci, par-là. Alors, elle ne pensait plus à Clarice Dean qui s'était noyée dans la souille pas plus tard que la nuit dernière. Elle ne la connaissait pas très bien et n'avait éprouvé à son égard qu'une sympathie mitigée. Non, franchement, on pouvait même dire qu'elle ne lui plaisait vraiment pas. Mais elle était d'ici et si elle ne s'était pas volontairement donné la mort, eh bien, c'était que quelqu'un l'avait noyée. Une idée qui faisait affreusement froid dans le dos. Et, en plus, c'était Edward qui avait retrouvé le corps de la morte...

Susan se plongea plus profondément dans sa lecture pour tenter de ne plus penser à Clarice Dean.

Edward ne revint pas de la journée. Pendant le déjeuner qu'elles prirent seules toutes les deux, Susan et Emmeline se penchèrent sur le problème qui se posait de toute urgence : trouver un foyer pour les petits d'Amina.

— Bien sûr, j'aimerais les garder, mais si Arnold nous met réellement à la porte...

— Mais ce n'est pas possible ! Vous avez déjà onze chats !

Emmeline adressa un regard émerveillé à Susan.

— Onze, vous dites ? Vous croyez vraiment ? C'est tellement difficile de les compter...

— Le fait est ! Et il suffit de tourner la tête pour qu'il en arrive encore je ne sais combien de flopées de plus. Je pense que vous pourriez en placer un au Manoir, et Mrs. Alexander m'a dit que sa belle-sœur qui habite à Embank en prendrait peut-être un s'il est vraiment mignon.

— Les petits d'Amina sont tous plus adorables les uns que les autres, trancha Emmeline d'une voix enamourée. Il en est toujours allé ainsi. Je ne crois pas que je pourrais me séparer d'eux. Arnold n'a pas reparlé de me donner mon congé et je pense qu'il ne causait pas sérieusement. Jonathan disait qu'il était comme ça. Qu'il faisait des choses sur un coup de tête, rien que pour s'affirmer vis-à-vis de lui-même et se persuader qu'il avait un tempérament carré et qu'il ne se laissait pas attendrir. Mais, en réalité, ajoutait-il, il n'était pas du tout comme ça. Mon cher Jonathan était un fin psychologue et ce n'était pas pour rien qu'Arnold était son propre frère : il le connaissait comme s'il l'avait fait. Aussi, je crois que c'était peut-être des paroles en l'air quand il m'a dit qu'il voulait me mettre dehors. Pour moi, il était en colère à cause du jardin qui n'est pas entretenu. Et des chats. Et d'Edward qui venait s'installer ici. Surtout Edward. J'étais sûre, Susan, qu'il y avait quelque chose qui lui faisait peur — quelque chose en rapport avec Edward. Évidemment, les gens disent qu'il aurait dû se défaire d'au moins une partie de l'héritage de James en sa faveur. Peut-être que c'était à cause de ça. Mais il est presque parti en courant quand je lui ai demandé pourquoi le retour d'Edward lui faisait peur.

Susan considéra Emmeline d'un air surpris.

— Il lui faisait peur ?

— Oh, je crois bien ! Peut-être le fait que je lui aie posé la question l'a-t-il fait réfléchir. S'il me flanquait à la porte, on ne le lui pardonnerait pas et je suis sûre que, maintenant, il y regardera à deux fois avant de mettre sa menace à exécution. Aussi, je pense vraiment que je n'aurai pas à me séparer de mes chatounets. Vous ne croyez pas que j'ai raison, Susan ?

Ni l'une ni l'autre ne fit allusion à Clarice Dean.

A deux heures, Susan retourna au Manoir. Là, elle tomba sur un livre absolument terrifiant, *For the Term of his Natural Life*, qui racontait l'histoire d'un homme déporté en Australie. Se plonger dans cette page de vie, c'était exactement comme si l'on ouvrait la porte à un ouragan où se déchaînaient toutes les forces du mal. Il lui fallut un certain temps avant d'être capable de refermer cette porte.

Elle en avait à présent fini avec les victoriens, encore qu'elle dût pourtant trouver ici et là des ouvrages égarés au milieu des autres. Quand, grimpée sur un escabeau, elle commença à explorer les rayons du haut, elle se trouva transportée d'un seul coup en plein XVIIIe siècle. Le *Spectator* et le *Rambler* reliés en volumes, une édition originale non expurgée des *Voyages de Gulliver*, le *Johnson's Dictionary* et la première édition de *Rasselas*. Des ouvrages qui avaient certainement de la valeur — mais qu'elle ne se sentait pas capable d'estimer avec exactitude. Elle pourrait toujours écrire à un vieil ami de son professeur qui tenait une librairie spécialisée pour se renseigner, si Arnold Random estimait que cela en valait la peine.

Elle continua sa course aux trésors en prenant soin de noter ses découvertes.

Sur le coup de quatre heures, elle descendit de son escabeau pour se mettre à la recherche d'Arnold. Elle le trouva dans son cabinet de travail, plongé dans la lecture du journal. Malgré son attitude guindée, il parut satisfait de la voir entrer. Non, lui dit-il, l'idée de vendre ces livres ne lui était pas venue, mais si certains avaient de la valeur, autant le savoir. Le tribunal des successions qui avait validé le testament de son frère avait fait siens les chiffres de l'assurance, mais il y avait peu de chances que la bibliothèque ait été examinée par un authentique expert.

— Je n'en suis pas un, répondit Susan, mais, si vous voulez, je peux établir une liste et l'envoyer à un spécialiste.

A peine avait-elle prononcé ces mots que la porte du cabinet s'ouvrit toute grande et que Doris Deacon annonça :

— Miss Blake...

Cette fois, elle avait réussi à arriver la première à la porte, mais avait presque été forcée de courir.

— Elle est passée en trombe devant moi comme s'il n'y avait personne ! raconterait-elle plus tard à sa mère. Tout juste si elle m'a dit : « Ne vous dérangez pas, Doris, je connais le chemin. » Seulement, moi, je ne suis pas comme elle, je respecte les bonnes manières. Je suis quand même arrivée avant elle pour la faire entrer. Mr. Arnold n'avait pas l'air trop content de sa visite, lui non plus. Qui pourrait être heureux de la voir, hein ? Il discutait avec Miss Susan des vieux livres qu'elle est occupée à classer et ils faisaient tous les deux plutôt grise mine.

— Ça, c'est bien le dernier des soucis de Miss Mildred, dit Mrs. Deacon avec conviction.

Arnold Random, assis dans un de ses confortables fauteuils, faisait face à la porte et il éprouva un pressentiment de mauvais augure quand il vit celle-ci s'ouvrir. Mildred ! Qu'est-ce qu'elle voulait encore, ce coup-ci ? Ce fut comme si un voile noir lui tombait devant les yeux et il eut l'impression que son cerveau cessait de fonctionner.

Elle entra, la tête en avant, son nez tout en longueur pointé au milieu de son visage au teint brouillé, ses yeux luisants qui ne cillaient pas braqués sur lui. Un vautour... voilà à quoi elle ressemblait — une créature qui s'apprête à vous arracher la chair jusqu'à l'os ! Dire que, dans le temps, il s'en était fallu de peu qu'il l'épouse ! Ce lointain souvenir le faisait se sentir physiquement mal.

Elle serrait son carnet de comptes noir dans sa main.

— Je voudrais vous dire un mot, Arnold.

Le léger hochement de tête qui accompagnait ces mots notifiait sans ambages à Susan que sa présence était indésirable. La jeune fille avait toujours pensé qu'il n'y avait probablement pas au monde une femme aussi grossière que Miss Mildred et elle plaignit Arnold Random qui allait devoir subir ce tête-à-tête, mais elle ne voyait pas comment elle pourrait rester.

— Eh bien, nous reparlerons de cela une autre fois, Mr. Random, dit-elle avant de s'éclipser.

Miss Mildred s'assit.

— Que voulez-vous, Mildred ? lui demanda Arnold.

Le sourire qu'elle lui décocha le terrifia.

— Vous ne devinez pas ?

— Absolument pas.

Elle posa le carnet sur ses genoux.

— Vous devez être très satisfait, je suppose.

Il l'était, en effet, mais il ne s'attendait nullement à entendre une pareille remarque. Il avait éprouvé un soulagement dont il ne pouvait pas ne pas avoir honte. Mais c'était bien fini. Une terrible tension commençait à s'emparer de lui et le regard de Miss Mildred n'était pas fait pour la dissiper.

— Je ne vois vraiment pas ce que vous voulez dire, fit-il de son ton le plus froid.

— Vous ne voyez pas ?

Elle tapota son carnet du bout du doigt. Son gant déchiré avait été recousu, mais la grossière reprise avait l'air d'un affreux insecte noir qui rampait sur sa main.

— Alors, mon cher Arnold, laissez-moi vous éclairer. La mort de Miss Dean, si elle est extrêmement gênante pour moi — Ora est absolument insupportable quand elle n'a pas une infirmière pour s'occuper d'elle —, a dû vous apporter un soulagement considérable.

— A moi ?

— Naturellement. Puisque la possibilité que votre frère James lui ait dit qu'il avait fait un autre testament ne peut pas être écartée. En fait, j'ai entendu une conversation qu'elle a eue au téléphone avec Edward. Elle lui faisait expressément savoir qu'elle avait quelque chose d'important à lui dire. Quelque chose qui se rapportait à son oncle.

Arnold sortit son mouchoir pour essuyer la sueur qui perlait à son front.

— Que lui a-t-elle dit ?

Miss Mildred le considéra avec un amusement teinté de fiel.

— Est-il vraiment indispensable que vous me posiez cette question ? J'ai dans l'idée que vous écoutiez vous aussi cette conversation. Une ligne collective, c'est bien pratique pour se tenir au courant de ce qui se passe. Mais si vous voulez jouer les ignorants avec moi, libre à vous. Elle ne lui a rien dit et je suis sûre que je ne vous apprends rien. Et, maintenant, elle ne lui dira plus jamais rien, n'est-ce pas ? Évidemment, je ne peux pas m'empêcher de penser que vous avez été quelque peu imprudent. Je comprends fort bien que vous ne pouviez pas lui laisser le temps de vaincre la résistance d'Edward qui ne faisait preuve d'aucun empressement à prêter l'oreille à ses confidences. Son objectif était, évidemment, de rétablir l'héritier légitime dans ses droits et de l'épouser ensuite. Mais Edward était tellement obsédé par la volonté de ne pas se marier avec la première venue qu'il n'avait pas la moindre envie de prêter l'oreille à ses insinuations concernant les dernières volontés de James. Néanmoins Miss Dean était une personne très obstinée et je suppose que vous ne pouviez vraiment pas vous permettre d'attendre. Toutefois, je trouve regrettable que vous soyez passé à l'action un vendredi...

Elle ménagea une pause avant d'ajouter :

— *... pour la seconde fois.*

Arnold la dévisagea. Son mouchoir qu'il pétrissait n'était plus qu'un bouchon dans sa main.

— Je ne comprends pas un mot de ce que vous dites.

Mildred le regarda, l'air toujours aussi amusé.

— Tout le monde sait que vous répétez à l'orgue le vendredi de neuf heures à dix heures. William Jackson se noie dans la souille un vendredi soir et, le vendredi suivant, c'est au tour de Clarice. Oh, à propos ! Vous la connaissiez intimement, n'est-ce pas ? Avez-vous couché avec elle ?

— Mais bien sûr que non !

Arnold était rouge de fureur.

— Je n'avais même aucune sympathie pour elle !

Miss Mildred tapota à nouveau la couverture du carnet noir.

— Eh bien, moi, à votre place, je n'insisterais pas trop sur ce sujet. Je vous le dis sérieusement, Arnold : cette histoire me paraît plutôt mal partie, vous savez. D'abord, vous devez vous absenter pour le week-end et je devais vous remplacer à l'orgue. Autrement dit, vous n'aviez aucune raison d'aller vendredi soir à l'église pour répéter. Aussi, vendredi matin, vous déposez dans notre boîte une lettre disant que, finalement, vous n'irez pas à Londres. De cette façon, vous avez l'excuse dont vous avez besoin si vous devez rencontrer Clarice Dean près de la souille.

— Vous êtes folle ! Qu'est-ce que vous racontez ?

— Oh non, je ne suis pas folle. Je suis on ne peut plus lucide, au contraire. Et ne me faites pas perdre mon temps, je vous en prie, en clamant sur tous les tons que vous n'avez rien à voir avec la mort de Miss Dean : je ne vous croirai pas et vous pourriez me fâcher au point que je décide de me laver les mains de toute cette affaire en renonçant à vous aider.

Arnold fit un pas vers elle.

— Je ne l'ai pas vue ! s'exclama-t-il d'une voix que la rage rendait tremblante. Je ne l'ai jamais touchée de ma vie !

Mildred laissa brièvement échapper un petit rire.

— Essayez donc de trouver quelqu'un qui vous croira ! William était le dernier témoin vivant à avoir paraphé un testament que vous avez fait disparaître. Et il est mort — noyé dans la souille. Clarice Dean connaissait l'existence de ce testament. Elle voulait en parler à Edward. Et elle est morte — noyée dans la souille. Et ce n'est pas tout. Les deux noyades ont eu lieu un vendredi — la première la semaine dernière, la seconde cette semaine. Or, vous étiez chaque fois à l'église qui se trouve à un jet de pierre du ruisseau.

Le visage d'Arnold avait viré au gris et il avait des taches livides autour de la bouche. Il fut incapable de trouver à dire autre chose que la phrase qui lui avait déjà échappé sous le coup de l'effroi et du choc...

— Vous êtes folle !

Elle secoua la tête — interminablement. Au point de lui donner le vertige... cette tête surmontée d'un chapeau bosselé... ce nez de rapace qui faisait penser au bec d'un oiseau de proie... ces yeux qui scintillaient. Elle se balançait de droite à gauche comme un pendule... Tout disparut dans la brume.

Quand sa vision s'éclaircit, il était courbé en deux, les mains posées sur le bureau et elle avait recouvré son immobilité. Elle attendait. Les yeux fixés sur lui, elle attendait. Autrefois, quand le supplicié s'évanouissait sur le chevalet de torture, le bourreau lui accordait un répit pour le laisser récupérer avant de reprendre sa besogne.

Il se redressa, tâtonna derrière lui à la recherche d'une chaise sur laquelle il se laissa choir. Il n'avait rien à dire. Qu'elle parle, elle, si elle avait quelque chose à dire.

Ce fut avec une satisfaction visible qu'elle rompit le silence :

— Allons, Arnold ! Il est inutile de vous mettre dans un état pareil ! Cela ne peut qu'être mauvais pour vous. Vous devriez vous rendre compte maintenant que je ne demande qu'à vous aider. Ne sommes-nous pas des amis de longue date ? Je comprends naturellement que ça a été un choc pour vous quand vous avez réalisé combien les présomptions susceptibles d'être retenues contre vous seraient accablantes si...

Elle s'interrompit pour souligner le mot.

— Je dis *si* elles étaient mises à la disposition de la police. Mais il ne faut pas oublier que ces présomptions n'ont de signification qu'à la condition que les faits relatifs au second testament de James soient pris en considération. Or, les deux témoins sont morts et Clarice Dean aussi. Désormais, ni elle ni William Jackson ne peuvent fournir à la police d'informations sur le testament que vous avez détruit — pas plus que sur le motif réel de leur mort. Cela, il n'y a que moi qui en ai les moyens puisque j'ai entendu William Jackson vous accuser d'avoir détruit le second testament et que je suis en mesure de témoigner que vous ne l'avez pas nié. Et c'est là que réside le danger pour vous ! Une fois que vous serez soupçonné de l'avoir détruit, tout le reste s'explique implacablement : vous aviez un mobile pour vous débarrasser de William Jackson et de Clarice Dean. Vous êtes entre mes mains, mon cher. Je peux vous détruire ou je peux vous sauver. Cela peut paraître un peu mélodramatique, mais c'est la pure vérité. *Si*. Si je dis à la police ce que je sais au sujet du testament, elle ne peut qu'en arriver à la conclusion que vous avez bel et bien assassiné Jackson et Clarice. C'est inévitable. Mais si je garde le silence, personne ne pourra lui révéler quoi que ce soit et elle ne saura jamais que votre frère a fait un second testament qui vous dépouille du legs dont vous avez bénéficié. J'espère que les choses sont parfaitement claires. Je prends un certain risque et, en échange, j'escompte recevoir une compensation. Un tel risque, vous ne pouvez pas vous attendre à ce que je le prenne pour rien, n'est-il pas vrai ? Alors, que décidez-vous ?

Arnold la dévisagea. Son impuissance était totale. Si elle disait ce qu'elle savait à la police, cela mettrait un point final à toute l'affaire. Il eut pendant un instant atroce la vision d'un rocher en équilibre au bord d'un précipice. Il ne bougeait pas, mais il suffirait de l'effleurer pour l'ébranler et, une fois en mouvement, il n'y aurait plus moyen de l'arrêter. Il basculerait, prendrait de la vitesse, rebondirait le long de la paroi et disparaîtrait dans les profondeurs du gouffre.

Il regarda Mildred Blake avec la haine née de sa détresse.

— Vous êtes un monstre !

20

Ce fut seulement dans la soirée que le premier et mince filet craché par le flot maintenant impétueux des commérages de Greenings atteignit l'inspecteur Bury. Dans la journée, il avait entendu Edward Random, le vicaire et les demoiselles Blake, mais aucun de ses interlocuteurs n'avait songé à lui dire qu'une séance de couture avait lieu au presbytère tous les vendredis soir. Ni que Miss Sims et Mrs. Stone étaient à l'origine d'une rumeur hautement sensationnelle impliquant Edward Random.

L'inspecteur Bury n'était pas du pays. Cela ne faisait pas plus d'un an ou deux qu'il avait été nommé à Embank, mais la belle-mère de sa femme était une cousine de Miss Sims et un de ses oncles était un parent éloigné de Mrs. Stone. Il tenait une pâtisserie fort achalandée à Embank et la vieille Mrs. Stone venait deux fois par semaine y chercher un plein panier de friandises invendues. Samedi était un de ses jours de passage et elle avait vidé son cœur. Mrs. Bury qui avait fait une apparition au magasin après une petite visite à son père et à sa belle-mère se trouva ainsi en mesure de répéter ce que Miss Sims leur avait dit et de rapporter ce qui avait été la contribution de Mrs. Stone. Quand son mari rentra, son service terminé, elle lui servit les deux versions encore toutes chaudes. Au froncement de sourcils avec lequel il l'avait écoutée succéda un éclat de rire sarcastique.

— Alors, comme ça, c'est maintenant dans le domaine public ! J'étais là-bas toute la matinée ou presque. Quelqu'un aurait-il pu me laisser entendre que cette fille et le jeune Edward Random se faisaient les yeux doux ? Ou qu'on les avait entendus se disputer dans la rue ? Ou qu'il l'avait envoyée sur les roses au téléphone ? Non, bien sûr que non ! Motus et bouche cousue ! Par contre, les gens n'ont pas hésité à s'offrir un ticket de bus pour Embank, histoire de raconter tout ce qu'ils savaient à la famille !

La tête couronnée de cheveux blond-roux de Mrs. Bury se redressa.

— C'est aussi ma famille, figure-toi !

Bury posa distraitement un baiser sur sa joue.

— Ne te fâche pas, Lil, je ne dis rien contre ta famille.

Lil secoua à nouveau la tête avec une véhémence redoublée.

— Et tu as intérêt à continuer !

— Écoute, chérie... Tu connais ces gens et moi pas. J'aimerais savoir quelle part de vérité peuvent receler leurs bavardages et ce qui peut te faire penser qu'il y a quelque chose derrière... comment dire ?... derrière l'assaisonnement.

Il n'y avait pas très longtemps qu'ils étaient mariés, mais Lil savait déjà quand il fallait mettre les pouces.

— Miss Sims est une vraie commère, mais elle n'invente jamais rien, dit-elle sur un ton sérieux en cessant de jouer les coquettes. Si elle affirme qu'elle a entendu cette conversation au téléphone, c'est qu'elle l'a entendue. Il lui faut un temps fou pour te dire une chose, mais ce qu'elle finit par lâcher est totalement la vérité. C'est le genre de personne qui te fera attendre jusqu'à ce que tu frôles la crise de nerfs pour décider si c'est à quatre heures pile ou à quatre heures cinq que tel ou tel truc a eu lieu.

— Et cette Mrs. Stone ?

— Elle, c'est une vieille bonne femme absolument épouvantable. Et elle ne fait pas partie de la famille, Dieu merci ! Enfin... si l'on cherche bien, c'est seulement une cousine éloignée de tante Ivy. Pas mal de gens auraient depuis longtemps rompu les ponts avec de vagues parents qui sont tombés aussi bas que les Stone, mais oncle Bert et tante Ivy ont toujours été gentils avec elle.

— Elle est épouvantable, je veux bien. Mais ce qui m'intéresse, c'est de savoir si elle dit la vérité.

— Franchement, je ne sais pas. Pour raconter des histoires, elle est imbattable. Elle passe son temps à gémir qu'elle et sa famille sont au bord de la famine pour attendrir les gens. Dieu sait ce qu'elle a pu récupérer comme ça de mon oncle et de ma tante !

Ainsi renseigné sur la personnalité des témoins qu'il allait interroger, Bury se rendit le dimanche matin à Greenings. Miss Sims et Mrs. Stone ne varièrent pas dans leur récit et il eut la conviction qu'elles disaient la vérité. D'abord parce que les déclarations de l'une comme de l'autre recoupaient exactement les deux versions rapportées par sa femme, mais il fallut un temps fou à Miss Sims pour arriver au bout des siennes. Quand elle en eut enfin terminé, l'inspecteur savait exactement ce qu'elle était en train de faire quand le téléphone avait sonné, il n'ignorait rien de l'accouchement auquel le médecin avait procédé ni du motif pour lequel il n'était pas dans son cabinet de consultation à ce moment, ni des raisons pour lesquelles il n'y avait pas de lumière dans la pièce, sans compter tous les détails expliquant pourquoi et comment elle avait été capable d'identifier la personne qui se trouvait dans la cabine téléphonique. Mais elle cita au bout du compte les paroles mêmes que Lil lui avait répétées : « Edward... Edward *chéri*... il faut que je vous voie... il le faut absolument ! Il y a quelque chose que vous devez savoir ! »

Jusque-là, Miss Sims n'avait pas l'ombre d'un doute. Et puis le bruit de la clef tournant dans la serrure quand le docteur était rentré avait apparemment distrait son attention et tout ce qu'elle pouvait affirmer était que Mr. Edward avait été très dur avec la pauvre mignonne... « Et puis comme le docteur rentrait pour dîner, je n'ai pas pu m'attarder davantage. Vous n'imaginez pas le problème que constituent les repas dans la maison d'un docteur. On ne sait jamais à quelle heure il va rentrer et il faut tout garder au chaud. »

Elle aurait brodé à n'en plus finir sur son thème de prédilection, mais Bury ne lui en laissa pas le loisir. Elle se plaignit plus tard à Mrs. Alexander, se lamentant de ce que, au jour d'aujourd'hui, les gens étaient toujours pressés — c'était à peine s'ils vous laissaient le temps de finir la phrase que vous aviez commencée avant de tirer leur révérence. « S'il fait pareil à la maison, je plains cette pauvre Lil. C'est la fille de ma cousine Emily, vous savez, et je me demande bien ce qui lui a pris de se marier avec un policier. »

L'inspecteur trouva Mrs. Stone dans son jardin. Il avait frappé par deux fois à la porte quand elle surgit au coin de la maison en traînant les pieds, tenant une demi-douzaine de pommes dans le creux de sa robe. Elles étaient tombées de l'arbre au cours de la nuit, lui expliqua-t-elle.

— Faut que j'attende qu'elles tombent car je ne suis pas capable de secouer le pommier et encore moins de grimper dessus. Et y a personne qui le fera pour moi. Ma fille, elle est infirme. Une invalidité chronique, c'est comme ça que le Dr Croft appelle sa maladie. Elle a pas d'appétit, mais un petit bout de pomme de temps en temps, elle aime bien.

Force fut à l'inspecteur, qui lui assura qu'il aimait bien croquer une pomme de temps à autre, lui aussi, de constater que Mrs. Stone avait la langue aussi bien pendue que Miss Sims. Elle ouvrit la porte et lui montra où elle était avec sa bougie quand elle avait reconduit Miss Susan.

— Au même moment, ils arrivaient en se disputant, c'était quelque chose d'affreux.

— Vous compreniez ce qu'ils se disaient ?

— Pas au début, non, mais y a pas besoin d'entendre les mots pour savoir quand les gens, ils se disputent. Fou de rage, qu'il était, Mr. Edward, et quand il se met en colère, ça fait froid dans le dos. Je la plaignais, la pauvre petite, même avant de savoir qui qu'c'était. Et elle avait peur, la malheureuse, ça, j'peux vous le dire. Des deux mains qu'elle l'agrippait. Et elle pleurait. « Oh, Edward ! », elle criait. Même qu'elle l'appelait « mon chéri ». « Non, ne vous mettez pas en colère », elle lui disait. Et « Je ne peux pas le supporter ! » Et « Vous me faites peur ! » Mrs. Alexander et d'autres ont beau dire qu'elle n'avait aucune raison d'avoir peur, c'était pourtant comme ça. « Vous me faites peur quand vous êtes comme ça » : voilà ce qu'elle disait, la pauvre loupiote, je l'ai entendu de mes propres oreilles. Et il lui a dit de le laisser tranquille. Miss Susan Wayne l'a entendu tout comme moi. Même qu'elle a inventé une histoire, soi-disant que Miss Dean se serait tordu la cheville. Mais c'était pas à cause de sa cheville qu'elle pleurait, vous pouvez me croire.

Ce fut Susan Wayne qui fit entrer Bury dans le pavillon du garde. Comme elle avait un chapeau sur la tête, il en conclut qu'elle se rendait à l'église. Bah ! Il ne la retiendrait pas longtemps. Il n'y avait pas plus de deux chats dans le salon.

— Je vais prévenir Mrs. Random, lui dit-elle. Je crois qu'elle est en train de s'habiller pour aller à l'église.

— En fait, Miss Wayne, c'est vous que je voulais voir.

— Ah bon ?

Elle se sentait nerveuse, c'était idiot. Et c'était encore plus idiot de le montrer.

L'inspecteur tournait le dos à la fenêtre de sorte qu'elle était en pleine lumière.

— Prenez donc un siège.

— Merci.

Il s'assit dans le fauteuil placé sous la fenêtre, ce qui ne fit qu'aggraver les choses.

Susan s'assit à son tour. Comme elle était face à la fenêtre, la lumière faisait ressortir le gris foncé de ses yeux. Redressant les épaules, elle croisa les mains sur ses genoux.

— Qu'attendez-vous de moi, inspecteur ?

— Eh bien, Miss Wayne, Mrs. Stone avec qui je viens d'avoir une conversation m'a dit que vous lui avez rendu visite jeudi soir. Vous rappelez-vous à quelle heure vous êtes ressortie de chez elle ?

— Oh, il devait être quelque chose comme sept heures et quart. On sert le dîner à sept heures et demie, mais prendre congé de Mrs. Stone n'est jamais facile. Quand elle commence à parler, on ne sait jamais quand elle va s'arrêter.

— C'est bien ce que j'ai remarqué lors de notre entretien. Elle m'a dit notamment qu'au moment où elle vous raccompagnait, un couple qui venait de la direction de la souille est passé dans la rue. Il s'agissait de Mr. Edward Random et de Miss Clarice Dean. Ils se disputaient, a-t-elle précisé, et elle m'a donné sa version des propos qu'ils tenaient. Je souhaiterais maintenant avoir la vôtre.

A ces mots, Miss Wayne parut pâlir. Elle baissa les yeux sur ses mains tout en réfléchissant à toute vitesse. Si l'inspecteur avait parlé à Mrs. Stone, il savait tout ce que celle-ci pouvait savoir. Donc, il serait fâcheux pour elle de la démentir. Son instinct lui disait clairement que mentir serait une erreur. N'importe comment, mentir n'était pas son fort, loin de là.

Elle regarda Bury droit dans les yeux.

— Ils ne se disputaient pas à proprement parler.

— Pourriez-vous me répéter ce que vous avez entendu ?

Susan plissa le front. Elle s'efforçait manifestement de se souvenir.

— J'ai d'abord entendu des voix... celle d'Edward Random.

— Vous l'avez reconnue ?

— Oh oui. Je n'ai pas entendu les paroles qu'il prononçait... juste sa voix.

— Parlait-il fort ? Sur le ton de la colère ?

— Fort ? Non. Il semblait... comment dire ? Contrarié.

— Ah bon ? Continuez.

— La fille qui l'accompagnait était Clarice Dean... ce que vous savez, je suppose. Elle avait une attitude tout à fait stupide... elle faisait des chichis, quoi.

— Voudriez-vous m'expliquer ce que vous entendez par là ?

Le rose était à nouveau revenu aux joues de Susan.

— C'est affreux de dire cela maintenant qu'elle est morte, mais c'était le genre de fille qui adore faire des scènes. Elle était... théâtrale, si vous voulez. Elle faisait tout ce qu'elle pouvait pour que les autres jouent le rôle qu'elle leur distribuait dans la pièce qu'elle montait. Elle était loin de s'amuser chez les demoiselles Blake et elle essayait de pousser Edward Random à être le personnage qui convenait pour lui donner la réplique.

— C'est ce qu'il vous a dit, Miss Wayne ?

Maintenant, Susan était écarlate.

— C'est ce dont j'ai pu me rendre compte par moi-même. Elle était pendue au téléphone — elle cherchait à lui donner des rendez-vous... ce genre de choses, quoi.

— Mr. Random vous a dit qu'elle lui faisait des avances ?

Susan secoua énergiquement la tête.

— Bien sûr que non ! Sc mettre au courant des affaires pour pouvoir succéder à Mr. Barr prenait tout son temps et il rentrait souvent très tard. Quand il n'était pas là, je répondais au téléphone et quand il était là, Mrs. Random et moi ne pouvions pas ne pas entendre ce qu'il lui disait. L'appareil est dans la petite pièce du fond et il laisse la plupart du temps la porte ouverte.

Revenant à jeudi soir, Bury s'efforça de se faire confirmer point par point les déclarations de Mrs. Stone.

— Miss Dean pleurait-elle ?

— Oh oui, absolument.

— Et elle s'accrochait à lui ?

— Elle le tenait par le bras.

— L'avez-vous entendue prononcer ces mots, Miss Wayne : « Edward... *mon chéri*... non, ne vous mettez pas en colère ! Je ne peux pas le supporter ! Vous me faites peur ! »

— Oui, elle a dit quelque chose dans ce genre. Elle faisait son numéro et c'est cela qui mettait Edward en colère. C'était une comédie qu'elle jouait à l'intention de Mrs. Stone.

Bury n'en était encore qu'au début de son interrogatoire.

21

A deux heures de l'après-midi, l'inspecteur Bury était chez le superintendant Nayler, un homme de haute taille qui, la pipe au bec, un verre de bière à portée de la main et les pieds dans de confortables charentaises, avait l'air tout à fait à l'aise dans sa peau. Pourvu, pensait-il, que Bury en ait vite fini et le laisse profiter de sa sieste dominicale ! Mais, à peine formulé, cet espoir s'évanouit.

— Le Dr Connolly est passé me voir après avoir procédé à l'autopsie, commença Bury, et il est formel : c'est un homicide volontaire. Fracture à la base du crâne. Le coup n'était pas mortel en soi, mais elle a dû perdre connaissance. Ou elle est tombée dans le ruisseau ou l'agresseur l'y a halée pour la noyer. Toujours est-il qu'elle était vivante quand on l'a frappée.

Le superintendant souffla une bouffée de fumée.

— Sale histoire, soupira-t-il.

Bury se tenait très droit sur sa chaise. Il ne fumait pas et il avait refusé la bière que lui avait proposée Nayler. Il se pencha en avant avec excitation.

— Il semblerait qu'il y avait quelque chose entre elle et Mr. Edward Random. C'est lui qui a retrouvé le corps, si vous vous rappelez.

Oui, le superintendant se le rappelait et il se rappelait

quantité d'autres choses en ce qui concernait Edward Random. Il était né et avait grandi à Embank, sa femme aussi, et ce que tous deux ignoraient touchant les familles habitant le comté aurait tenu dans un dé à coudre. Il savait qu'Edward avait disparu pendant près de cinq ans et que, le tenant pour mort, Mr. James Random avait légué la totalité de ses biens à son frère Arnold. Les rumeurs qui se propageaient ne lui avaient pas échappé et il savait que Lord Burlingham qui n'en croyait pas un mot avait soutenu Edward à fond et avait fait de lui son agent. Mrs. Nayler s'était trouvée parmi les personnes qui faisaient la queue chez le poissonnier quand il l'avait annoncé à Mrs. Random à haute et intelligible voix.

— En tout cas, s'il y a eu une histoire d'amour entre eux, elle a eu la vie brève, dit-il sur le ton placide qui lui était habituel. Mr. Edward Random avait disparu de la circulation pendant cinq ans ou presque. Tout le monde le croyait mort. Il a réapparu il y a six mois pour reprendre l'agence de Lord Burlingham à Norbury. Mais, à cette époque, la fille n'était pas là. D'après le Dr Croft, elle venait d'arriver du Canada d'où elle lui avait écrit pour lui demander d'essayer de lui trouver un poste à Greenings.

— Il y avait quand même quelque chose entre eux. Jeudi soir, on les a entendus se quereller dans la rue menant à la souille. Mrs. Stone m'a fait une déclaration dans ce sens, déclaration que Miss Susan Wayne a confirmée. Et, un peu plus tard, la gouvernante du Dr Croft, Miss Sims, a surpris une conversation qu'ils ont eue tous deux au téléphone.

Le superintendant hocha la tête.

— Une ligne collective, il n'y a rien de tel pour animer la vie d'un petit village.

— Toujours est-il que c'est ce qu'elle m'a déclaré. Après avoir entendu Miss Wayne, je suis retourné chez les demoiselles Blake. Miss Mildred n'était plus là — elle était allée à l'église —, mais sa sœur m'a confié une foule de détails. Clarice Dean avait décidé qu'Edward Random était l'élu de son cœur, m'a-t-elle dit. Elle le bombardait de coups de téléphone pour essayer d'organiser des rendez-vous. Elle lui tenait des conversations très intimes et lui donnait du « chéri » à longueur de bras.

— Cela ne signifie pas grand-chose de nos jours.

— C'est ce que j'ai dit à Miss Ora, mais elle n'en a pas démordu : Clarice se montrait particulièrement tendre. Ce qui, a-t-elle ajouté, n'était pas fait pour l'étonner. Elle et Edward Random se connaissaient déjà. Il semble qu'elle ait été la garde-malade de son oncle, Mr. James Random.

Le superintendant sortit la pipe de sa bouche.

— C'est absurde. Le décès de Mr. Random remonte à un an et, il y a encore six mois, tout le monde tenait Edward pour mort.

— Mais ce n'est pas cela que Miss Ora voulait dire. Selon elle, il y a sept ans qu'elle est arrivée au Manoir pour s'occuper de Mr. James Random, et Edward Random et elle auraient eu dès cette époque des rapports très... affectueux.

« Pouah ! » serait la meilleure façon de transcrire l'onomatopée que lâcha le superintendant Nayler.

— Ce ne sont là que des ragots de vieille fille, rien de plus ! Il y a sept ans ! Allons ! Il n'avait sûrement même pas vingt ans à cette époque !

— Il y avait peut-être déjà eu quelque chose entre eux et l'on peut supposer que c'est pour renouer avec lui qu'elle est revenue à Greenings. Parce que les faits sont là : elle est revenue et elle s'est jetée à la tête d'Edward Random qui n'était pas chaud du tout, lui. Alors, supposons qu'elle attendait un enfant et qu'il avait peur que le bruit s'en répande. Miss Sims affirme avoir entendu Clarice Dean lui dire : « Il y a quelque chose que vous devez savoir. »

Nayler tira sur sa pipe.

— Vous lisez trop de romans, mon petit vieux.

Le visage de Bury s'empourpra.

— Peut-être, mais regardez comme tout s'enchaîne. Il y a sept ans, ils étaient dans les meilleurs termes tous les deux. Puis Edward disparaît pendant cinq ans et on raconte quelques histoires très curieuses pour expliquer pourquoi il s'est fait passer pour mort. Brusquement, Clarice Dean et lui surgissent à Greenings à vingt-quatre heures d'intervalle et elle ne cesse de lui passer des coups de fil pour le rencontrer. « Il y a quelque chose que vous devez savoir », lui claironne-t-elle aux oreilles. Puis on les entend se quereller en revenant de la souille. C'est le chemin qu'il prend pour rentrer et il est évident qu'elle était allée là-bas pour le rencontrer. Mrs. Stone l'entend le supplier de ne pas se mettre en colère et de ne pas lui faire peur. Et le lendemain matin, quelqu'un met une lettre dans la boîte des demoiselles Blake. Vous l'avez lue, cette lettre. Elle dit : « D'accord. Réglons cette affaire. Je reviendrai ce soir. On se retrouvera au même endroit. Disons à neuf heures et demie. Je ne pourrai pas arriver plus tôt. » En guise de signature, deux initiales qui pourraient être un E et un R.

Le superintendant se laissa aller contre le dossier de son fauteuil, les yeux à demi clos. Le silence l'enveloppait comme une aura de sérénité.

— Peut-être que oui, peut-être que non, laissa-t-il tomber quand il estima qu'il avait duré assez longtemps. L'alphabet compte pas mal d'autres lettres et le choix est vaste. Avez-vous touché un mot de ça à Mr. Edward ?

— Non. Il était sorti et j'ai pensé qu'il valait mieux que je vous voie d'abord.

Nayler approuva du chef.

— Vous avez eu tout à fait raison. A quoi bon se précipiter ? Quand une affaire de ce genre vous tombe dessus, il faut d'abord et avant tout réfléchir. Cela risque d'être très délicat et, avant de sauter, il faut savoir où on va tomber. Pour moi, cela n'a pas une importance énorme — je prends ma retraite au printemps — mais, vous, vous êtes un jeune policier ambitieux qui a sa carrière à faire. Nous sommes en train de parler d'homme à homme. Je suis chez moi, c'est dimanche, je ne suis pas en service et cette conversation n'a rien d'officiel. Il y a des quantités de pignons qui entraînent d'autres pignons et vous n'avez pas intérêt à poser le pied à côté de la plaque. Cela fait des siècles que les Random habitent à Greenings. Mr. James Random a toujours été entouré du plus grand respect. Il était président du Bench, trésorier de l'hôpital avant sa nationalisation, etc. En outre, Edward est apparenté par sa mère à des notables locaux très influents.

Le superintendant ôta à nouveau sa pipe de sa bouche, lâcha un nuage de fumée et répéta avec force en ménageant une pause entre chaque mot :

— Des... notables... très... influents. Enfin — et je ne sais pas si ce n'est pas le plus important —, Lord Burlingham le soutient à fond. Il vient de faire de lui son agent.

Nayler replaça le tuyau de sa pipe entre ses lèvres et le suçota d'un air songeur.

— Je vais vous dire une bonne chose, Jim : si je devais m'en prendre à quelqu'un du comté, ce ne serait en tout cas pas à Lord Burlingham, c'est tout.

Bury regarda son supérieur avec indignation.

— Vous ne voulez quand même pas dire que nous allons rester les bras croisés alors qu'une jeune fille vient d'être assassinée et nous abstenir de faire de la peine à Lord Burlingham en arrêtant son agent ?

Le superintendant ne se départit pas de sa sérénité.

— Le voilà qui monte comme une soupe au lait et saute tout de suite aux conclusions. Tout le monde se trompe sauf vous, n'est-ce pas ? Qui a dit qu'il faut rester les bras croisés et laisser les jeunes filles se faire assassiner ? Vous avez trop d'imagination, mon bon, et vous feriez bien de vous surveiller. Et de ne pas vous aveugler devant ce que vous trouvez. Si je dois mettre les points sur les i et des barres aux t, je le ferai, soyez tranquille, et vous aurez peut-être l'occasion de vous en apercevoir. Si Mr. Edward a commis un délit, il devra rendre ses comptes exactement comme le premier venu. La loi est la même pour tous et je vous conseille de ne pas l'oublier. S'il est responsable de la mort de cette jeune personne, il sera poursuivi. Ce que je voulais dire et que vous n'avez pas saisi parce que votre opinion vous fait porter des œillères, c'est que ce n'est pas forcément à nous qu'il appartient d'entamer des poursuites contre lui. Rien ne m'empêche d'aller voir le commissaire et de lui expliquer la situation exactement comme je viens de le faire à votre intention. A ce détail près que cela sera plus délicat, si vous saisissez à demi-mot. Et quand je m'en serai remis à lui, je pourrai tranquillement dire à tous les amis, à toutes les relations de cette jeune femme que c'est maintenant Londres qui suit l'affaire et qu'il n'y a plus qu'à demander à Scotland Yard de prendre les choses en main.

— Parce que vous avez l'intention de mettre le Yard dans le coup ? s'exclama Bury avec stupéfaction.

Nayler se mit à rire mezza voce.

— Vous m'avez compris. Et s'il ouvre son enquête... eh bien, nous sommes tranquilles, pas vrai ? Une fois que le Yard sera saisi de l'affaire, personne ne nous donnera de mauvaises notes.

— De bonnes non plus, soupira Bury, lugubre.

Nayler tira sur sa pipe.

— Ce n'est pas en fourrant votre nez là-dedans que vous pouvez espérer recevoir des bonnes notes, mon petit. Tenez-vous tranquillement à l'abri et tirez un trait là-dessus. Comme moi. Et comme le commissaire, vous verrez.

22

Il faisait encore jour dehors — un jour froid et jaunâtre — mais les rideaux bleu roi étaient tirés et la lampe éclairait une table abondamment garnie. Emma Meadows avait préparé ses scones aussi légers que des plumes, il y avait deux sortes de sandwiches et un gâteau somptueusement décoré recouvert d'une couche d'amandes, le tout au bénéfice de l'inspecteur Frank Abbott que, ce dimanche, Miss Silver avait invité à venir prendre le thé.

— Emma vous gâte, disait-elle avec un léger sourire indulgent.

Frank, qui avait installé sa carcasse dégingandée dans l'un des fauteuils victoriens, prit un autre sandwich. La lumière arrachait des reflets à sa chevelure blonde aussi lisse qu'un miroir, il portait un superbe complet bleu marine, une cravate, une pochette, des chaussettes à la dernière mode, le tout d'une sobriété exemplaire, et ses chaussures mettaient pleinement en valeur la finesse de ses pieds. En fait, personne n'aurait supposé une seconde avoir affaire à un inspecteur de police.

— Être gâté fait un bien indicible à mon inconscient, dit-il d'une voix languissante.

— Mon cher Frank ! fit Miss Silver sur un ton désapprobateur.

— C'est qu'il a été brimé quand j'étais petit. Vous n'avez pas connu ma grand-mère, mais vous avez vu son portrait. C'était une adepte de la punition et si votre grand-mère vous fouette quand vous avez trois ans, cela engendre un complexe, une inhibition ou Dieu sait quoi qui vous ronge toute votre vie.

Ce portrait, Miss Silver se le rappelait parfaitement. Il trônait dans la maison de l'oncle de Frank, le colonel Abbott, à Abbotsleigh, et il représentait une femme d'aspect on ne peut plus redoutable. La vieille Lady Evelyn Abbott avait tyrannisé plus de trois générations et gâché l'existence d'une foule de gens. Frank, qu'elle avait rayé de son testament, avait hérité de sa chevelure blonde comme il n'est pas permis, de ses yeux pâles au regard froid, de l'indiscutable soupçon d'arrogance marquant son expression. Mais, heureusement pour lui, il possédait un sens de l'humour autrement prononcé et une tendresse de cœur qu'il mettait d'ailleurs le plus grand soin à dissimuler. Au fond, remarqua Miss Silver, le problème est que beaucoup de gens n'ont pas été suffisamment brimés.

Il la considéra entre ses paupières mi-closes.

— Vous avez tout à fait raison. Comme toujours. Il faut mettre la trique au placard et gâter les enfants !

Miss Silver toussota.

— On ne devrait jamais les frapper. Frapper est un aveu d'échec. Ce n'est pas en recourant à la force qu'une personne qui ne sait pas se contrôler réussira à s'imposer.

Frank se redressa sur son siège.

— Ce n'est pas tout ça, estimée moralisatrice. Si je mange encore quelques-uns de ces amuse-gueule, je serai incapable d'avaler une bouchée de gâteau. Emma tombera-t-elle dans la désolation de la désolation si je fais l'impasse sur les sandwiches ?

Miss Silver se servit une seconde tasse de thé.

— En tout cas, elle sera ulcérée si vous ne goûtez pas à son gâteau.

— Il faut reconnaître qu'elle s'est surpassée. Si mon tour de taille a pris un irrésistible coup de vieux, c'est elle qui est responsable. Mon tailleur m'a dit que j'avais pris un demi-pouce. C'est probablement le commencement de la fin. Je crains de devoir prendre mon prochain congé dans un de ces épouvantables établissements où l'on passe une semaine sans avaler autre chose que du jus d'orange.

Miss Silver attendit qu'il eût fini la tranche de gâteau qu'il dégustait.

— Il y a quelque chose qui me trotte dans la tête, dit-elle quand il l'eut finie.

Frank se pencha pour reposer sa tasse sur la table.

— Quoi donc ?

— Les journaux d'hier faisaient état d'une curieuse affaire. Je vous aurais téléphoné pour vous en parler si nous n'étions pas convenus que vous viendriez prendre le thé cet après-midi. Une jeune fille, une certaine Clarice Dean, a été retrouvée noyée dans un ruisseau. Cela s'est passé dans un petit pays du nom de Greenings.

— En effet.

— Vous avez lu le compte rendu ?

— J'y ai jeté un œil. C'est un suicide ou un accident.

— Je crains qu'il ne s'agisse ni de l'un ni de l'autre.

— Auriez-vous des lumières particulières sur cette affaire ?

— Il pourrait s'agir d'un meurtre dont je connais peut-être l'éventuel mobile.

Frank poussa un léger sifflement.

— Ah bon ? Et qu'est-ce que vous avez déjà découvert ?

Miss Silver ne sourit pas.

— Rien encore. Je n'ai pas eu le temps. Je compte me rendre à Greenings.

Les yeux bleu pâle de l'inspecteur étaient vrillés sur elle. Comme toujours quand il mobilisait toute son attention, son regard était inexpressif.

— Oh...

Miss Silver eut un sourire empreint de gravité.

— Je crois qu'il était préférable que je vous parle de cette histoire.

— Le fait est.

Elle posa sa tasse sur le plateau, tendit le bras en direction du sac à ouvrage qui se trouvait toujours à portée de sa main et dont elle sortit une pelote de laine rose et quatre grosses aiguilles sur trois desquelles s'amorçait l'ébauche d'une brassière. Elle s'empara de la quatrième aiguille et se mit au travail à une vitesse record. La brassière qui n'était qu'une des pièces d'un trousseau était un cadeau destiné à Stacy Mainwaring, maintenant Mrs. Charles Forrest, qui attendait un bébé pour le début du printemps. Comme son tricot n'exigeait pas une attention particulièrement soutenue, Miss Silver commença à mettre son interlocuteur au courant de la conversation qu'elle avait eue avec Clarice Dean.

— C'est une étrange coïncidence, conclut-elle, mais les coïncidences, cela existe, et quelqu'un lui avait parlé de moi.

— Qui ça ?

— Le jeune Winnington qui s'occupait alors de l'affaire Mirabel Montague. Il semble qu'ils aient été assez liés quelque temps tous les deux, encore que cela n'ait pas duré. Toujours est-il qu'il a attiré l'attention de cette fille, Clarice Dean, sur moi. Et j'ai bien peur qu'il ne lui ait raconté des histoires hautes en couleur sur mon compte.

Frank était de plus en plus inexpressif.

— Ah oui ? Vraiment ? Et que vous a sorti la fille en question ?

Miss Silver le lui rapporta avec toute la précision que, la connaissant, il était en droit d'attendre d'elle.

— Elle n'a donc jamais vu le second testament ? lui demanda-t-il quand elle en eut terminé.

— Non. C'était là, en effet, le point faible de son histoire.

— Elle aurait en effet, sérieusement besoin d'un complément, surtout si cette fille projetait de se marier avec le gars. Après tout, à quoi se ramènent ses confidences ? Un vieux monsieur rédige un testament qui fait passer à la trappe son neveu qu'il croit mort. Il décède, le testament est authentifié et le domaine devient la propriété de son frère. Six mois plus tard, le neveu réapparaît. Six mois se passent encore, et l'infirmière revient du Canada où elle résidait depuis la mort du vieux monsieur, et elle rapplique à Greenings où elle retrouve le neveu qui vient d'y dégoter une situation. La suite repose uniquement sur ses affirmations — des affirmations qu'aucune preuve ne vient étayer. Elle *prétend* que le vieux monsieur s'est réveillé une belle nuit et lui a dit qu'il avait vu son neveu en rêve ; que, finalement, ledit neveu n'était pas mort; et qu'il se propose de faire un nouveau testament. Le lendemain, c'est son après-midi de congé, elle va se promener et, quand elle rentre, le vieux monsieur lui raconte *selon ses dires* que ça y est, il a rédigé ce nouveau testament en présence de deux jardiniers qu'il a désignés comme témoins. L'un d'eux a par la suite disparu en mer et l'autre a fait l'objet de la coïncidence sur laquelle titrait la presse d'hier soir : il s'est noyé dans la souille à Greenings une semaine jour pour jour avant que Clarice connaisse le même sort. Et elle vous a déclaré — mais, là encore, vous n'avez que sa parole — qu'elle lui avait parlé du testament, qu'il se rappelait avoir assisté à sa signature à titre de témoin et qu'il avait plus ou moins l'intention de faire chanter l'oncle Arnold si possible. Elle l'aurait prié d'attendre encore un peu pour jouer les maîtres chanteurs et vous avez eu l'impression qu'elle se demandait quel profit elle pourrait personnellement tirer de la situation. Mais est-elle ou non passée à l'acte ? Cela, nous ne le saurons jamais puisqu'elle s'est noyée dans la souille une semaine jour pour jour après que Jackson...

Abbott s'interrompit brusquement.

— Si vous voulez savoir, il se trouve que j'ai commencé à essayer de passer au peigne fin l'histoire de Clarice Dean et que, maintenant, j'en suis presque à me demander s'il n'y a pas effectivement quelque chose là-dedans. Dites-moi franchement comment vous avez réagi quand elle vous a fait ses confidences. Votre atout, c'est l'intuition, n'est-ce pas ? Alors, qu'en avez-vous pensé ? Et quel jugement avez-vous porté sur elle ? Que ce n'était qu'un canular ? Que vous aviez affaire à une hystérique complètement mythomane ? Une exhibitionniste qui saisissait l'occasion unique de se pavaner devant la célèbre Maud Silver ?

— Mon cher Frank...

Il était clair d'après son ton que Miss Silver désapprouvait des propos aussi extravagants, mais d'une manière abstraite et ce fut avec sérieux qu'elle enchaîna :

— Oh non, je ne crois pas. Elle était dans un état de nervosité épouvantable. La mort de ce Jackson l'avait inquiétée et elle avait un pressant besoin de s'épancher en parlant à quelqu'un. Je ne pense pas qu'il y ait eu une autre raison pour qu'elle me raconte tout cela. C'était pour se soulager qu'elle l'a fait, mais elle n'avait certainement pas l'intention de suivre les conseils que je lui ai donnés.

— Qui étaient ?

— De ne pas chercher à tirer le moindre avantage personnel de ce qu'elle savait, que cela risquerait d'être considéré ni plus ni moins comme une tentative de chantage et que le chantage n'était pas seulement un crime puni par la loi, mais aussi un agissement extrêmement dangereux pour le maître chanteur lui-même. Je l'ai exhortée à réfléchir à ma mise en garde et à prévenir sans délai la police si elle savait quelque chose que son devoir lui imposait de lui dire.

— Et quelle a été sa réaction ?

Clic-clac faisaient les aiguilles tandis que se déroulait la pelote de laine.

— Elle est devenue d'une pâleur de cire et m'a dit de m'occuper de mes affaires. Sur quoi, elle est partie en courant.

— Parce qu'elle était effrayée ?

— C'est ce que j'ai pensé.

Frank émit un sifflement.

— Et c'est à la suite de cela que vous avez pris la décision d'aller faire un tour à Greenings ?

Miss Silver sourit.

— Ce n'est pas tout à fait aussi absurde que ça peut en avoir l'air. Ruth Ball, la fille d'une de mes anciennes camarades d'école, a épousé le vicaire de Greenings-cum-Littleton et elle insiste depuis quelque temps pour que j'aille lui rendre une petite visite. L'histoire de Miss Dean m'a si fortement impressionnée que je lui ai envoyé une lettre pour lui demander quelques éclaircissements. Miss Dean ne voulait pas que je puisse identifier le village dont il était question. Elle l'appelait Greenway comme je vous l'ai dit, mais son véritable nom lui a involontairement échappé et cela m'a naturellement fait dresser l'oreille. Aussi ai-je écrit à Ruth Ball que j'avais fait la connaissance d'une jeune fille, infirmière de son état, qui, pensais-je, soignait une patiente à Greenings — une vieille dame prénommée Miss Ora. Voulez-vous voir sa réponse ?

Elle la tendit à l'inspecteur et l'observa tandis qu'il la lisait.

— Je note que quand vous lui avez écrit, la fille ne s'était pas encore noyée, dit-il quand il eut terminé.

— C'est exact... Mais j'avais à peine fini de lire la réponse de Ruth qu'Emma m'apportait le journal du soir et un titre m'a sauté aux yeux. « Étrange coïncidence. Une jeune fille se noie dans la souille. » Comment s'étonner si j'ai commencé à me poser des questions ?

— Évidemment, fit l'inspecteur d'une voix songeuse. En principe, il n'y a pas assez d'eau dans une souille pour qu'il soit possible de s'y noyer. Si un homme et une jeune fille arrivent à s'y noyer effectivement un vendredi à une semaine d'intervalle, c'est une coïncidence qui a le bras sacrément long... un vrai record. Et si les victimes ont eu vent toutes les deux d'un testament qui s'est envolé sans laisser d'adresse, il y a en effet de quoi se demander s'il n'y aurait pas par hasard quelqu'un qui aurait fait des heures supplémentaires. Si l'on enquêtait sur cette affaire, ce qui n'est pas le cas, et si l'on était, en conséquence, en droit d'émettre une hypothèse au même titre que n'importe quel autre élément de l'opinion publique qui se pose des questions, on serait sans doute enclin à poser la question proverbiale : « *Cui bono* ? » Qui aurait intérêt à éliminer les deux seules personnes apparemment au courant de l'existence de cet embarrassant testament ?

Miss Silver toussota avant de dire sur un ton compassé :

— Il ne peut, bien sûr, y avoir qu'une seule réponse à cette question.

— L'oncle Arnold ?

— Mr. Arnold Random.

23

— Alors, ils nous ont demandé de nous charger de cette affaire.

L'inspecteur Lamb se carra dans le fauteuil à peine suffisant pour contenir sa corpulente personne et tourna la tête vers l'inspecteur Abbott, pour l'heure fort occupé à essayer de redonner d'une main experte un peu de vigueur au feu maussade qui rougeoyait dans l'âtre. Se relevant, il s'épousseta les mains avec une de ses inséparables et luxueuses pochettes BCBG que son supérieur jugeait d'un ridicule achevé.

— Vraiment, monsieur ?

Lamb fronça les sourcils.

— Il se trouve que j'ai très bien connu Nayler. Il a été nommé superintendant à Embank et c'est un peu un Janus à deux visages. Il regarde à la fois à gauche et à droite, ce qui ne le rend pas plus clairvoyant pour autant. Aujourd'hui, on ne fait plus lire le *Pilgrim's Progress* aux enfants comme dans le temps pour les éduquer, et c'est bien dommage.

— Moi, je le lisais, monsieur. Et quelles sont les deux directions dans lesquelles Nayler est de train de regarder ?

— Il ne veut pas faire de peine aux habitants du comté, et surtout pas à Lord Burlingham.

Frank se permit un sifflement quelque peu irrévérencieux.

— Oh ! Parce que Lord Burlingham est dans le coup ? L'artillerie lourde, quoi !

— Le jeune homme sur qui pèsent les soupçons est son agent. Il a de la famille et des relations dans toute la région. Exactement le genre de chose qui ne doit pas être du goût de Nayler. D'un autre côté, il n'a aucune envie de prêter le flanc aux gens du Labour qui ne manqueraient pas de clamer à tous les échos qu'il y a une justice pour les riches et une autre pour les pauvres. Le commissaire est à peu près dans le même état d'esprit : il ne veut chagriner personne. Alors, ils se sont entendus tous les deux pour nous refiler la bombe avant qu'elle n'explose.

Frank remit sa pochette en place.

— L'affaire Greenings — une fille qui se noie dans une souille, murmura-t-il d'une voix rêveuse. Une drôle d'histoire, quand même. Elle s'appelait Clarice Dean. Elle n'était pas du pays. Elle était l'infirmière d'une certaine Miss Ora Blake.

Lamb lui décocha un coup d'œil soupçonneux.

— Parce que vous êtes au courant de tous les détails ?

— Je lis les journaux, monsieur. C'est une affaire qui a fait les gros titres. En outre, ajouta Frank d'un ton extrêmement négligent, hier, j'ai pris le thé avec Maudie.

La morne clarté de ce jour de novembre, que laissait filtrer une haute fenêtre, tombait sur l'embryon de calvitie du commissaire au milieu d'une couronne noire qui avait une nette tendance à friser. Mais les cheveux s'éclaircissaient irrévocablement au centre et la lumière faisait briller cette amorce de tonsure. Ce qui avait le don de réjouir intérieurement Frank Abbott qui, debout devant son chef, avait une vue imprenable sur ce signal d'alerte. Les yeux quelque peu protubérants de Lamb se braquèrent sur lui.

— Miss Silver ? Vous n'allez quand même pas me dire qu'elle est mêlée à cette affaire !

— La fille en question l'a abordée dans un salon de thé deux jours avant de se noyer et elle lui a raconté une bien curieuse histoire.

— Dans un salon de thé ?

Il y avait à la fois de la colère et de l'incrédulité dans le ton de Lamb.

— Elle la connaissait plus ou moins de vue. Un type la lui avait un jour montrée de loin, disant que c'était un illustre détective. Alors, elle s'est purement et simplement assise à sa table et elle lui a sorti toutes ses confidences.

— Que lui a-t-elle dit ?

Frank se mit en devoir de se faire l'écho des épanchements de Miss Clarice Dean.

Quand il se tut, Lamb flanqua un coup de poing sur la table et s'exclama :

— Cela n'a pas le moindre sens !

— Qu'entendez-vous par là, monsieur ?

— Si votre Miss Silver vous soutenait que ce qui est noir est blanc, vous diriez amen ! Et, en plus, vous avez le culot de venir me raconter ce bla-bla avec la ferme conviction que je vous croirai ! L'ami Nayler décide de faire d'Edward Random son suspect numéro un et vous venez me raconter une histoire qui lui donne le meilleur motif du monde pour garder précieusement cette fille en vie. L'héritage de son oncle lui est passé sous le nez et votre infirmière prétend qu'il y a un autre testament qui le rétablirait dans ses droits. Et il aurait voulu l'assassiner ? Allons donc ! Il me semble que vous vous êtes mélangé les pédales quelque part. Vous feriez mieux de téléphoner à Miss Silver pour lui demander de passer me voir. Tous ces racontars de deuxième et de troisième main... qu'est-ce que cela peut apporter, je vous demande un peu ! Ce sont des preuves qu'il nous faut et il n'y a pas l'ombre d'un commencement de preuve là-dedans !

— Il arrive parfois que ce genre de commérages vous mette sur la voie.

— Je connais suffisamment mon métier pour le savoir, mon petit ami. Allez ! Appelez Miss Silver et dites-lui que je l'attends — et surtout, qu'elle accélère le mouvement !

Traduisant mentalement le message du commissaire en termes plus déférents, Frank décrocha l'appareil.

Mais ce fut Emma Meadows qui répondit :

— Je regrette, Mr. Frank, mais elle n'est pas là. Elle est allée à la campagne. Elle avait fait sa valise avant de se coucher et elle est partie aussitôt après avoir pris son petit déjeuner. Vous voulez que je vous donne son adresse ?

— Je vous remercie, Emma, mais je crois que je la connais. Presbytère de Greenings, par Embank. C'est bien ça ?

— Oh oui, monsieur, c'est bien ça.

Il y avait de la surprise dans l'intonation d'Emma.

Lamb regarda fixement Frank quand celui-ci se tourna vers lui. La colère luisait dans ses yeux.

— Elle est allée là-bas, hein ?

— Oui, monsieur, dit l'inspecteur, répétant les dernières paroles de la gouvernante.

— Pour quoi faire ?

— Je crois que la femme du vicaire l'a invitée de façon pressante à venir passer quelques jours chez elle.

— Tiens donc ! grommela le commissaire Lamb.

24

Miss Silver fut accueillie au presbytère avec chaleur dans tous les sens du terme. La chambre qui lui était dévolue était orientée au midi, ce fut une femme de chambre entre deux âges qui déballa ses affaires — bref, tout fut fait pour qu'elle comprenne qu'on la considérait comme un hôte de marque.

Mrs. Ball lui proposa une petite promenade avant le déjeuner. Elle lui fit traverser la souille et remonter la grand-rue pour lui faire faire connaissance avec les principaux centres d'intérêt du village comme l'allée d'ifs menant à l'église — « On dit qu'ils ont huit cents ans » — et la maison des demoiselles Blake avec sa baie en saillie soutenue sur ses piliers. Elles allèrent jusqu'au pavillon du garde et virent Susan Wayne qui, au même moment, sortait du Manoir. A Mrs. Ball qui s'exclamait qu'il devait être plus tard qu'elle le pensait, la jeune femme expliqua qu'elle partait plus tôt que d'habitude parce que la gouvernante de Mr. Random n'avait plus de farine et qu'elle lui avait promis de faire un saut chez Mrs. Alexander pour en chercher. Elle la lui rapporterait cet après-midi en retournant à son travail.

C'était là pour Miss Silver un témoignage bienvenu de la solidarité qui unit les gens habitant la campagne et elle considéra Susan d'un regard approbateur. Quels beaux cheveux, quel teint ravissant, quelles manières agréables ! Susan fit route avec les deux femmes jusqu'au magasin de Mrs. Alexander.

— Cette jeune fille est vraiment charmante, déclara Miss Silver avec chaleur quand elles eurent pris congé. Elle habite Greenings ?

— Elle y a été élevée par une tante, mais elle ne fait maintenant que séjourner pour quelque temps ici. Elle est venue classer les livres de la bibliothèque du Manoir et elle a pris pension chez Mrs. Random. Sa tante, Miss Lucy Wayne, était la fille et la petite-fille des deux anciens vicaires, mais elle est morte avant notre arrivée. Je n'ai fait que tout récemment la connaissance de Susan. J'ai peut-être tort, vous savez — c'est, en tout cas, l'opinion de John —, mais j'ai l'impression qu'il faudra que s'écoule près d'un siècle avant que les gens du pays cessent de nous considérer comme des étrangers. A propos, ma femme de chambre, Annie Jackson, a été quelque chose comme vingt-quatre ans au service de Miss Lucy Wayne, je crois bien. Vous comprenez ce que je veux dire, Miss Silver ? Cela a quelque chose d'un peu... écrasant.

Miss Silver toussota.

— Ne me disiez-vous pas dans votre lettre que votre nouvelle femme de chambre était la veuve de ce malheureux qui s'est noyé dans la souille ?

— Oui, je vous en ai parlé, en effet. Quelle bêtise elle a faite en l'épousant ! Elle était beaucoup plus âgée que lui et Miss Wayne lui avait laissé un peu d'argent. Enfin, c'est ce que tout le monde raconte...

Mrs. Ball s'interrompit, les joues soudain en feu.

— John me répète tout le temps que l'on ne doit pas faire chorus avec les jugements des méchantes langues. Il dit que les villageois sont terriblement malveillants. Mais les gens disent parfois vrai, ne pensez-vous pas ?

Miss Silver en convint et, poursuivant sur sa lancée, Mrs. Ball enchaîna :

— Il semble qu'il est encore bien tôt pour qu'Annie se remette à travailler, mais elle avait l'air d'y tenir et John estime que c'est la meilleure solution pour elle. Le pavillon où elle demeure est de l'autre côté de la souille et il est très isolé. Comme elle ne voulait pas y rester et qu'elle avait trouvé un bon locataire, nous lui avons dit qu'elle pouvait venir s'installer au presbytère quand elle voudrait après l'enterrement de son mari.

Annie Jackson était indiscutablement une excellente femme de chambre à en juger par son service qui était au-dessus de tout reproche — la table de noyer de la salle à manger brillait comme un miroir, les verres étincelaient et l'argenterie brillait de tout son éclat —, mais la pauvre femme avait l'air d'un fantôme accablé sous le poids d'un lourd fardeau. Si écrasant qu'il lui faisait ployer les épaules. Elle paraissait être à bout de forces.

Après le déjeuner, Miss Silver s'installa avec la fille de sa vieille amie dans la charmante petite salle de séjour infiniment plus facile à chauffer que le trop vaste salon. Ruth Ball commença à repriser un peu de linge, son invitée, s'armant de ses aiguilles, s'attaqua à la brassière rose destinée au futur bébé de Stacy Forrest et l'après-midi s'écoula confortablement. Ruth devait se demander par la suite si toute la conversation qu'elles avaient eue ce jour-là avait bien échappé à l'anathème que John avait lancé contre les commérages. Elles avaient bien sûr parlé du village et de ses habitants — des Random, ces messieurs du Manoir, de James et de Jonathan qui étaient morts et d'Arnold à qui étaient revenus les biens du premier —, d'Emmeline, la veuve de Jonathan qui demeurait dans l'ancien pavillon du garde et de son fils Edward qui, après cinq années d'absence, était revenu avec le titre d'agent de Lord Burlingham.

— Il vit avec sa belle-mère. Ils ont toujours eu beaucoup d'affection l'un pour l'autre.

— A quoi ressemble-t-il, ma petite Ruth ?

L'aiguille de Mrs. Ball s'immobilisa au-dessus de l'accroc qui déshonorait une des chaussettes du vicaire.

— Je serais vraiment bien en peine de vous le dire, c'est tout juste si je l'ai entrevu. Nous ne nous sommes pratiquement pas parlé. Il sortait du pavillon un jour où je m'y rendais et un des petits chats d'Emmeline s'est mis à grimper après ma jupe. Il m'en a débarrassée et je l'ai remercié. Mrs. Random a des douzaines de chatons... non, j'ai tort de dire ça. John dit que l'on doit se garder de l'exagération. Enfin, elle en a beaucoup.

Miss Silver la poussa discrètement dans ses retranchements.

— C'est donc la seule rencontre que vous avez faite avec Mr. Edward Random ? Mais la première impression est quelquefois...

— Oh oui, vous avez tout à fait raison ! Et j'ai justement eu l'impression... une impression très nette... qu'il n'était pas heureux. Mais, l'autre jour, quand je l'ai croisé sur la route — j'avais dû sortir tôt et il se rendait chez Mr. Barr —, j'ai trouvé qu'il avait l'air d'aller beaucoup mieux. Après tout, personne ne sait ce qu'il lui est advenu durant ces cinq années et cela a dû être un coup terrible pour lui lorsqu'il a appris à son retour que son oncle était décédé et qu'il était dépouillé de l'héritage qui aurait normalement dû lui revenir.

— Oui, certainement.

Les deux femmes continuèrent de parler d'Edward Random et de sa belle-mère Emmeline, de Susan Wayne, des demoiselles Blake, de Mrs. Stone et de Miss Sims et de toutes les histoires, les rumeurs et les conjectures suscitées par la mort de William Jackson et de Clarice Dean.

Miss Silver avait terminé sa brassière et en avait

commencé une autre avant même qu'il fût l'heure du thé. Elle s'était pratiquement contentée d'écouter, se bornant à poser de temps à autre une question pour réamorcer Ruth quand le flot d'informations paraissait se tarir. Elle s'attarda un peu sur la souille.

— Elle n'est pas profonde, n'est-ce pas? Il n'est vraiment pas évident de se noyer dans une simple mare comme celle-là.

— C'est exactement ce que j'ai dit — et John m'a fait remarquer que j'avais tort de dire cela parce qu'il arrive parfois des choses bizarres et que le malheureux était ivre.

Miss Silver dévida un peu de sa pelote de laine.

— Mais ce n'était pas le cas de Clarice Dean.

— Non, bien sûr que non. Là, il a dû s'agir d'un malencontreux accident. Il avait beaucoup plu et les pierres qui permettent de passer le ruisseau à pied sec sont glissantes. Sa tête en a sans doute heurté une. Elle avait sûrement l'intention d'aller retrouver Edward Random, n'est-ce pas? Autrement, elle n'aurait eu aucune raison de vouloir traverser la souille. Et si elle était pressée, elle a très bien pu glisser sur une pierre dans sa précipitation.

Bien peu probable, songea Miss Silver, qu'une jeune femme pleine de dynamisme se noie dans une mare dont la profondeur ne devait pas excéder une soixantaine de centimètres. A moins que quelqu'un ou quelque chose lui ait maintenu la tête sous l'eau. Elle eut une petite toux désinvolte et demanda :

— Est-il déjà arrivé que quelqu'un se soit noyé dans cette souille ?

— Oh oui ! Mais il y a bien longtemps. Cela remonte au siècle dernier. Le noyé était un certain Christopher Hale. Il est enterré au cimetière et on a gravé une très étrange épitaphe sur sa tombe. Je pourrai vous la montrer si vous voulez.

Comme Miss Silver répondait qu'elle ne demandait pas mieux, le vicaire rentra pour le thé.

En définitive, elle alla voir la tombe de Christopher Hale toute seule. On prenait le thé à quatre heures et il faisait encore très clair quand ils l'eurent fini. Il faisait doux, c'était une belle journée et après cet après-midi passé à l'intérieur, elle se dit qu'un petit tour au cimetière serait une agréable façon de prendre l'air. Comme Ruth Ball devait rendre visite à une des bénévoles qui s'occupait de l'école du dimanche, elle lui demanda où se trouvait précisément la tombe et s'y rendit.

Il y a toujours des curiosités intéressantes à découvrir dans les vieux cimetières de campagne. Quelles massives sépultures de marbre élevait-on en mémoire des défunts aux siècles précédents ! De quelles tragédies humaines certaines tombes portaient-elles témoignage !

Christopher Hale dormait de son dernier sommeil tout au fond du cimetière derrière l'église. L'endroit était abrité, ce qui expliquait peut-être pourquoi les vers gravés sur la haute stèle étaient parfaitement lisibles. Les lettres se détachaient clairement dans la lumière estompée de cette fin de journée.

A la Mémoire de

CHRISTOPHER HALE

Né le 10 mars 1800 — Mort noyé le 11 mars 1839

Cette pierre a été érigée par Kezia son épouse

Dans les ténèbres de la nuit et du péché
Le cœur forge ses projets
Et sa perversité complote en secret
Contre l'homme de vertu.

Il est un Juge dont la loi vengeresse
Pèsera tous tes actes.

Mieux vaut être aujourd'hui noyé
Que brûler dans les Flammes éternelles.

Miss Silver relut plusieurs fois l'épitaphe. Elle la trouvait énigmatique. Était-ce l'homme qui gisait sous la pierre tombale qui avait comploté contre l'homme de vertu, ou était-ce contre lui qu'on avait comploté « dans les ténèbres de la nuit et du péché » ?

Elle se retourna. Bien qu'elle n'eût rien entendu, son instinct l'avertit que, soudain, elle n'était plus seule et elle ne fut que modérément surprise de constater qu'Annie Jackson, tête nue et vêtue d'une robe de ménagère noire, était derrière elle, presque à la toucher. Elle avait des chaussons aux pieds et n'avait fait aucun bruit dans l'herbe. Elle était pâle comme un linge et avait un air étrange.

— C'est Kezia, sa femme, qui a posé cette pierre, fit-elle en tendant le doigt vers la stèle. Pour que tout le monde puisse lire ce qu'il y a d'écrit dessus. C'est elle qui a écrit ces vers, même si c'est pas marqué.

— Savez-vous ce qu'elle voulait dire en les composant, Mrs. Jackson ?

Annie Jackson était déjà si pâle qu'il ne paraissait pas possible qu'elle puisse blêmir davantage. Ce fut pourtant ce qui se produisit. C'était peut-être simplement dû au fait que le jour baissait, mais Miss Silver en doutait.

— M'appelez pas comme ça. Il est mort noyé et je ne suis plus mariée. J'ai repris mon travail de femme de chambre comme du temps où j'étais au service de Miss Wayne. C'est Annie Parker que je m'appelle.

Elle tourna les talons et fit mine de s'éloigner, mais elle revint sur ses pas.

— Je ne ferai pas mettre une pierre tombale pour William. C'était un mauvais mari. Il buvait et il allait avec d'autres femmes. J'aurais pas dû l'épouser. C'est ce que tout le monde me disait, mais je n'ai pas écouté les gens.

Le soleil était presque couché, mais pas tout à fait. On aurait dit un ballon d'or flottant au ras de l'horizon. Des traînées violettes parsemaient les nuages d'un rouge ardent qui les faisait flamboyer. Ses derniers rayons frappaient directement le front et le profil d'Annie debout devant Miss Silver, et la brise légère qui repoussait ses cheveux en arrière découvrait la marque bleuâtre qu'avait laissée un hématome qui ne se voyait pas quand elle faisait son service.

Miss Silver l'enveloppa d'un regard empreint de compassion et fit un pas vers elle.

— C'est pas que j'aie à penser du bien de lui ou à dire des amabilités sur son compte. Non... mais un meurtre... c'est une autre histoire. Christopher Hale, c'était un débauché et un dépravé, tout comme lui. Et le jour où il est mort, Kezia jurait qu'il avait été assassiné. Mieux encore : elle donnait le nom de son assassin. Même qu'elle voulait qu'il soit gravé sur sa pierre tombale, mais l'ancien vicaire ne l'a pas laissée faire. C'était le grand-père à Miss Wayne. Et son fils, le père à Miss Lucy, lui a succédé. Elle avait tous les papiers, Miss Lucy. Et un meurtre, c'est pas convenable... c'est pas *convenable*, y a pas à sortir de là.

Annie fut prise d'un frisson.

— Je vous demande pardon, Miss Silver, reprit-elle d'une voix changée. J'aurais pas dû parler comme ça. J'ai entendu Mrs. Ball qui disait que vous vous y entendez comme pas deux pour démêler la vérité vraie. Des tas de fois vous avez découvert des choses qu'on gardait secrètes, qu'elle disait. Alors, ça m'est venu tout seul et je vous demande bien pardon. J'espère que vous en parlerez pas, hein ? Ni à Mrs. Ball ni à personne. C'est que c'est tellement facile de faire causer les gens.

— Mrs. Ball n'en saura rien, Annie.

Annie Jackson tourna les talons et s'éloigna. Ses pas ne faisaient aucun bruit dans l'herbe. Maintenant l'obscurité tombait. Le soleil avait disparu. A la lumière succédait la grisaille et l'air était glacial.

Mais Miss Silver laissa s'écouler un bon moment avant de regagner le presbytère.

25

Les Ball et leur invitée étaient encore attablés devant le petit déjeuner quand Annie Jackson entra pour annoncer que l'inspecteur d'Embank était là avec un autre monsieur et qu'ils voulaient voir Miss Silver.

Le jour qui s'engouffrait par la fenêtre à laquelle elle faisait face accentuait encore sa pâleur. Elle paraissait glacée et elle agrippait la poignée de la porte comme si elle avait besoin de ce support pour ne pas s'écrouler. Miss Silver plia soigneusement sa serviette et la suivit dans le vestibule. Juste avant de refermer la porte derrière elle, elle entendit la voix du vicaire :

— La pauvre a l'air affreusement malade, disait-il.

Au sortir de la salle à manger inondée de lumière, le vestibule semblait obscur.

— Ils sont au petit salon.

La voix d'Annie tremblait. Elle regarda Miss Silver et frissonna avant de s'éloigner dans le couloir conduisant à l'office.

Miss Silver se dirigea vers le petit salon.

C'était Frank Abbott qui était venu la relancer. Comme il l'attendait, il ne manifesta aucune surprise en la voyant entrer et si, de son côté, elle en éprouva, elle n'en laissa rien paraître. Elle lui sourit, exprima tout le plaisir que lui causait leur rencontre et serra la main de l'inspecteur Bury. Après ces préliminaires, tout le monde s'assit et elle fut invitée à faire au policier d'Embank le compte rendu de l'entretien qu'elle avait eu avec Clarice Dean.

De toute évidence, son récit n'avait pas l'heur de plaire à l'inspecteur Bury. Il lui posa de multiples questions qui étaient autant de chausse-trappes destinées à jeter le doute sur la précision de ses souvenirs.

— L'inspecteur Abbott m'a dit, commença-t-il sur un ton qui ne se cachait pas d'être acerbe, que l'on pouvait vous faire confiance pour ne pas répéter un mot de cette affaire...

Mais arrivé à ce point, il commença à cafouiller et fut incapable de poursuivre.

Bien qu'elle n'eût pas bougé à proprement parler, Miss Silver paraissait être partie à des kilomètres. A moins, peut-être, que ce ne fût Bury qui eût battu en retraite. Son cou vira au rouge saumon tandis que ses oreilles, qu'il avait proéminentes, commençaient à prendre une teinte ponceau. Au « Je vous prie de me pardonner, inspecteur », proféré d'une voix douce encore qu'indiscutablement lointaine, il se perdit en excuses pressantes sous le regard narquois de son collègue de Scotland Yard. Et ce fut finalement de ce dernier que lui vint le salut :

— Ne vous faites pas de mouron, Bury. J'ai déjà eu l'occasion de travailler avec Miss Silver et pas vous. Vous pouvez dire n'importe quoi devant elle. Je propose que nous lui montrions toutes les déclarations que nous avons en main pour lui demander ce qu'elle en pense.

Miss Silver accepta et les excuses de Bury et l'hommage à elle rendue par Frank avec un léger mais aimable sourire.

Les oreilles de Bury retrouvèrent leur couleur naturelle.

— Il nous faut y aller prudemment, vous savez, dit-il. Car cette histoire — enfin, si tel était bien le but que poursuivait Miss Dean — réduit à néant le mobile qu'aurait pu avoir Mr. Random, n'est-ce pas ? Si elle était effectivement au courant de l'existence d'un testament en sa faveur, la mort de cette jeune personne lui aurait fait le plus grand tort.

Miss Silver toussota.

— Elle n'a pas dit à Mr. Edward Random qu'elle connaissait l'existence de ce testament. Elle ne parvenait pas à avoir une conversation en tête-à-tête avec lui. Pour la bonne raison qu'elle commettait l'erreur de combiner la pêche aux renseignements à laquelle elle se livrait avec la volonté bien arrêtée de séduire Mr. Edward Random qui n'avait, pour sa part, aucune intention de se laisser embobiner.

— Ah bon ? Parce qu'elle lui courait après ?

— Cela ne fait aucun doute et elle ne s'en cachait nullement. Elle avait pour objectif d'assurer son avenir et espérait se servir de ce qu'elle savait touchant le testament pour réaliser un bon bénéfice, en quelque sorte. Son projet était de s'assurer la reconnaissance d'Edward Random et l'épouser si elle estimait que cela en valait la peine.

Il y avait de plus en plus de respect dans le regard dont Bury enveloppait Miss Silver.

— Un projet qui n'avait rien de sentimental !

— Et qui était dangereux. Je l'avais d'ailleurs mise en garde.

— Qu'est-ce qui vous faisait penser qu'il pouvait l'être ?

— Si elle disait la vérité, cela signifiait qu'un testament avait disparu et que le dernier des deux signataires faisant office de témoins venait de se noyer dans des circonstances des plus suspectes. Je suis convaincue que Miss Dean était tout à fait consciente qu'elle dansait sur la corde raide. Quelqu'un qui fait disparaître un testament peut fort bien ne pas reculer devant un meurtre pour dissimuler son crime. J'ai trouvé que Miss Dean était dans un état de tension notoire. Si elle s'est ainsi confiée à moi, c'est qu'elle pensait qu'elle serait davantage en sécurité si quelqu'un d'autre connaissait son secret.

Bury plissa le front.

— Je ne vois pas comment tout cela va pouvoir s'emboîter. L'inspecteur Abbott m'a demandé de venir pour vous entendre. Bon... Je vous ai entendue et je suis dans le brouillard. Alors, en ce qui nous concerne, nous laissons tomber cette affaire. Que l'inspecteur agisse comme il le jugera bon. Moi, je vous laisse. J'ai du travail qui m'attend à Littleton.

Quand la porte se fut refermée derrière Bury, Frank Abbott sourit.

— C'est un brave type, mais du genre soupe au lait. Il aurait aimé ficeler cette enquête lui-même, mais le superintendant et le commissaire ont la frousse. Des relations qu'Edward Random a d'un bout à l'autre du comté d'une part, de l'œil vigilant du Labour de l'autre. C'est la raison pour laquelle je suis ici : pour leur tirer les marrons du feu. Finissons-en donc avec ce bouquet de métaphores et passons aux choses sérieuses. Le mieux serait que vous lisiez ces dépositions et que vous me disiez ce que vous en pensez.

Miss Silver prit les feuillets dactylographiés que Frank lui tendait et les lut avec toutes les marques d'une profonde attention. Arrivée au bas de la dernière page, elle leva les yeux.

— Dans sa déclaration, Mr. Edward Random se borne à dire comment il a retrouvé le corps de Miss Dean.

— Oui, j'allais vous en parler. Quand Bury a fouillé la chambre de Clarice Dean, il a trouvé un billet tout froissé sous la grille de la cheminée. En voici la copie. L'original était tapé à la machine. En guise de signature, il y a deux initiales tellement abîmées qu'il est pratiquement impossible de deviner de quelles lettres il s'agit. Toutefois, il semblerait que la première comporte une barre transversale. Dans ce cas, ce pourrait être un A, un E ou un F.

— Elles sont abîmées, dites-vous. De quelle manière ?

— De la suie qui est tombée du conduit et a fait une tache. On n'a pas identifié la machine à écrire qui a été utilisée et les seules empreintes qui ont été relevées sont celles de Clarice Dean.

— Mon cher Frank !

Abbott hocha la tête.

— C'est curieux, n'est-ce pas ? Ce billet n'est pas arrivé par la poste. Quelqu'un l'a tapé, mis sous enveloppe et glissé dans la boîte aux lettres des demoiselles. Miss Mildred Blake affirme que Miss Dean est allée l'ouvrir quand elles mettaient le couvert pour le déjeuner et qu'elle en a probablement sorti quelque chose. Selon Miss Ora, Edward Random a remonté la rue et est passé devant leur porte vers deux heures. Le divan est installé dans la saillie de la baie et elle a une excellente vue panoramique sur la rue. Il n'y a malheureusement que la partie qui passe sous l'avancée, et où se trouve justement la porte d'entrée de la maison, qui lui échappe. Edward Random aurait donc pu déposer la lettre dans la boîte sans qu'elle l'ait vu. Même chose pour deux autres membres de la famille Random — Mrs. Jonathan Random, la belle-mère d'Edward, et l'oncle Arnold. Miss Ora a un œil infaillible auquel aucun détail n'échappe et je lui ai demandé si l'une de ces trois personnes portait des gants. Edward Random n'en avait pas, mais, en revanche, Mrs. Jonathan et l'oncle Arnold en portaient. Ce dernier en met toujours.

Comme il joue de l'orgue, il prend le plus grand soin de ses doigts. Mais, gants ou pas gants, il devrait y avoir d'autres empreintes que celles de Miss Dean sur cette lettre. La plus méticuleuse des personnes n'en met quand même pas pour taper à la machine ! Autrement dit, on a délibérément effacé les empreintes que portait la feuille. Et cela ne peut avoir qu'une seule signification : il y a bien eu préméditation.

— Les initiales étaient dactylographiées ?

— Oui.

— Et elles sont maintenant illisibles ?

— Pratiquement. La seconde pourrait être un R.

— A-t-on interrogé Mr. Edward Random au sujet de ce billet ?

— Oui. Il nie l'avoir écrit. Voilà tout ce que j'ai pu réunir jusque-là pour mettre le doigt sur d'éventuels suspects et Mr. Edward Random est en tête de liste. Mais quel aurait été son *mobile* ? A la lumière de la conversation que vous avez eue avec Clarice Dean, on peut dire qu'il serait quasiment inexistant. Mais il y avait peut-être dans les rapports qu'ils entretenaient tous les deux des aspects que nous ignorons. Il ne fait pas de doute qu'elle l'importunait et il était furieux contre elle à en juger par les déclarations de Miss Sims et de Mrs. Stone. « Il parlait très durement » et « Elle disait qu'il lui faisait peur quand il était comme ça et moi c'était pareil. » On est en droit de supposer qu'elle l'a à tel point exaspéré qu'il l'a assommée et l'a laissée se noyer.

— Elle a été frappée ?

— Derrière la tête. Elle est morte noyée ensuite. Je suppose donc, vous disais-je, qu'un homme peut perdre son sang-froid au point d'en arriver là — mais *les seules empreintes qu'il y avait sur la lettre étaient celles de Clarice Dean.* Par conséquent, la personne qui l'a tapée avait l'intention de l'assassiner, ce qui élimine *ipso facto* la théorie de la provocation inattendue. Vous voyez qu'il ne va pas être facile de démontrer qu'Edward avait un motif pour la tuer. Mais quand on en arrive à l'*occasion*, c'est vraiment le jardin des délices ! Il était dix heures quand il a frappé, hors d'haleine, à la porte du presbytère pour annoncer qu'il avait trouvé une femme noyée dans la souille. Il rentrait chez lui après avoir passé l'après-midi et le début de la soirée en compagnie de Mr. Barr, l'agent de Lord Burlingham à qui il succédait. Il y a un peu plus d'un kilomètre entre la demeure de Mr. Barr et la souille, mais il l'a quittée à neuf heures et quart. Nous l'avons vu hier soir, Bury et moi. Il nous a dit avoir pris un chemin forestier. Il n'était pas pressé et il aime se promener la nuit dans les bois. Tout cela se tient très bien et c'est tout à fait possible, mais l'ennui est que la lettre dactylographiée adressée à Clarice Dean lui fixait rendez-vous à neuf heures et demie. Le lieu de rendez-vous était de toute évidence la souille puisque le mot disait « Même endroit » et que c'était précisément de la souille que tous deux revenaient, la veille, quand Mrs. Stone les a vus. Il a donc eu tout le temps qu'il fallait pour la rencontrer à l'endroit fixé, se quereller avec elle, l'assommer et s'assurer qu'elle était bien morte avant d'aller chercher de l'aide au presbytère. Comme vous voyez, le temps commence à se couvrir pour Edward Random.

Miss Silver regarda Abbott d'un air pensif.

— Je sais par Mrs. Ball que si, en effet, Mr. Edward Random passait habituellement par la souille, il existe pour revenir à Greenings depuis la résidence de Mr. Barr une très bonne route qu'on rejoint par le chemin que vous avez peut-être remarqué à la sortie du village et qui conduit à Embank. Si Mr. Edward avait tué Miss Dean, serait-il allé ensuite alerter le presbytère, ce qui aurait eu pour effet d'attirer immédiatement l'attention sur lui ? Il aurait évidemment pris l'autre route pour rentrer. Ou, tout au moins, c'est ce qu'il aurait affirmé.

Frank haussa les épaules.

— Quand on commet un meurtre, on n'est pas dans son état d'esprit normal. On ne raisonne pas logiquement.

— Si Clarice Dean a été tuée par la personne qui s'est donné la peine d'effacer ses empreintes de la lettre, tout a été préparé avec le plus grand soin. Si cette personne n'était autre qu'Edward Random, il n'aurait certainement pas agi ensuite sur l'impulsion du moment.

Frank hocha la tête.

— Je vous l'accorde. Mais il a pu se dire que se précipiter pour chercher de l'aide aurait pour effet de détourner les soupçons. A propos, il n'y a pas de machine à écrire chez Mrs. Random. Mr. Barr, lui, en a deux, mais leurs caractères ne correspondent pas avec ceux de la lettre. Je présume que vous ne savez pas si le vicaire en possède une ?

Abbott avait souri en posant la question, mais ce fut avec gravité que Miss Silver répondit :

— Il y en a une dans la salle paroissiale de l'église, je crois. Elle sert à rédiger les avis du tableau d'affichage.

— Qui les tape ?

— Ça, je l'ignore. Le vicaire, je suppose. Et Mrs. Ball. Peut-être aussi des bénévoles.

— Cette salle est-elle fermée à clef ?

— Je ne pense pas — pas pendant la journée, en tout cas. Elle est située derrière le presbytère. Elle comporte une petite bibliothèque et les gens viennent y emprunter des livres.

— Je vois. Nous irons y jeter un coup d'œil. Mais pour en revenir à nos suspects, parlons un peu de l'oncle Arnold. Il avait un mobile évident, mais aurait-il pu être le meurtrier ?

— Il joue de l'orgue pendant le service. Mrs. Ball m'a dit qu'il a l'habitude de répéter à l'église tous les vendredis de neuf heures à dix heures.

— Et William Jackson et Clarice Dean se sont tous les deux noyés un vendredi. C'est presque trop clair, n'est-ce pas ? Bien sûr, nous ne connaissons pas l'heure exacte à laquelle William s'est noyé, mais les pubs ferment à dix heures et, d'après les témoignages, il aurait quitté le Lamb un peu avant la fermeture. Comme, d'après ce que j'ai cru comprendre, il faut généralement le mettre plus ou moins à la porte, s'il est volontairement parti plus tôt que d'habitude, c'était peut-être parce qu'il voulait voir Arnold Random pour tenter d'exercer son petit chantage. Il a fort bien pu l'attendre près du portail du cimetière qui, comme vous vous préparez à le faire observer, est à deux pas de la souille. Arnold n'aurait eu qu'à saisir le bon moment, le suivre jusqu'aux pierres servant à traverser la souille et le pousser pour le faire dégringoler. Si Jackson en avait un bon coup dans l'aile, ce qui semble avoir été le cas, il n'aurait pas été très difficile de lui maintenir la tête sous l'eau jusqu'à ce que mort s'ensuive. Et cela aurait été encore plus facile pour Clarice. Puisque la ligne est collective, il a fort bien pu l'entendre dire à Edward au téléphone qu'elle était au courant des affaires de son oncle. Il aurait pu taper la lettre qui donnait rendez-vous à l'infirmière au bord de la souille à neuf heures et demie. Ce mot dactylographié, initiales comprises, sent à plein le coup monté, vous ne croyez pas ? De plus, Edward est l'une des personnes qui ont eu l'occasion de le glisser dans la boîte des demoiselles Blake, et il avait une raison parfaitement valable pour se trouver comme par hasard au bon endroit. Il lui aurait suffi de se faufiler dans l'allée des ifs pour lui sauter dessus. Rappelez-vous que c'était presque certainement Edward qu'elle attendait, et elle devait par conséquent être tournée vers la souille d'où il devait en principe venir. Arnold n'aurait eu qu'à la frapper par-derrière — elle n'aurait jamais su ce qu'il lui arrivait. Cela n'a pas pu prendre plus de quelques minutes. Est-ce que quelqu'un qui se trouvait dans le presbytère a remarqué que l'orgue s'était tu pendant ce bref laps de temps ?

— Je n'en sais rien, répondit pensivement Miss Silver. Il y a une séance de couture le vendredi de huit à neuf.

— Ah bon ? Cela complique un peu les choses. Mais peut-être pas, au fond. S'il y avait une tripotée de femmes en train de jacasser, je suppose qu'aucune d'entre elles n'a remarqué si l'orgue s'était ou non interrompu. Il va falloir leur poser la question, bien entendu. Pour ce qui est de William Jackson... voyons... il a fallu qu'il ait le temps d'aller jusqu'à la souille après avoir quitté le pub et de s'entretenir avec Arnold Random avant de faire assommer. Bon... Admettons qu'Arnold était encore à l'orgue quand Jackson est arrivé. Il entre dans l'église... impeccable, il n'y a pas de témoins. Même si ces dames quittent le presbytère, il n'y aura rien qui puisse attirer leur attention. L'orgue se tait, mais cela n'a rien d'étonnant : Mr. Arnold a fini de répéter. William disparaît par l'allée des ifs et les couturières rentrent toutes chez elles en prenant la direction opposée. Oui, cela colle. Je crois qu'il serait bon que j'aie une petite conversation avec Mrs. Ball. Pensez-vous pouvoir arranger ça ?

26

L'inspecteur Abbott ne correspondait en rien à ce à quoi Ruth Ball s'attendait. Elle avait toutes les peines du monde à admettre que l'homme qui lui faisait face était un policier. Un policier, ce devait forcément être un imposant tas de muscles. Un jeune garçon svelte et élégant vêtu d'un complet admirablement coupé, c'était troublant. Elle se serait sentie davantage à son aise s'il avait été chaussé de grosses bottines montantes et avait eu un accent paysan. Mais son premier souci était de se montrer serviable.

— Voyons, laissez-moi réfléchir... De quel vendredi s'agit-il ?... Oh, des deux ? Eh bien, pour ce qui est du premier... il y avait Mrs. Pomfret — ça, j'en suis sûre... et Miss Sims... et Miss Mildred Blake, naturellement... et... oui, Mrs. Alexander. Mais ni Mrs. Jonathan Random ni Susan Wayne n'étaient là.

— Et quand sont-elles parties ?

— Eh bien, en principe, la séance prend fin à dix heures, mais vous savez ce que c'est... il faut le temps de se dire bonsoir. Je peux, en tout cas, vous affirmer que Miss Blake, elle, est partie tout de suite. Elle avait quelque chose à dire à Mr. Random qui répétait à l'orgue. Elle devait le remplacer un de ces dimanches. Nous avons beaucoup de chance d'avoir deux bons organistes amateurs à Greenings parce que la paroisse ne pourrait en aucun cas faire appel à un professionnel.

— A quelle heure est-elle partie ?

— Il ne devait pas être loin de dix heures... elle n'est donc pas partie tellement tôt, après tout. Mais les autres se sont un peu attardées.

— Et vous pouviez entendre l'orgue à ce moment ?

— Oh oui ! Miss Blake y a d'ailleurs fait allusion. Elle a dit qu'elle allait faire un saut à l'église pour s'entendre avec Mr. Random sur le choix des cantiques qu'elle jouerait.

— Eh bien, dit Frank quand il se retrouva seul avec Miss Silver, on dirait que l'hypothèse Arnold Random en a pris un méchant coup dans l'aile. Si Miss Blake et lui causaient musique vers dix heures, il ne peut pas être l'assassin de William Jackson. Je passerai voir ladite Miss Blake tout à l'heure. Je lui demanderai combien de temps elle est restée avec lui à l'église et s'ils sont rentrés ensemble. Si c'est le cas, Mr. Arnold Random a un solide alibi et il ne nous restera plus qu'à faire notre deuil de notre suspect numéro un. Vous n'en auriez pas un autre dans votre manche, par hasard ?

La réponse laconique de Miss Silver le laissa comme deux ronds de flan :

— Je ne sais pas, Frank, se borna-t-elle à dire.

— Qu'entendez-vous au juste par là ? fit-il en haussant un sourcil blond comme les blés.

Elle le regarda fixement.

— Je pense que je devrais vous le dire, mais j'hésite. La personne que j'ai en tête a encaissé un choc grave et elle fait l'objet de la commisération générale. Il y a là comme un déséquilibre et c'est parce que cela pourrait la mettre en danger, elle ou d'autres gens, que j'estime qu'il est de mon devoir de faire quelque chose. J'ai eu une conversation très surprenante hier au cimetière.

— Une conversation ? Avec qui ?

— Avec la veuve de William Jackson. J'étais allée voir une curieuse vieille tombe et elle a surgi derrière moi pendant que je l'examinais.

— C'est la femme qui nous a ouvert ? Bury m'a dit qu'elle travaille au presbytère. Elle m'a fait l'effet d'être plutôt mal en point.

— Elle a subi une grosse commotion, Frank, et elle n'est pas dans son état normal. Elle m'a dit des choses bizarres pendant que je regardais cette tombe... celle d'un homme qui est mort noyé dans la souille il y a plus d'un siècle.

— Racontez-moi.

Avec le calme et la sobriété qui lui étaient habituels, Miss Silver répéta à Abbott les propos que lui avait tenus Annie.

— C'est bien étrange, en effet, dit l'inspecteur quand elle se tut. Mais qu'est-ce que vous en déduisez ? Que c'est elle qui a noyé Jackson ?

Miss Silver secoua la tête.

— Je ne sais pas, Frank. Jackson était un mauvais mari. Il lui prenait son argent et le dépensait avec d'autres femmes. Elle a une ecchymose sur la tempe. On ne la remarque pas dans la maison, mais quand nous étions toutes les deux au cimetière le vent a ramené ses cheveux en arrière et je l'ai vue distinctement. L'idée m'est venue que l'épitaphe que porte la pierre tombale a pu dicter l'idée d'une méthode d'assassinat à quelqu'un qui n'était pas très équilibré mentalement.

Et Miss Silver commença à réciter l'épitaphe d'une voix lente en détachant chaque mot :

— Dans les ténèbres de la nuit et du péché
Le cœur forge ses projets.

« Et puis :

Il est un Juge dont la loi vengeresse
Pèsera tous tes actes.
Mieux vaut être aujourd'hui noyé
Que brûler dans les Flammes éternelles.

« Ce sont ces deux vers que je trouve particulièrement évocateurs. Noyer William Jackson a pu paraître à un esprit déséquilibré comme le moyen de l'empêcher de commettre de nouveaux péchés.

— Et Clarice Dean ? fit Frank Abbott en plissant le front.

Miss Silver hocha à nouveau la tête.

— Je ne peux que vous répéter que je ne sais pas. Une fois que son déséquilibre a incité une personne à commettre un meurtre, j'imagine qu'elle peut recommencer, même si sa motivation n'est pas aussi irrésistible. A moins que le second crime ait simplement été inspiré par le premier et soit le fait d'une autre main. Non... c'est peut-être là aller trop loin. Restons-en aux faits. J'ai pensé qu'il était de mon devoir de vous dire qu'Annie Jackson n'est pas dans un état mental normal. Je vous ai répété ce qu'elle m'a dit devant la tombe de Christopher Hale. Je ne souhaite pas aller plus loin et je vous serai reconnaissante de ne pas insister.

L'entrevue que Miss Silver et Frank Abbott eurent ensuite avec Annie n'apporta pas grand-chose de neuf. Pâle et indolente, elle répondit si mécaniquement aux questions qui lui étaient posées qu'elle aurait aussi bien pu réciter sa leçon. Elle avait été mariée un peu moins de trois ans. C'était son argent à elle qui leur avait permis d'acheter le cottage. William n'était pas un bon mari — tout le monde le savait. Il travaillait mal et Mr. Random l'avait mis à la porte. Non, cela n'avait pas eu l'air de le déranger. Il disait que Mr. Arnold le regretterait et qu'il y avait de fortes chances qu'il le reprenne à son service avec une augmentation à la clef.

Mais elle était sûre que ce n'étaient là que des vantardises. Elle savait que William était négligent dans son travail et que Mr. Arnold qui était exigeant ne reviendrait pas sur sa décision.

Tout en parlant, elle gardait ses mains serrées entre ses genoux, c'était le seul signe qui trahissait sa volonté de se contrôler sévèrement. Jusqu'au moment où Frank Abbott lui demanda si son mari lui avait jamais parlé d'un testament qu'il aurait paraphé à titre de témoin.

Alors, elle émit une sorte de hoquet.

— Non.

— Vous en êtes tout à fait certaine, Mrs. Jackson ?

— Oui... tout... à fait.

On eût dit qu'à chaque mot elle vidait entièrement ses poumons.

— Et il ne vous a jamais laissé entendre qu'il savait certaines choses dont il pourrait tirer profit ?

Cette fois, Annie ne fit même pas l'effort de répondre : elle se contenta de faire non de la tête.

Frank Abbott se pencha en avant, vrillant son regard au sien.

— Votre mari rentrait généralement après la fermeture du pub, n'est-ce pas ?

A cette question, Annie poussa un soupir de soulagement et elle parvint à dire « oui » dans un murmure.

— Il était parfois dans un triste état quand il avait bu ?

Elle hocha approbativement la tête.

— Vous arrivait-il parfois d'aller à sa rencontre ? Jusqu'à la souille pour le voir la traverser en passant de pierre en pierre ?

Les yeux d'Annie s'écarquillèrent à tel point que l'iris et la pupille se confondaient pour ne plus faire qu'un O noir sur le blanc de la cornée.

— Êtes-vous venue à sa rencontre le vendredi où il s'est noyé ?

Elle prit une brève inspiration, lâcha l'air qu'elle avait avalé dans un soupir tandis que ses mains étroitement serrées mollissaient et, glissant de son siège, elle s'affaissa sur le sol.

27

Le vicaire conduisit l'inspecteur Abbott à la salle paroissiale, mais il aurait préféré lui faire visiter l'église.

— Enfin, ce sera pour une autre fois quand vous ne serez pas en service commandé, dit-il avec un soupir de regret. Nous avons la liste complète des titulaires depuis 1250 et il y a bien des choses intéressantes à voir, sans même parler du tombeau du Croisé qui est dans un remarquable état de conservation. Quant à la salle paroissiale dont feu Mr. James Random nous a fait si généreusement don, elle n'a, je le crains, qu'un intérêt strictement utilitaire. Heureusement, elle est invisible de la route à cause de la résidence vicariale qui la masque et les peupliers font écran entre le cimetière et elle.

C'était un bâtiment massif parfaitement adapté à sa fonction, mais totalement dépourvu de charme. La porte était fermée à double tour, mais, comme l'expliqua le révérend John Ball, il était enfantin d'en trouver la clef puisqu'elle était accrochée à un clou planté dans l'étroit chambranle.

— Elle est hors de portée des enfants, mais les bénévoles peuvent l'utiliser quand ils le veulent.

Tandis qu'ils entraient dans une vaste pièce nue qui dégageait une puissante odeur de cire, Frank posa discrètement quelques questions à propos de ces bénévoles. C'est ainsi qu'il apprit que Mrs. Jonathan Random passait souvent pour s'occuper des fleurs.

— Il y a une petite pièce très pratique avec l'eau courante et un évier, ce qui nous permet de ne pas faire de saletés dans l'église. C'est ici que se tient l'école du dimanche et nous avons une petite bibliothèque dont Mrs. Pomfret et Miss Blake se partagent la responsabilité. L'une des deux ou une de leurs assistantes se fait un devoir d'être là de six heures à six heures et demie le mercredi et le vendredi. En outre, elles ont une demi-heure de permanence le dimanche matin après le service. Quant aux dames qui viennent à titre de volontaires... voyons voir. Il y a Miss Sims, bien sûr, la gouvernante du Dr Croft. Et je crois que celle de Mr. Arnold Random vient de temps en temps lui prêter main-forte.

Frank jeta un coup d'œil circulaire dans la salle. Les deux murs vernissés qui se faisaient face étaient percés de fenêtres dépourvues de rideaux. Il y avait quelques chaises paillées, un harmonium d'un jaune particulièrement hideux et, tout au fond, les étagères sur lesquelles s'alignaient les livres constituant la bibliothèque. Dans un coin, du côté opposé à l'harmonium, trônait, posée sur une table, une machine à écrire qui n'était manifestement plus de la première jeunesse.

— C'est un cadeau de Mr. Arnold Random, dit le vicaire. Elle appartenait à son frère et il a eu la grande bonté d'en faire don à la paroisse après le décès de Mr. James Random.

— Et qui l'utilise, monsieur le vicaire ?

— Oh ! je crois que presque toutes nos auxiliaires sont capables de s'en servir, répondit Mr. Ball avec un large sourire. Pas vraiment comme des dactylos professionnelles, certes, mais quand même suffisamment pour taper une affichette lisible ou de petits textes à l'intention des enfants qui apprennent à lire... ce genre de choses, vous voyez.

— Cela vous ennuierait-il si j'essayais de pianoter un peu ?

— Non, non... bien sûr que non.

Frank s'assit à la machine, chercha une feuille de papier qu'il glissa dans le rouleau et commença à taper avec une technique qui devait sans conteste pouvoir soutenir la comparaison avec celle des dames bénévoles. Le texte qu'il dactylographiait n'était autre que celui du billet qui avait préludé à la mort de Clarice Dean : « D'accord. Réglons cette affaire. Je reviendrai ce soir. On se retrouvera au même endroit. Disons à neuf heures et demie. Je ne pourrai pas arriver plus tôt. »

Quand il eut plié le feuillet et l'eut glissé dans son carnet, il laissa le vicaire lui faire faire le tour de l'église et admira comme il convenait la sépulture du Croisé, le Hugo de la Tour et les quelques plaques de cuivre d'un joli travail qui l'ornaient. A sa demande, Mr. Ball le conduisit jusqu'au tombeau de Christopher Hale pour lequel il n'eut qu'un commentaire négligent et lourd de dédain : « Relativement moderne, mais qui n'est pas sans présenter une certaine actualité. »

Après avoir lu l'épitaphe non sans admirer la précision de la mémoire de Miss Silver qui avait cité avec exactitude les vers de Kezia, il regagna le presbytère et demanda s'il pouvait dire deux mots à Maud avant de repartir.

Signe manifeste de la compassion qui la caractérisait, elle tint à le rassurer sur l'état de santé d'Annie Jackson avant même de demander à Frank Abbott s'il avait avancé dans son enquête.

— Elle a pris une bonne tasse de thé et elle est maintenant tout à fait remise. Il est toujours désolant de devoir interroger quelqu'un qui n'est pas bien et vous serez heureux, j'en suis sûre, de savoir que cet incident n'a pas nui davantage à son état...

Elle ménagea une pause avant d'ajouter :

— ... physique.

— Que voulez-vous dire au juste par son « état physique » ?

— C'est que son malaise était d'origine mentale. C'est la peur qui lui a fait perdre connaissance. Elle a été prise d'une frayeur panique quand vous lui avez demandé si elle était allée jusqu'à la souille à la rencontre de son mari. Une frayeur telle qu'elle s'est évanouie.

— Vous croyez donc qu'elle était allée à sa rencontre ?

— Peut-être que oui.

— Et qu'elle l'a poussé dans l'eau ?

— Je pense qu'il est possible qu'elle ait vu la personne qui l'a poussé. Et dans ce cas...

— Dans ce cas ?

— Elle est peut-être elle-même en danger. Et elle le sait.

Frank rompit le silence qui avait suivi ces mots :

— Gardez l'œil sur elle. Faites en sorte qu'elle ne sorte pas seule une fois la nuit tombée. Et empêchez-la de se promener du côté de la souille. Si jamais on l'y retrouvait noyée, le suicide serait une explication tout à fait plausible. Maintenant, voici un des éléments concrets dont vous regrettiez l'absence : le billet qui a incité Clarice Dean à rencontrer la personne qui l'a assassinée a été tapé sur la machine à écrire de la salle paroissiale.

— Dieu du ciel ! s'exclama Miss Silver. La salle paroissiale ? répéta-t-elle sur un ton interrogatif.

Frank acquiesça.

— Au milieu des parfums du vernis et de l'encens. Peut-être a-t-il été tapé par l'une des bénévoles ou par n'importe quel paroissien capable de décrocher la clef de la porte accrochée à ce clou qui arrive à la hauteur de mon oreille. Tout le monde y entre et en sort sans se gêner pour y faire ce qu'il — ou plus probablement elle — vient y faire. Ce pourrait être Mrs. Pomfret qui est la femme d'un riche exploitant agricole, Miss Sims, Miss Blake ou Mrs. Random qui s'occupe des fleurs, le vicaire ou son épouse ou n'importe lequel des adultes habitant Greenings. Edward Random aurait pu avoir la même brillante idée. La seule certitude que nous ayons, c'est que le billet a été tapé sur cette machine. Le E présente exactement la même usure et il manque un jambage au M comme si un plaisantin — peut-être un des gosses qui viennent à l'école du dimanche — s'était amusé à l'arracher. Voilà ! Nous avons enfin un indice matériel concret... et nous ne sommes pas plus avancés pour autant.

28

— Je ne vois pas pourquoi je devrais répondre à de nouvelles questions, inspecteur.

Miss Mildred, assise, le dos raide, sur une antique chaise au long dossier droit garnie d'un coussin dur comme du bois, ravaudait le coude droit d'un cardigan noir d'âge vénérable dont de multiples réparations avaient déjà fait une sorte de patchwork disparate. Brandissant son aiguille au-dessus de la reprise, elle regardait Frank Abbott avec sévérité.

Ce qui était loin d'être le cas de Miss Ora. Des hommes jeunes et bien faits de leur personne constituaient un changement agréable. Il y avait eu un temps où elle avait de la séduction et bien que, naturellement, il eût été extrêmement pénible d'avoir une maison à entretenir et des enfants à surveiller, il lui arrivait parfois de regretter de n'avoir jamais été capable de choisir entre Cyril Jones et George Norton. Des deux, c'était à Cyril qu'allait sa préférence, mais lassé de cette interminable valse-hésitation, il avait fini par épouser une affreuse noiraude qui jouait au badminton. Ce souvenir arracha une légère grimace à Miss Ora, mais elle décocha un sourire à Frank Abbott.

— Comme ce doit être fatigant pour vous de devoir

poser aux gens des quantités de questions auxquelles ils ne veulent pas répondre !

Miss Mildred planta farouchement son aiguille dans la manche du cardigan.

— Mais qu'est-ce que tu racontes, Ora ! Je ne vois aucune objection à répondre aux questions indispensables. Mais comme l'inspecteur Bury est déjà venu trois fois — les deux premières tout seul, la troisième en compagnie de son collègue ici présent —, je ne vois vraiment pas...

Frank la considéra d'un œil froid. Pourquoi cet emportement ? Ç'aurait manifestement été avec la plus grande joie qu'elle l'aurait lardé de coups d'aiguille.

— Je vous ennuierai le moins longtemps possible, lui assura-t-il. Il y a juste un petit détail sur lequel vous serez peut-être en mesure de m'éclairer.

— Je vous ai déjà dit que je ne sais à peu près rien de Miss Dean.

— Je n'en doute pas, mais cela n'a rien à voir avec elle. Mrs. Ball m'a dit que vous faisiez de la couture au presbytère vendredi dernier...

— Absolument. Je participe régulièrement à ces séances.

— Celle-ci — toujours d'après les dires de Mrs. Ball — s'est terminée à dix heures et quelques, mais vous seriez partie plus tôt parce que vous désiriez parler à Mr. Arnold Random qui était à l'orgue.

— En effet. Il répète tous les vendredis soir.

— Vous vous êtes donc rendue à l'église pour le voir. Je suppose que vous avez pris le chemin direct en sortant du presbytère ?

— Évidemment.

— Est-ce qu'il jouait toujours quand vous êtes arrivée ?

— Non. Il commençait à ranger ses partitions.

— Il était seul ?

— Naturellement. L'orgue fonctionne à l'électricité. On a branché une dérivation à partir du Manoir et on n'a plus besoin du soufflet. C'était très malcommode. La dernière personne chargée de le manier était Fanny Stubbs et on ne pouvait jamais compter sur elle.

— Je vois. Donc vous êtes absolument certaine que Mr. Random était seul dans l'église ?

Miss Mildred lança un regard noir à Frank Abbott.

— Bien sûr que j'en suis certaine !

— Combien de temps êtes-vous restée, Miss Blake ?

— Quelques minutes. Mr. Random était en train de tout ranger, je vous l'ai déjà dit. Quand il a eu fini, il fermé la porte à clef et nous sommes partis.

— Ensemble ?

— Jusque chez lui... oui.

— Avez-vous rencontré une des dames qui quittaient le presbytère après cette séance de couture ?

— Non. Il était encore trop tôt.

— Il était dix heures passées.

Frank eut droit à un sourire sarcastique.

— On voit que vous n'avez jamais assisté à la fin d'une de ces séances de couture. Mrs. Ball offre du thé et des gâteaux, et ces dames bavardent interminablement. Moi, je prends mon sac à ouvrage et je m'en vais, mais Mrs. Ball peut s'estimer heureuse quand la plupart des bénévoles ont débarrassé le plancher à dix heures et quart — et j'ai déjà vu Miss Sims rentrer chez elle alors qu'il était plus de dix heures et demie. Il semble que plus un village est petit, plus il y a matière à commérages.

Miss Ora tripota la frange de sa liseuse rose.

— C'est qu'il peut survenir des choses absolument passionnantes dans un village, intervint-elle. Et cela se sait. C'est ce qui rend les petites bourgades tellement intéressantes. Dans les grandes villes, vous ne savez rien de ce qui peut arriver à quelqu'un qui habite la porte à côté de la vôtre. Mon pauvre papa disait que si on pouvait soulever le toit de toutes les maisons d'Embank, bien des gens seraient obligés de déménager et de changer de nom. Vous savez, inspecteur, même si l'on vit dans la même maison que Clarice Dean, on ne sait pas en réalité ce qui se passe. Tenez... nous ne savions même pas qu'elle était sortie le soir où elle s'est noyée. Mais les jeunes filles sont comme ça... elles s'échappent, ni vu ni connu. Ce n'était sûrement pas la première fois qu'elle filait à l'anglaise. Et elle ne se doutait sûrement pas que ce serait la dernière.

— Vous êtes sûre qu'elle est sortie ce soir-là ?

Les yeux d'azur de Miss Ora s'écarquillèrent.

— Oh ! J'en mettrais ma main à couper. C'est qu'elle était amoureuse folle d'Edward Random, vous savez.

— *Ora...*, s'exclama Miss Mildred pour rappeler sa sœur à l'ordre.

Ses sourcils froncés faisaient une ligne droite au-dessus de son nez proéminent. Elle regarda Frank Abbott en face.

— Puisque vous tenez absolument à poser toutes ces questions, autant ne rien vous cacher. Ce que ma sœur vient de dire est la pure vérité. Miss Dean avait jeté son dévolu sur Edward Random. Je ne prétendrai pas savoir quand elle a commencé à lui courir après ni jusqu'où les choses sont allées, mais je crois qu'il en avait déjà assez et il aurait mieux valu qu'elle l'ait compris à temps. Mais ce n'est jamais le cas avec ce genre de filles. Elles n'ont pas assez de bon sens pour se rendre compte qu'il est préférable de ne pas insister. Je connais Edward Random depuis qu'il était enfant. Il a toujours eu un caractère difficile et après sa mystérieuse absence qui n'a toujours pas reçu d'explication — je suppose que vous en avez entendu parler —, il a révélé un tempérament que je qualifierais de morose. En fait, c'est bien le dernier des hommes que l'on peut se permettre de faire tourner en bourrique. Mais elle s'entêtait à le poursuivre de manière éhontée. Maintenant, inspecteur Abbott, je dois vraiment vous prier de vous en aller.

Frank prit congé.

Dès qu'il fut sorti, Miss Mildred décrocha le téléphone et composa le numéro de Mr. Arnold Random.

— C'est moi, Arnold, répondit-elle au « Allô ? » méfiant qui résonna dans l'écouteur. Le policier de Scotland Yard vient de sortir. Il était juste venu me demander de lui parler de la visite que je vous ai rendue à l'église l'autre vendredi. Il voulait savoir si vous y étiez seul. Quelle idée, je vous demande un peu ! Je ne sais vraiment pas ce qui a bien pu la lui mettre dans la tête. Naturellement, je lui ai dit ce qui s'était passé... que vous aviez fini de jouer et que vous rangiez les partitions, que nous avons parlé une minute ou deux, puis que vous aviez tout fermé et que nous sommes partis ensemble. Comme vous vous le rappelez, la réunion au presbytère n'était pas encore terminée de sorte que nous n'avons croisé personne. Vous êtes évidemment en mesure de confirmer tout cela. Ces policiers sont vraiment d'une indiscrétion inouïe. Enfin... il faut bien qu'ils fassent leur métier et tout le monde souhaite évidemment que cette affaire soit réglée une fois pour toutes de façon satisfaisante.

A l'autre bout du fil, Arnold Random regardait fixement le mur qui lui faisait face.

— Bien sûr, dit-il.

29

Mrs. Ball et Miss Silver prenaient le thé avec les demoiselles Blake, suite à l'invitation pressante de Miss Ora.

— J'espère que vous n'y voyez pas d'inconvénient, avait dit Ruth sur un ton d'excuse, mais elle m'a téléphoné et elle s'est arrangée pour qu'il me soit pratiquement impossible de dire non. Si nous n'avions pas pu aujourd'hui, ç'aurait été pour demain, pour après-demain ou pour dans trois jours. Aussi, j'ai pensé qu'il valait mieux se faire une raison. Une fois qu'elle sait que quelqu'un a de la visite, elle ne dort plus tant qu'elle n'a pas invité tout le monde à prendre le thé. C'est aussi qu'elle a une vie tellement monotone, la pauvre.

Miss Silver lui assura qu'elle serait ravie de prendre le thé avec les demoiselles Blake.

— Une infirme est tellement démunie...

Miss Ora avait mis sa plus belle liseuse — une liseuse toute neuve d'un délicat rose pâle dont le prix avait donné des cauchemars à Miss Mildred. Elle était frisée de façon ravissante et avait sorti les bagues de sa mère — un solitaire et un nœud de brillants et de saphirs à une main, une perle et une turquoise à l'autre.

Ce fut avec un charmant sourire qu'elle accueillit ses invitées.

— Ma sœur va arriver dans une minute. Elle prépare le thé. C'est que Mrs. Deacon n'est plus là après le déjeuner et ma santé m'interdit de faire quoi que ce soit. Sans infirmière, je ne suis bonne à rien. La mort de Miss Dean a été une véritable catastrophe pour moi. C'est affreux, ce qui s'est passé ! Mrs. Ball vous a naturellement raconté. Le vicaire lui-même qui se gendarme tellement contre les commérages ne peut guère s'attendre à ce qu'elle fasse le silence sur un crime qui a été commis pour ainsi dire devant sa porte.

Miss Silver convint que c'était absolument affreux. Il fallait espérer, ajouta-t-elle, qu'il s'agissait d'un accident.

Il n'en fallut pas davantage pour faire partir Miss Ora au quart de tour. Edward Random et son étrange disparition...

— Car il s'agit bel et bien d'une disparition, tout le monde le croyait mort. Et pas la moindre explication. Il n'en a donné à personne, pas même à sa belle-mère ou à son oncle, et je parle en connaissance de cause parce que j'ai moi-même interrogé Emmeline Random, et tout ce qu'elle a fait, ça a été de prendre un air vague — il y a des moments où elle est vraiment ailleurs — et de me répondre que la seule idée de lui poser la question, eh bien... Une jeune fille qui tombe amoureuse d'un garçon qui a un pareil passé, c'est de la folie pure et simple ! Je suis sûre que c'est également votre avis, n'est-il pas vrai ? Et le caractère qu'il a ! Tout simplement abominable. Tenez, je l'ai appelé de cette fenêtre le jour même de son arrivée. Il descendait la rue à grands pas, à croire que le bourg tout entier lui appartenait, et il avait une allure... comment dire ? Arrogante, je ne trouve pas d'autre mot. Je l'ai donc hélé en lui disant qu'il devait être bien content d'être de retour, qu'il fallait qu'il monte me voir pour nous raconter tout ce qu'il avait fait. Et que croyez-vous qu'il m'a répondu ?

— Les jeunes gens sont souvent impétueux, dit Miss Silver.

L'énergique hochement de tête de Miss Ora fit danser ses boucles blanches.

— Impétueux ? Il avait l'air d'être prêt à me tuer, oui ! « Cela ne vous intéresserait aucunement, j'en ai peur », voilà ce qu'il m'a répondu. Et il a continué son chemin. Après cela, je pourrais le croire capable de n'importe quoi !

Ruth Ball commençait à devenir toute rouge. John désapprouverait cette conversation, cela ne faisait aucun doute. Et, inutile de se leurrer, Miss Silver l'encourageait. Mais que faire pour y mettre un terme ? « Ta présence devrait être suffisante, ma chérie », disait toujours John. Il était vrai que sa présence à lui suffisait pour mettre le holà. Mais Ruth était loin d'avoir l'autorité de son mari. Elle était de plus en plus mal à l'aise et elle sentait qu'elle rougissait, c'était tout ce qu'elle pouvait faire.

Miss Silver se rendait compte de sa gêne et elle la déplorait, mais se borner à laisser Miss Ora parler ne suffisait pas : il fallait la pousser à vider son cœur. Dix minutes avant l'arrivée du thé, les dettes de Jonathan Random n'avaient plus de secrets pour Miss Silver et elle n'ignorait plus rien touchant les chats d'Emmeline.

— Cela confine véritablement à la folie chez elle. Et c'est tellement antihygiénique ! On ne peut pas faire un pas chez elle sans en avoir aussitôt un dans les pieds ! Comme ma sœur le disait à Arnold Random — c'est qu'elle a beaucoup d'influence sur lui, vous savez... ce sont des amis de très longue date... en fait, ils auraient pu être un peu plus que de simples amis, mais les choses n'ont pas pris cette tournure. Mon Dieu, où en étais-je donc ?... Ah oui. Elle lui a dit carrément — Mildred est toujours directe — qu'il ferait mieux de lui donner son congé et de faire nettoyer le pavillon.

Cette fois, Ruth Ball ne put davantage garder le silence.

— Oh, Miss Blake, ce ne serait pas possible ! Voyons ! La veuve de son pauvre frère ! Comment voulez-vous qu'il la mette à la porte ?

Les yeux placides de Miss Ora se tournèrent vers elle. Tant qu'elle se sentait confortablement à l'abri, qu'est-ce que cela pouvait lui faire que l'on flanque une autre femme à la porte de son logis ?

— Pourtant, dit-elle d'une voix inchangée, je crois que c'est ce qu'il a fait.

Un féroce petit vers des Psaumes évoquant les gens enfermés dans leur propre graisse vint brusquement à l'esprit de Ruth. La formule biblique était de David, et que John approuvât ou non qu'elle visât une de ses paroissiennes, elle estimait qu'elle décrivait fidèlement Miss Ora Blake. Mais le regard lourd d'indignation que Ruth lui lança glissa purement et simplement sur l'intéressée.

— C'est vraiment très aimable à vous d'être venues prendre le thé, chères dames. Il y a si longtemps que je suis invalide que sortir dans le noir me paraît un véritable acte de courage — et je crains qu'il ne fasse vraiment très noir quand vous rentrerez. Cette soirée est sinistre. Et, naturellement, il n'y a pas de réverbères dans la rue. C'est un des inconvénients qu'il y a à habiter un village.

Miss Silver sourit.

— L'obscurité ne me gêne pas. J'ai une excellente torche électrique.

Miss Ora eut un hochement de tête approbatif.

— Nous en avons une, nous aussi, mais, bien sûr, je n'ai pas à l'utiliser personnellement.

Elle n'avait pas fini sa phrase que Miss Mildred

entra, chargée d'un petit plateau laqué, d'une propreté d'ailleurs douteuse, supportant une théière et un pot d'eau bouillante, l'une et l'autre de style manifestement victorien. Après qu'elle eut posé son plateau et salué Mrs. Ball et Miss Silver, sa sœur enchaîna :

— Miss Silver a une très bonne torche, Mildred. Je lui disais justement que nous aussi, nous en avons une.

— Je suppose qu'à Greenings, il n'y a personne qui n'ait pas la sienne, laissa tomber Miss Mildred de sa voix caverneuse.

Miss Silver émit un toussotement en forme de point d'interrogation.

— Vous sortez beaucoup le soir ?

La question était adressée à Miss Mildred, mais ce fut Miss Ora qui répondit :

— Oh non... absolument pas. Juste pour aller à l'église et au presbytère pour l'ouvroir du vendredi. Il n'y a plus de soirées chez les uns ou chez les autres depuis la guerre... les gens n'ont plus de personnel. Mais les réunions organisées par Mrs. Ball sont très agréables, tout le monde s'accorde pour le dire. Je regrette seulement de ne pas pouvoir y assister !

Elle gratifia Ruth d'un sourire resplendissant.

— Mildred, elle, est une fidèle... je ne me rappelle pas qu'elle en ait manqué une seule. Sauf celle de vendredi dernier, bien sûr. Tout le monde comptait se coucher tôt. Miss Dean avait la migraine — enfin, c'était ce qu'elle prétendait, mais il s'est avéré par la suite que ce n'était rien de plus qu'une fausse excuse. En fait, elle est sortie pour retrouver son assassin. Et je suis sûre que les uns et les autres peuvent deviner l'identité du meurtrier !

— La malheureuse enfant ! dit Miss Silver. Et vous ne l'avez pas entendue partir ?

— Oh non ! Nous ignorions totalement qu'elle était ressortie. Mildred avait mal à la tête, elle aussi, et, naturellement, moi, je me couche toujours tôt. Le Dr Croft y tient, il dit que c'est de la plus haute importance. Alors, on pensait qu'on ferait une longue nuit. Mais, en définitive, cela a presque été une nuit blanche. Quel terrible choc... le docteur qui vient au beau milieu de la nuit nous annoncer que Miss Dean est morte alors que nous ne savions même pas qu'elle n'était plus à la maison ! Et vous savez comme moi qu'il est affreusement difficile de se rendormir quand on vous a réveillé dans votre premier sommeil.

Pendant ce monologue, Miss Mildred avait versé trois gouttes de lait dans les tasses avant de les remplir d'un breuvage jaune paille. Le silence morose dans lequel elle était murée ne permettait peut-être pas de porter un jugement objectif sur elle, mais, en tout état de cause, l'amabilité n'était certainement pas l'élément dominant de sa personnalité. La vie ne devait pas être drôle tous les jours pour sa sœur !

A ce stade de sa réflexion, Ruth Ball, regardant Miss Ora enveloppée dans sa liseuse rose, pensa irrésistiblement à cette espèce de gelée rosâtre qui se répand dans tous les sens et dont se régalent les enfants à l'heure de la dînette. Quant à Miss Mildred, elle ne l'avait jamais vue vêtue de façon aussi négligée. Elle ne s'était pas même donné la peine de se changer. Elle portait son éternelle espèce de soutane grise toute râpée, à présent véritable chiffe. Le bas en était informe et si les taches qui en maculaient les poignets — pour ne parler que d'eux — n'étaient pas nouvelles, alors c'est que la lumière du plafonnier les faisait encore mieux ressortir. Sa peau était du même gris que sa tenue et on avait la très nette impression qu'un certain temps s'était écoulé depuis la dernière fois qu'elle s'était lavé les mains. La manière dont elle servait le thé était loin d'évoquer l'hospitalité. Quand sa sœur fit observer qu'il fallait du courage pour sortir une fois la nuit tombée, elle l'interrompit d'un ton sec :

— Si davantage de gens restaient à la maison le soir, cela vaudrait beaucoup mieux. Toutes ces jeunettes qui vont retrouver leurs petits amis dans les chemins sombres... Quoi de surprenant s'il leur arrive des ennuis ? Et on ne doit pas s'étonner si, un jour, il y en a une qui se fait assassiner.

— C'est à Miss Dean que vous pensez, fit Miss Silver de sa voix la plus innocente. Vous croyez qu'elle avait rendez-vous avec quelqu'un ?

Miss Mildred lui tendit d'un geste brusque une assiette de tartines beurrées et dit de son ton le plus aigre :

— Elle avait rendez-vous avec Edward Random, si vous voulez connaître le fond de ma pensée. Elle lui courait après depuis son arrivée. C'était de notoriété publique.

Miss Ora émit un profond soupir.

— Mais on ne sait évidemment pas si c'est lui qui l'a tuée.

Sa sœur lui lança un regard mauvais.

— Je n'ai jamais dit que c'était lui, Ora. Mais il serait peut-être préférable de parler d'autre chose. Vous prendrez bien une tartine, Mrs. Ball ? J'ai entendu dire qu'Annie Jackson sert maintenant au presbytère. Comment est-elle ? J'ai trouvé qu'elle avait une attitude très bizarre pendant l'enterrement de son mari.

Ruth Ball se mordit les lèvres, mais l'intervention de Miss Silver — et elle lui en fut reconnaissante — la dispensa d'avoir à répondre :

— Ça a été une épreuve bien pénible pour la pauvre petite. Elle est très secouée.

Miss Mildred porta à ses lèvres sa tasse ébréchée dans laquelle elle n'avait mis ni lait ni sucre.

— Je la connais depuis pas mal d'années, dit-elle. A l'époque, elle était au service de Lucy Wayne. Et j'ai toujours pensé qu'il ne faudrait pas grand-chose pour la déstabiliser. Son père s'occupait des vaches de Lord Burlingham. Il buvait et il battait sa femme. Les enfants étaient tous un peu débiles. Si Annie avait eu la tête plus solide, elle n'aurait sûrement pas pris ce bon à rien de William Jackson pour mari. A sa mort, Lucy lui avait légué cinq cents livres et c'était évidemment pour empocher cet héritage qu'il l'a épousée.

Si les agapes étaient maigres — le thé avait pour tout accompagnement une assiette de tartines beurrées (à la margarine), une assiette de petits fours maison et un cake que Miss Mildred ne fit même pas mine de vouloir couper —, s'il n'y avait pas assez de lait et seulement une demi-douzaine de sucres dans le sucrier victorien qui pouvait facilement en contenir une bonne livre, la prolixité des commérages ne connaissait, en revanche, aucune restriction.

En regagnant le presbytère, Ruth Ball s'exclama avec dépit :

— Chaque fois je leur rends visite, je me promets que c'est la dernière fois. Mais comment faire ? Ne plus y retourner serait déclencher la brouille — et c'est quelque chose qu'on ne peut pas se permettre dans un petit village.

30

Arnold Random se rendit au pavillon du garde dans le courant de l'après-midi. Il était à tel point accablé que, cette fois, l'état du jardin quasiment à l'abandon ne le fit même pas tiquer. Son moral était tellement bas que ce fut à peine s'il remarqua que trois des petits de Shéhérazade jouaient aux tigres dans la jungle et quand Lucifer déboula brusquement devant lui, manquant de le faire trébucher, il y fit à peine attention. Ce qui était arrivé était arrivé. Les jeux étaient faits. Pas moyen de revenir en arrière, il n'y avait pas à sortir de là. Mais il n'avait pas besoin de flanquer Emmeline à la porte. Ce fut ce que, s'asseyant dans le moins inconfortable de ses fauteuils, il lui annonça à sa manière, c'est-à-dire avec sa raideur habituelle.

— Je suis venu dire que..., commença-t-il.

Il n'alla pas jusqu'au bout de sa phrase.

— En fait, mes projets ne se présentent plus de la même façon.

Emmeline le dévisagea. Regarder quelqu'un de manière inamicale était pour elle une impossibilité majeure. Et elle se sentait réellement concernée.

— Oui, Arnold ?

— J'espère que je ne vous ai pas forcée à vous mettre martel en tête. Mes plans ont changé et j'ai cru bon de venir vous tranquilliser pour ce qui est de la maison.

Les larmes montèrent aux yeux d'Emmeline.

— Mon cher Arnold... comme c'est gentil de votre part...

Il voyait derrière elle le portrait de son frère accroché au mur. Quelle chance quand on est mort d'être enterré sous une dalle fleurie faisant la liste de vos vertus et proclamant que tous vos péchés sont oubliés ! Parce que pour ce qui était des péchés, Jonathan n'avait pas été en reste. Mais on l'avait aimé et Emmeline parlait invariablement de lui comme s'il avait été un saint.

— J'ai voulu vous rassurer. Je craignais de vous avoir bouleversée.

— Mais je n'ai jamais cru que vous parliez sérieusement, Arnold. Je pensais que c'était seulement à cause des chats... et d'Edward. Susan m'a conseillé de trouver quelqu'un qui acceptera d'adopter les petits d'Amina. Et pour ce qui est d'Edward, ne vous faites pas de soucis, je vous en prie. C'est tellement triste quand on se dispute dans une famille alors que tout le monde devrait s'entendre et être heureux.

Arnold se leva d'un mouvement sec et prit son chapeau. Un de ses gants tomba par terre et quand il se baissa pour le ramasser, ses yeux étaient humides et sa vision brouillée. Avec Emmeline tout devenait simple et limpide. Mais il était trop tard... trop tard. En redescendant le perron aux marches raides, il s'aperçut qu'il répétait ces deux mots à haute voix. Les chatons jouaient toujours aux grands fauves, mais il ne les vit pas.

— Il est trop tard, ma bonne Emmeline, murmura-t-il en reprenant le chemin du Manoir.

Ce jour-là, Edward rentra tôt au pavillon. Pendant qu'ils prenaient le thé, il écouta en silence Emmeline faire le récit de la visite d'Arnold en s'extasiant sur sa bonté. Quand ils eurent fini, il assura que Susan et lui allaient faire la vaisselle et il passa dans la cuisine avec le plateau. Après l'avoir posé sur la paillasse, il referma la porte et s'y adossa.

— Si je ne suis pas arrêté ce soir, je le serai demain, dit-il. J'ai pensé qu'il valait mieux que tu le saches.

On avait l'impression de flotter dans une brume blanchâtre à l'odeur de poisson. « Une chose pareille, ce n'est pas possible... tout simplement pas possible », pensa Susan.

Si cela sentait le poisson, c'était à cause des chats à l'intention desquels des têtes de morues et autres restes à vous soulever le cœur étaient en train de bouillir. Cette puanteur était permanente dans la cuisine, mais la tragédie qui venait d'y faire irruption, elle, était une nouveauté. Et les deux faisaient un choc terrifiant dans la tête de la jeune fille. Une collision cauchemardesque. Elle ne se rendit pas compte qu'elle était soudain devenue livide, mais elle s'entendit dire « Non... » dans ce qu'elle croyait être un murmure.

La première chose dont elle eut ensuite conscience fut de sentir Edward l'empoigner par les épaules.

— Mais secoue-toi, Susan, bon Dieu ! Tu ne vas quand même pas tourner de l'œil dans la cuisine !

Elle le regarda fixement.

— Si. Ce sera comme je le voudrai.

— Alors, arrête de le vouloir ! Allez... Écoute-moi. Il faut que je te parle.

Il avait l'air tellement furieux, tellement... Edward dans son comportement que l'impression de cauchemar se dissipa.

— Excusez-moi. C'est... c'est cette odeur de poisson. Ça va, maintenant. Passons à côté pour parler.

— Non, on fait la vaisselle. Tu l'essuieras. Tu ne vas pas me faire croire que tu es nunuche au point de tomber dans les pommes sous prétexte que ça sent le poisson !

Susan prit un torchon et s'appuya contre l'évier.

— C'est juste que ça ne collait pas... avec ce que vous disiez.

Il eut un brusque éclat de rire, très bref.

— Que je m'attendais à être arrêté ? Non, en effet, je ne pense pas que ça collait. N'empêche qu'il vaut mieux qu'on en parle. Je ne veux pas qu'Emmeline soit plus perturbée que nécessaire.

— Emmeline ne sera pas perturbée, dit Susan avec surprise. Elle vit dans un monde à part.

— Oui, c'est vrai. Mais dans cette...

— Elle ne se fera aucun souci pour vous parce qu'elle est sûre et certaine que vous n'avez rien fait qui mérite qu'on vous arrête.

Edward lui tendit l'assiette qu'il venait de passer sous le robinet d'eau chaude.

— Et toi ?

Que répondre ? Si Edward était arrêté, ce serait catastrophique. Cela lui ferait trop mal.

— Je ne suis pas comme Emmeline.

Ce fut tout ce qu'elle réussit à dire.

Il lui passa deux autres assiettes et une soucoupe.

— Ne les laisse pas refroidir sinon cela laissera des traces en séchant. Est-ce que tu pourrais m'expliquer pourquoi tu n'es pas comme Emmeline ? Tu crois vraiment que j'ai assommé deux personnes pour qu'elles se noient dans la souille ?

— Bien sûr que non ! Pourquoi une idée pareille viendrait-elle à la police ou à quiconque ?

Edward rinçait la théière.

— Parce que quelqu'un a écrit à Clarice une lettre que j'aurais parfaitement pu lui écrire moi-même. Elle a été glissée dans la boîte des demoiselles Blake vendredi un peu avant deux heures. Or, je suis passé devant leur porte à deux heures et j'aurais très bien pu l'y mettre moi-même. Elle était tapée à la machine et elle disait :

« D'accord. Réglons cette affaire. Je reviendrai ce soir. On se retrouvera au même endroit. Disons à neuf heures et demie. Je ne pourrai pas arriver plus tôt. »

— Mais vous ne l'avez pas écrite !

— Non, mais j'aurais très bien pu le faire. Essaie de comprendre. Elle n'arrêtait pas de me casser les pieds sous prétexte qu'elle voulait à toute force me parler du testament de l'oncle James. Je n'avais aucunement l'intention de l'écouter, mais si elle m'avait asticoté au point que je décide de la rencontrer pour en finir une bonne fois avec cette histoire, c'est exactement la lettre que j'aurais pu lui adresser.

— Quand avez-vous vu la police ?

— Deux flics sont venus chez le père Barr cet après-midi — celui d'Embank et un de Scotland Yard, un dénommé Abbott. Le genre bon chic bon genre, courtois et distingué, sorti tout droit de l'École de Police. Tout ce qu'il y a de pro. Il a découvert que la lettre a été tapée sur la vieille machine de la salle paroissiale dont le premier propriétaire était l'oncle James. Je l'ai naturellement reconnue quand Bury me l'a montrée. Forcément, c'est sur cette bécane que j'ai appris à taper. Mais, ça, je me suis bien gardé de le dire.

— Mais tout le monde... n'importe qui a pu entrer et se servir de cette machine.

— Comme tu dis. Tout le monde — moi y compris. Moi en particulier. Parce que j'étais là-bas vendredi.

— Oh...

Edward confirma d'un coup de menton.

— Emmeline est allée s'occuper des fleurs et je l'ai accompagnée. Miss Sims était là. Peut-être venait-elle de la taper, la lettre, va-t'en savoir. Après son départ, j'ai cherché un renseignement sur le domaine d'Old Close à Littleton. Il y avait un point sur lequel nous étions en désaccord, Barr et moi, et je savais que je trouverais la solution dans l'histoire du comté écrite par ton grand-père. Le livre est toujours à la même place, au bout du rayonnage du bas comme à l'époque où j'allais à l'école du dimanche. Lorsque j'ai eu trouvé ce que je cherchais, le vicaire est entré. Il n'est pas resté longtemps, mais il se rappellera m'avoir vu. Si j'avais tapé la lettre, cela ne m'aurait pas demandé plus de trois minutes et j'aurais pu le faire avant qu'il soit arrivé ou après qu'il fut reparti. Emmeline était dans l'église et Miss Sims s'en était allée. J'ai continué à consulter le livre de ton grand-père, mais j'aurais aussi bien pu taper ce billet sans difficulté. Je suis finalement parti parce que Miss Mildred est arrivée pour chercher quelques recueils de cantiques dont la reliure en mauvais état avait besoin d'être réparée. Et je n'aurais eu aucune difficulté à glisser la lettre dans la boîte en repartant ou après le déjeuner en retournant chez Mr. Barr.

Susan se mordit la lèvre.

— Comment était-elle signée... si elle l'était ?

— De deux initiales dactylographiées. Chose bizarre, il y avait une pliure juste entre les deux et le feuillet était en partie déchiré. On l'a retrouvé roulé en boule et taché de suie dans la cheminée de la chambre de Clarice sous la grille. Je ne vois pas pourquoi elle aurait abandonné là cette lettre. Logiquement, elle aurait dû soit la détruire, soit la conserver.

— Vous savez, les gens font souvent toutes sortes de choses inattendues. Clarice était étourdie — et elle ne savait pas que quelqu'un allait... l'assassiner.

— Ça, évidemment, elle ne le savait pas, dit Edward sur un ton lugubre. Si elle a cru que j'étais l'auteur de la lettre... Enfin quoi ! Je n'avais pas de motif ! On ne tue pas une fille sous prétexte qu'elle vous casse les pieds !

Il émit un petit rire dépourvu de gaieté.

— Jeudi, quand nous rentrions après la petite scène qui avait eu lieu devant chez Mrs. Stone, je t'ai dit que je la zigouillerais probablement un jour ou l'autre. A l'instant où nous passions le portail. J'espère que personne ne m'a entendu.

Susan faisait le même vœu. Ce n'était pas seulement les mots qu'il avait prononcés, mais l'exaspération, la férocité avec lesquelles ils lui étaient sortis de la bouche.

La vaisselle était maintenant entièrement essuyée et elle raccrocha le torchon. Pour ce faire, elle avait tourné le dos à Edward et elle fut heureuse qu'il ne puisse pas voir son visage quand il reprit :

— Même si cela n'avait pas eu lieu, je crois que mon arrestation est imminente. C'est uniquement l'absence de motif dans les deux cas qui leur lie les mains. Personne n'a encore émis la moindre hypothèse susceptible d'expliquer pourquoi j'aurais estourbi William Jackson. Mais ce détail mis à part, tout le reste s'enchaîne avec une logique sans défaut — l'occasion que j'aurais eue de taper la lettre et de la déposer dans la boîte des demoiselles Blake, le conte de fées de Mrs. Stone qui a été témoin de ma scène avec Clarice où j'ai explosé et qui l'a entendue dire que je lui faisais peur. Plus Miss Sims qui, jeudi soir, a entendu Clarice me dire au téléphone qu'il fallait à toute force qu'elle me voie. Je lui ai parlé « très brutalement », précise-t-elle. C'est vrai et je l'ai fait exprès.

— Ils ne savent pas que vous êtes passé vendredi matin à la salle paroissiale, dit Susan, toujours sans se retourner.

— Ça, je l'ai dit, pensant qu'il valait mieux que ce soit moi qui les mette au courant. Le gros point noir, c'est l'heure du rendez-vous indiquée dans la lettre. Neuf heures et demie. Or, j'ai quitté le père Barr à neuf heures et quart, mais il était dix heures quand j'ai annoncé que j'avais découvert le corps de Clarice. Ils voudront naturellement savoir pourquoi il m'a fallu trois quarts d'heure pour faire le trajet de chez lui à la souille.

Cette fois, Susan lui fit face.

— Pourquoi vous a-t-il fallu tout ce temps? demanda-t-elle en agrippant le rebord de la paillasse contre laquelle elle s'était appuyée.

Edward se mit à rire.

— C'est une de ces choses si simples que personne ne les croit. J'aime me promener la nuit dans les bois. J'ai toujours été comme ça. Il y avait la lune qui jouait à saute-mouton avec les nuages. Et un renard. Tout jeune. J'ai pris plaisir à l'observer. Mais comment veux-tu que la police avale ce genre d'explication ? La police ou un jury, surtout un jury composé de citadins. J'entends d'ici le procureur : « On vous demande de croire, messieurs les jurés, que pendant que la malheureuse Clarice Dean se faisait assassiner, l'accusé observait un renard dans la forêt ! »

— Je vous en supplie, Edward... je ne peux pas en entendre davantage !

Il décocha à la jeune fille son regard le plus noir.

— Il le faudra bien, Susan. Ce n'est qu'un début.

Edward s'adossa de nouveau à la porte.

— Je ne leur ai pas encore dit où j'avais passé les quatre années et demie qu'a duré mon absence, mais, maintenant, je vais devoir en passer par là. Comme ils finiront fatalement par le découvrir, autant faire de nécessité vertu. Mais je n'ai pas l'impression que cela fera remonter mes actions.

— Et à moi, vous voulez bien le dire ?

— Bien sûr que oui. J'étais en prison.

Susan s'entendit s'exclamer « C'est ridicule ! » et la fermeté de sa propre voix la réconforta quelque peu.

— Enfin, dans un camp de travail. Je suis allé en Russie pour essayer de récupérer un ami qui s'y était rendu pour chercher sa femme. C'était après ma bagarre historique avec oncle James. A l'époque, cela me paraissait être une décision raisonnable. La fille était russe, ils ne voulaient pas la laisser partir, alors, Mark est parti la chercher.

— Il devait beaucoup tenir à elle.

Edward se mit à rire.

— Sentimentale, hein ?

Une brûlante vague de colère s'empara de Susan. Elle tapa du pied sur le carrelage.

— Non, je ne suis pas sentimentale. Les gens s'intéressent parfois aux autres, c'est tout.

— Et c'est l'amour qui sauvera le pauvre monde ! La vérité toute crue, c'est que Mark ne s'entendait pas avec sa femme. Seulement c'était *sa* femme et il préférait se voir pendu que de laisser une bande de bolcheviks lui donner des ordres. En définitive, il n'a pas été pendu, mais fusillé. Après quatre ans d'internement dans un camp de travail.

— Comment le savez-vous ?

— Je te l'ai dit : j'y étais. Nous nous sommes évadés ensemble. Ils l'ont exécuté et il m'a fallu quatre mois pour franchir la frontière. Ça a été un cauchemar terrible et je ne tenais pas à en parler. A présent, il va bien falloir.

— Vous ne pouvez garder tout ça pour vous... cela vous rend malade.

Il lui tendit la main.

— Approche-toi, Susan.

— Pourquoi ?

— Je vais te le dire. Approche-toi, c'est tout.

Susan obéit et Edward la prit par les épaules.

— Tu es une gosse délicieuse.

— Je ne suis pas une gosse !

— Une femme délicieuse, ça fait un peu lourdingue, tu ne trouves pas ? Alors, disons seulement que tu es délicieuse et n'en parlons plus.

Il la dévisageait et ce que voyaient ses yeux faisait mal.

— « Délicieuse » aussi, c'est un peu lourdingue, dit-elle gravement. On croirait du pain beurré.

— Et alors ? Qu'est-ce que tu as contre le pain beurré ? C'est un bon aliment, complet, tout ce qu'il y a de sain et de nourrissant.

La couleur revint aux joues de Susan.

— Et vous croyez que ça fait plaisir de s'entendre dire qu'on est saine et nourrissante ?

— Il y a pire. Que penses-tu des gens qui s'embrassent ? Tu y vois des objections ?

— Pas s'ils s'aiment.

— Est-ce que je t'aime un peu, moi ?

Le cœur de Susan se mit à battre si fort qu'elle eut peur qu'il ne le sente. Elle continua de le regarder parce qu'elle ne voulait pas qu'il la voie se détourner et dit :

— Je le crois...

Edward hocha la tête.

— Et vous ? Est-ce que vous m'aimez ?

C'était incroyablement stupide, c'était d'un ridicule achevé, mais les yeux de Susan s'emplirent brusquement de larmes. Elle leva son visage vers lui et il l'embrassa. Jusque-là, ses mains étaient légères sur ses épaules, mais ce premier baiser changea tout. Il la serra avec force contre lui et elle sentit son cœur cogner sourdement — à moins que ce ne fût celui d'Edward qui battait avec tant de force contre sa poitrine ? Et ses baisers étaient aussi violents, véhéments et pressés que s'ils n'avaient pas assez de temps pour que leur provision s'épuise. Mais ce qu'il y avait d'extraordinaire était qu'ils ne lui faisaient pas peur. Nouant ses bras au cou d'Edward, elle le pressa contre elle. C'était comme si la tempête rugissait autour d'eux, mais qu'ils fussent en sécurité dans l'œil du cyclone. A condition qu'elle ne le laisse pas partir. Jamais.

Finalement, ce fut lui qui la repoussa aussi soudainement qu'il l'avait agrippée.

— Je me conduis comme un imbécile, dit-il. Je n'avais pas le droit d'agir ainsi. Je te demande pardon. Et oublions tous les deux ce qui vient de se passer.

Elle eut l'impression, quand il prononça les premiers mots, que la voix d'Edward tremblait, mais peut-être simplement parce que c'était elle qui était secouée de tremblements. Quand il se tut, sa voix était ferme et assurée. Mais cela ne pouvait pas être la fin... pas après ce bref instant où ils n'avaient plus fait qu'un ! Susan essaya désespérément de reprendre ses esprits. Dans une situation pareille, il fallait... il fallait impérativement sauver ce que l'on pouvait du désastre... faire preuve de courage... de dignité... de maîtrise de soi. Mais elle n'eut même pas à s'y contraindre : la souffrance qu'elle lut dans les yeux d'Edward lui fit instantanément oublier tout ce qui pouvait déchirer Susan Wayne.

— Oui, nous avons été stupides, fit-elle — et le son de sa propre voix lui parut irréprochable. Vous nous avez fait peur à vous comme à moi. Je ne crois pas qu'on vous arrêtera. Vous ne les avez assassinés ni l'un ni l'autre. A quoi sert la police si elle est incapable de mettre la main sur le vrai meurtrier ?

— Est-ce une question purement rhétorique ou suis-je censé y apporter une réponse ?

— Tout ce que j'espère, c'est qu'ils l'arrêteront.

— Quelle pieuse pensée ! Eh bien, nourrissons-nous de cet espoir — cela nous aidera à passer le temps. Maintenant, dépêchons-nous de ranger la vaisselle pour aller retrouver Emmeline avant qu'elle commence à se poser des questions sur notre absence.

31

Mais au lieu de retourner au salon, Susan enfila un manteau et sortit. Elle avait avant tout besoin d'être seule dans l'obscurité. Si elle montait dans sa chambre, elle était à peu près certaine qu'elle pleurerait au point de ne plus avoir figure humaine. Et alors, Edward comprendrait. D'un autre côté, il était au-dessus de ses forces de continuer à faire la conversation avec lui et Emmeline tout en se demandant quand la police allait frapper à la porte.

Au bout de l'allée, elle hésita. Allait-elle tourner à gauche ou à droite ? En définitive, elle prit la direction du village. Elle voulait être seule, certes, mais quand même pas coupée de toute présence humaine. Dans le bourg, elle apercevrait ici et là de la lumière derrière les rideaux d'une fenêtre, elle entendrait les bribes d'une émission de radio, une porte s'ouvrant ou se fermant, elle croiserait des gens qui dans l'obscurité pourraient être n'importe qui.

Elle s'efforça de réfléchir calmement à ce qui s'était passé entre elle et Edward. Il n'était pas amoureux d'elle — comment aurait-il pu l'être ? Il l'aimait bien, c'était tout. Comme on aime bien ses amis ou même un chien ou un chat. Il la trouvait sympathique et sa compagnie lui faisait plaisir. Et il était intérieurement déchiré, il se sentait solitaire et il était malheureux. Il souffrait à cause de tout ce qu'il lui était arrivé et de tout ce qu'il avait perdu ces dernières années. Il s'était accroché à elle comme on peut s'accrocher à n'importe qui quand on crève de faim. Il s'agissait de cela et de rien d'autre, il n'y avait rien de plus, autant regarder les choses en face et en tirer les conséquences. Si quoi que ce soit pouvait lui être de la moindre utilité, si quoi que ce soit pouvait un peu l'aider... eh bien, elle ne demandait pas mieux que de le lui apporter. Elle ne serait pas revenue à Greenings si elle n'avait pas été sûre et certaine d'avoir cessé de l'aimer ; seulement, dès l'instant où elle l'avait revu, son amour avait explosé. Non, rien n'avait changé. Si tout s'était bien passé pour lui, elle aurait peut-être eu assez d'honnêteté pour faire comme si de rien n'était. Mais que peut-on faire quand on voit quelqu'un qui meurt de faim ? On ne peut pas lui dire « Ce n'est pas mon affaire » et passer son chemin en toute bonne conscience — du moins si ce qui poignarde l'autre est une lame qui s'enfonce en tournoyant dans votre propre cœur. Cette horrible comparaison, beaucoup trop virulente pour ne pas faire s'ébouler son confort intellectuel, interdisait à Susan de se complaire dans le mélodrame. On l'avait toujours considérée comme une fille sensée et un pareil comportement n'avait rien de sensé.

Ses pas l'avaient conduite à l'épicerie. Celle-ci était encore ouverte — Mrs. Alexander fermait à point d'heure. Elle adorait faire la causette avec les gens qui avaient fini leur journée. A la vue de la vitrine éclairée, Susan se demanda prosaïquement s'il restait encore assez de confiture pour le breakfast du lendemain. Emmeline serait ravie si elle en ramenait un pot en rentrant. Elle poussa la porte.

Il n'y avait personne dans la boutique en dehors de Mrs. Alexander qui lui réserva un accueil chaleureux et fit durer la transaction dix bonnes minutes.

— Et ça vous plaît de dresser le catalogue de tous ces vieux livres et de les mettre en ordre, Susan ? s'enquit-elle. Doris qui est passée là-bas l'autre soir dit que personne ne pourrait imaginer quelle poussière il y a dans la bibliothèque. Personne n'a le droit de toucher aux rayonnages sauf avec un plumeau, pas même pour le grand nettoyage de printemps, alors que tout le monde sait qu'il faudrait les vider tous et secouer ces bouquins un par un pour les dépoussiérer. Après, on passe les étagères à la térébenthine et on les finit à la cire avant de les remettre en place. Mais il faut dire que personne ne fait plus de la bonne vieille cire d'abeilles et d'essence de térébenthine comme ma mère et ma grand-mère dans le temps. Maintenant, il n'y en a plus que pour les produits industriels. C'est pas que je m'en plaigne puisque je les vends avec, aussi, du très bon vernis. Mais c'est pas un travail drôle pour vous d'astiquer cette bibliothèque qu'a pas été touchée depuis je ne sais combien d'années.

— Oh, cela m'est égal. Et, en plus, c'est un travail qui ne manque pas d'intérêt. On ne sait jamais ce qu'on va trouver. Certains de ces vieux livres ont de la valeur, vous savez.

Mrs. Alexander eut l'air surprise.

— Ah bon ? Vraiment ? J'aurais pourtant cru que c'étaient rien qu'un tas de vieilleries d'après ce que disait Doris.

Comme Susan faisait mine de se préparer à ressortir, elle lui demanda :

— Est-ce que vous ne pourriez pas faire un saut au presbytère en rentrant, par hasard ?

— Mais si, bien sûr. Ce n'est pas un grand détour. Vous voulez que je vous fasse une commission ?

Mrs. Alexander sortit une enveloppe d'un tiroir.

— La petite dame qui est en visite chez Mrs. Ball a laissé tomber cette lettre quand elle est venue faire ses courses ce matin. Probable qu'elle est sortie de son sac quand elle cherchait son porte-monnaie. J'aime pas que la correspondance des gens traîne comme ça chez moi. Il peut y avoir des choses privées dans une lettre comme ça, surtout que c'est une dame qu'est en visite au presbytère. Tout ce qu'il y a d'aimable, qu'elle était. Elle m'a expliqué que la mère de Mrs. Ball et elle avaient été à l'école ensemble. Alors, ma petite Susan, si vraiment ça ne vous gêne pas... J'avais l'intention d'aller la porter là-bas moi-même après avoir fermé le magasin, mais ça fait toute la journée que je suis sur mes pieds.

L'enveloppe qui portait le cachet de la poste avait été ouverte et il était évident qu'il y avait une lettre dedans. Quand Susan la prit, elle jeta un coup d'œil sur l'adresse :

Miss Maud Silver
15 Montague Mansions
Londres

Elle était barrée et on avait ajouté à la main :

Presbytère de Greenings
par Embanks

Cela fit tilt dans la tête de Susan qui sortit après avoir fourré l'enveloppe et le pot de confiture dans la poche de son manteau et prit la route du presbytère. Miss Maud Silver... c'était le nom qui lui avait tiré l'œil. Ce nom et cette adresse londonienne. Ray Fortescue lui avait parlé de cette Miss Maud Silver en lui racontant l'affaire du poignard d'ivoire. « Je ne peux pas te dire à quel point elle a été formidable. Je ne comprends pas comment qui que ce soit a pu penser que Bill n'avait pas fait le coup — je veux dire les gens qui ne le connaissaient pas, comme les policiers. Mais elle, elle n'y a pas cru. » Cela avait été une affaire passionnante. La presse ne parlait plus que de ça. Mais les journaux n'avaient pas fait la moindre allusion à Miss Maud Silver. A croire qu'elle n'avait jamais existé. « Elle est tout simplement rentrée chez elle pour continuer à tricoter en attendant qu'on fasse appel à elle pour éclaircir une nouvelle affaire. »

Mais comment n'y ai-je pas pensé plus tôt ? se demanda Susan. Silver était un patronyme des plus courants, bien sûr. Pourtant, c'était seulement en lisant ce nom et cette adresse sur l'enveloppe que lui tendait Mrs. Alexander qu'elle avait fait le lien entre l'ancienne camarade d'école de la mère de Mrs. Ball — qui semblait sortir tout droit des romans victoriens qu'elle était justement en train de classer — et l'extraordinaire détective dont Ray Fortescue chantait les louanges. Un espoir encore timide mais ardent s'ébauchait dans la tête de la jeune fille.

32

— Je ne comprends pas comment cela se fait, mais je n'y avais pas pensé plus tôt. Nous étions dans la même classe, Ray et moi, et elle m'avait longuement parlé de vous. Je faisais partie de ses demoiselles d'honneur quand elle s'est mariée et je l'ai revue juste avant de partir pour Greenings.

Miss Silver sourit.

— Ils ont eu la grande gentillesse de m'inviter pour le grand jour, mais je n'ai pas pu assister à la cérémonie. J'avais dû m'absenter pour mener une enquête.

— Ray m'a dit qu'il n'y aurait peut-être jamais eu de mariage si vous n'étiez pas intervenue. Elle et Bill vivent maintenant dans le bonheur.

Ruth Ball les avait laissées toutes les deux dans le petit salon. Assise au coin du canapé, Miss Silver tricotait une brassière d'un rose délicat. Elle était vêtue d'une robe de cachemire vert olive nantie d'un haut col à baleines et d'un caraco en tulle crème. Une broche en forme de rose dont les pétales renfermaient une perle — un bijou hérité de quelque arrière-grand-mère — fermait son corsage. Elle portait des bas de laine noire et avait aux pieds des mules en chevreau glacé aux bouts ornés de perles. Qui eût pu s'imaginer en la voyant que l'on avait affaire à un détective ?

— Edward prétend que la police va l'arrêter, dit sans transition Susan.

Miss Silver la regarda avec compassion.

— Vraiment? Qu'est-ce qui lui fait penser cela?

Susan relata les propos qu'Edward lui avait tenus.

— Il est le premier à reconnaître que cela n'a pas l'air de tenir debout, mais c'est pourtant la pure vérité. Il dit que personne ne croira jamais qu'il a passé tout ce temps dans les bois à observer un renard. Pourtant, cela n'a rien d'étonnant de sa part. Nous avons fait des choses du même genre ensemble. Je le connais depuis toujours, vous comprenez. Il est très soupe au lait et quand il se met en colère, il fait une tête pas possible et il gronde si fort qu'on dirait le tonnerre. Mais cela ne veut rien dire... absolument rien. Il ne lui serait jamais venu à l'esprit de tuer qui que ce soit. Edward, organiser l'assassinat de William Jackson et de Clarice Dean? Allons donc! Il n'aurait jamais pu faire ça. D'ailleurs, il n'avait aucune raison de tuer Clarice Dean. Elle l'assommait parce qu'elle lui courait après et qu'elle voulait à toute force lui parler du testament de son oncle. Et cela, il ne voulait pas en entendre parler. Cela a dû être épouvantable d'apprendre à son retour que tout l'héritage lui était passé sous le nez. Il avait beaucoup d'affection pour son vieil oncle et le Manoir avait toujours été sa maison. C'était comme s'il ne lui restait plus rien et pas question d'espérer qu'Arnold Random fasse quoi que ce soit pour remettre les pendules à l'heure. Edward n'a jamais parlé de cela à personne, même pas à Emmeline. Aussi, vous pouvez imaginer l'effet que les tentatives de Clarice pour mettre le sujet sur le tapis avaient sur lui. D'autant plus que cette fille n'avait aucun tact. Elle passait son temps à insister, à faire des allusions voilées, à lui téléphoner. Que cela ait fini par le mettre en colère n'a rien de surprenant. Mais on ne tue pas les gens pour ça.

Miss Silver n'approuva ni ne désapprouva. Elle savait qu'à la longue on peut soudain perdre son sang-froid. Elle avait eu l'occasion de découvrir les sources à l'origine à peine perceptibles de bien des drames.

— Il n'a pas pensé qu'elle pouvait peut-être réellement savoir certaines choses à propos du testament de Mr. James Random ? demanda-t-elle en se remettant à jouer des aiguilles.

Susan prit un air surpris. Elle avait ôté son manteau et la lumière faisait ressortir son éclatante chevelure et le bleu fumé de son chemisier et de sa jupe.

— Mais que voulez-vous qu'il y ait de plus à savoir ? Le testament faisant d'Arnold son légataire universel avait été signé devant témoins des mois auparavant. James Random était persuadé comme tout le monde qu'Edward était mort.

Miss Silver émit un discret toussotement.

— Mais supposons que Mr. James Random n'ait pas cru que son neveu était mort ?

— Dans ce cas, il ne l'aurait pas exclu de son testament.

— Et s'il avait eu la conviction qu'il s'était trompé en le tenant pour mort, qu'aurait-il fait selon vous ?

— Il aurait rédigé un autre testament.

— Qui, dans cette hypothèse, aurait été la personne la plus susceptible de le savoir ?

— Vous ne voulez pas dire...

Les aiguilles de Miss Silver cliquetèrent et la brassière passa de l'une sur l'autre.

— Une infirmière occupe une situation privilégiée. Il lui est difficile de ne pas remarquer quelque chose qui touche la personne à qui elle prodigue ses soins. Je trouve regrettable que Mr. Edward Random se soit systématiquement refusé à entendre ce que Miss Dean voulait lui dire. Elle serait peut-être encore en vie aujourd'hui s'il ne s'était pas tenu à cette ligne de conduite. Je n'ajouterai rien à cela. Si vous avez quelque peu d'influence sur lui, exhortez-le à se montrer d'une parfaite franchise avec la police. Seul un coupable peut se permettre de se taire. Quand elle enquête sur un meurtre, la police est toujours handicapée du fait que beaucoup de gens ont quelque chose qu'ils préfèrent cacher.

Mais Susan n'écoutait plus Miss Silver que d'une oreille. Elle ne pensait plus qu'à l'idée qui lui était venue à l'esprit quand elle s'était rendue au presbytère. Elle se pencha en avant, les joues pâles et les yeux brillants.

— Miss Silver... si vous vouliez l'aider... si seulement vous acceptiez...

— Ma chère enfant...

— Vous menez des enquêtes, n'est-ce pas ? Vous vous êtes occupée de l'affaire du poignard d'ivoire. Ray m'en a parlé.

— Lady Driden avait en effet fait appel à moi après l'assassinat de Sir Herbert Whitall, le fiancé de sa nièce. Cependant, quand je me charge d'une affaire, ce n'est jamais pour que sa conclusion soit de nature à satisfaire la personne qui s'est adressée à moi. Je n'ai qu'un seul but : découvrir la vérité. Je ne cherche en aucun cas à prouver que quelqu'un est innocent... ou coupable.

Susan regarda son interlocutrice dans le blanc des yeux.

— Si vous réussissez à découvrir la vérité, elle démontrera qu'Edward est innocent.

Il y avait de la bonté dans le regard que Miss Silver rendit à la jeune fille.

— Il peut se vanter d'avoir une excellente amie. J'aimerais beaucoup rencontrer Mr. Edward Random, ajouta-t-elle après un bref silence. Il y a, je crois, une chose qu'il serait bon qu'il sache. Si, ensuite, il souhaite que j'enquête sur cette affaire, j'enquêterai.

Susan eut un peu l'impression d'avoir reçu une douche froide. Elle n'avait pas pensé une seconde qu'elle prenait une telle responsabilité sur ses épaules et elle n'avait aucun droit de le faire. Elle n'était pas la sœur d'Edward, ni sa fiancée, ni sa cousine, ni quoi que ce soit d'autre ; elle n'était rien de plus que Susan Wayne qui l'avait connu quand elle était encore lycéenne et qui habitait pour l'heure par le plus grand des hasards chez sa belle-mère. Et elle réalisa avec épouvante qu'il penserait qu'elle se mêlait de ses affaires à lui. Comme l'avait fait Clarice... Le rouge lui monta jusqu'à la racine des cheveux.

— Je ne sais pas, murmura-t-elle d'une voix hachée. Il pourrait penser que... il ne parle jamais de lui... jamais... je n'ai pas le droit...

— C'est donc de votre propre autorité et non sur ses instances que vous vous adressez à moi ?

Susan hocha affirmativement la tête.

— L'idée ne m'en était même pas venue. Je ne savais pas que vous étiez Miss Maud Silver. Ce n'est que lorsque Mrs. Alexander m'a demandé de vous remettre cette lettre et que j'ai lu votre nom sur l'enveloppe...

— Je vois. Dans ce cas, il serait peut-être préférable que je l'appelle au téléphone. C'est ce que j'avais d'ailleurs l'intention de faire, mais je n'étais pas sûre qu'il était chez lui à cette heure-ci. Vous croyez qu'il y est ?

— Oh oui ! Mais n'oubliez pas que c'est une ligne collective et que n'importe qui pourrait vous entendre.

Miss Silver sourit.

— Soyez tranquille, dit-elle.

Elle posa son ouvrage, se leva et se dirigea vers le petit bureau de Ruth Ball.

— Il y a un second poste dans cette pièce pour éviter de déranger le vicaire. C'est bien pratique. Ruth Ball a vraiment su faire de cette demeure un havre de confort.

Elle ne verra pas d'objections, j'en suis sûre, à ce que j'utilise son téléphone.

Susan crispa nerveusement les mains sur ses genoux, saisie d'une terrible appréhension. Et si Edward était ressorti... Et si la police était déjà venue l'arrêter... Et s'il était à tel point furieux contre elle qu'il ne lui adresserait plus jamais la parole... Ses pieds étaient glacés et le froid qui la gagnait commençait à devenir insupportable quand elle entendit Miss Silver demander :

— C'est Mr. Edward Random à l'appareil ?

Susan, qui ne pouvait comprendre ce que disait la voix désincarnée et grinçante sortant de l'écouteur, eut l'impression que la tête lui tournait. C'était celle d'Edward et elle était incapable de saisir un seul mot de ce qu'il disait...

Miss Silver reprit la parole :

— Vous serait-il possible de faire un saut jusqu'au presbytère ? J'ai à vous dire une chose qui est, je crois, de nature à vous intéresser. Miss Susan Wayne est avec moi.

— Il est arrivé quelque chose ?

Cette fois, la voix s'exprimait avec tant de vigueur que Susan entendit ces mots. Edward était sûrement en colère. Était-ce parce qu'il s'inquiétait pour elle ? Craignait-il qu'il lui soit arrivé un accident ?

Miss Silver le rassura, raccrocha et reprit son tricot.

— Il va venir, dit-elle tandis que cliquetaient ses aiguilles.

33

Edward était furieux, c'était indiscutable. A son regard noir qui n'effleura même pas Susan — elle aurait aussi bien pu ne pas exister —, Miss Silver répondit par une esquisse de sourire en se disant que, décidément, les hommes péchaient par manque de bon sens. Si l'on risque d'être arrêté pour meurtre, il est malavisé, c'est le moins qu'on puisse dire, de se comporter comme si rien ne vous ferait plus plaisir que d'en commettre un autre à la première occasion.

— Si vous vous asseyiez? fit-elle d'un ton grave mais avec douceur. Je ne vous retiendrai que très peu de temps. Il se trouve que je possède certaines informations dont il serait bon, je crois, que vous ayez connaissance. Vous seriez plus à votre aise si vous preniez un siège.

Edward obéit sans aucun empressement à sa suggestion. Il avait l'impression d'être pieds et poings liés. C'était l'écho de son entrevue avec la police. Et il y avait d'autres échos. Pas lointains, ceux-là, mais discordants et qui résonnaient péniblement.

— Je ne sais pas..., commença-t-il.

— C'est bien là l'ennui, l'interrompit doucement mais fermement Miss Silver. Il y a certaines choses que vous auriez dû savoir avant et qu'il faut certainement que vous sachiez maintenant. Miss Wayne peut nous laisser en tête-à-tête si vous préférez.

— Je vous remercie... cela n'a aucune importance.

Susan n'avait aucune importance. Qu'elle aille où elle voulait, il s'en moquait totalement. Elle n'était pas dans la forteresse dont il avait levé le pont-levis. Les gens qui sont à l'extérieur sont sans importance. Si elle avait eu si peu que ce soit d'amour-propre, elle se serait levée et serait sortie en claquant la porte. Mais elle avait trop froid pour abandonner ce bon feu qui crépitait dans la cheminée. Et l'amour-propre, elle s'en fichait comme d'une guigne.

— Je ne sais pas si vous savez quelle est ma profession, était en train de dire Miss Silver. Je suis détective privé... Non, Mr. Random, ce n'est pas à ce titre que je suis ici et ce n'est pas de propos délibéré que j'interviens dans vos affaires. Il se trouve simplement que Miss Dean savait que j'exerçais cette profession et qu'elle m'a fait une très curieuse confidence.

— Quand?

Le mot avait jailli comme une pierre lancée par une catapulte.

— Deux jours avant sa mort, à Londres. Et j'aimerais vous rapporter ce qu'elle m'a dit.

Edward l'écouta avec un visage de pierre lui relater la conversation qu'elle avait eue avec Clarice Dean. Quand elle se tut, un lourd silence tomba. Miss Silver ne tenta pas de le rompre. Elle continua de jouer des aiguilles comme elle l'avait fait sans interruption pendant qu'elle parlait.

Ce fut finalement Edward qui le brisa en demandant soudain d'une voix sèche :

— La police est-elle au courant?

Miss Silver hocha la tête.

— L'inspecteur Abbott est un vieil ami. Après avoir appris la mort de Miss Dean par la presse, j'ai eu une conversation avec lui à ce sujet. Ni lui ni moi ne savions alors que Scotland Yard serait saisi de cette affaire. J'estimais simplement que je ne pouvais pas garder les révélations que m'avait faites Clarice Dean pour moi toute seule.

Les yeux d'Edward croisèrent ceux de Miss Silver. Il y avait une singulière nudité dans son regard.

— C'est donc pour cela que je n'ai pas été arrêté... pas encore. Bien sûr ! La police a une sacrée affaire sur les bras, ce qu'Abbott vous a probablement dit. Ça, je pouvais le voir. Mais ce que je n'arrivais pas à comprendre, c'était pourquoi les flics ne bougeaient pas. Ils pensent que c'est moi l'auteur du billet donnant rendez-vous à Clarice à la souille. Il a été tapé sur la machine à écrire de la paroisse. Je suis allé vendredi matin à la salle paroissiale et c'est le genre de lettre que j'aurais parfaitement pu avoir écrit. Ce même vendredi soir, j'ai quitté Mr. Barr à neuf heures et quart et je suis allé annoncer au presbytère que j'avais retrouvé Clarice noyée dans la souille à dix heures seulement, ce qui me laissait avec un trou d'une demi-heure.

— Et quel alibi avez-vous pour expliquer ce trou d'une demi-heure, Mr. Random ?

Edward laissa échapper un petit rire naturel.

— J'ai observé un renard dans les bois. Comme il était impossible d'imaginer qu'un policier ajoute foi à une pareille explication, je ne comprenais pas pourquoi on ne m'arrêtait pas. Mais, naturellement, votre témoignage leur restait dans la gorge. Si c'était cette confidence que Clarice avait l'intention de me faire, j'aurais été la dernière personne à vouloir sa mort. Mon mobile devait n'importe comment être un peu tiré par les cheveux, mais, compte tenu de cette histoire, cela aurait été de la folie pure.

Susan écoutait Edward avec une stupéfaction grandissante. Envolés son air sombre et son masque de colère. Son élocution avait retrouvé son élan et sa loquacité d'autrefois. La forteresse qu'il avait mise en place pour préserver ses affaires intimes de la curiosité d'autrui avait été remisée au magasin des accessoires.

Il aurait été lui-même incapable d'expliquer les causes d'un tel changement de comportement. Cela s'était fait tout simplement, mais comme bien des choses simples, cela avait des racines profondes. Quand on est transi et que l'on pénètre dans une pièce bien chauffée, on cesse bientôt d'avoir froid sans que l'on sache exactement comment, pourquoi et même quand la chaleur vous envahit. Il ne s'en rendait absolument pas compte, mais c'était là une expérience qu'avaient connue beaucoup de gens que les problèmes, les difficultés et le danger qu'ils couraient avaient mis en contact avec Miss Maud Silver. Tandis qu'elle tricotait, tranquillement assise dans son fauteuil, il émanait d'elle une apaisante atmosphère d'ordre et de sécurité. Pour retrouver une pareille ambiance, il fallait remonter bien loin — à la pouponnière et à la salle de classe, à la routine rassurante et bien établie qui préside à l'enfance. C'étaient là des choses dont il n'avait pas conscience. Elles avaient fait partie de sa vie et il en avait été impitoyablement dépouillé, mais la seule présence de Miss Silver les ressuscitait. Il retrouvait enfin l'usage de la parole.

— Une telle lettre, poursuivit-il, je l'aurais effectivement envoyée si j'avais réellement cru que j'avais intérêt à rencontrer Clarice pour savoir ce qu'elle voulait me dire. Elle se répandait en allusions indirectes à propos de mon oncle et je pensais que c'était simplement une manœuvre destinée à m'appâter. Tout le monde semblait vouloir jouer à ce petit jeu et je n'avais aucunement l'intention de me laisser faire. Mon oncle avait le droit de faire ce qu'il voulait de ses biens et il me croyait mort. Quant à Arnold, il avait le droit de conserver ce qui lui était légitimement revenu. Cela ne regardait personne en dehors de moi. Et pourquoi aurais-je mis cette question sur le tapis ? Mais si j'en étais arrivé à me dire qu'il vaudrait mieux savoir ce que Clarice voulait me dire pour qu'on en finisse, et si j'avais écrit cette lettre lui donnant rendez-vous au bord de la souille, la première chose qu'elle aurait faite aurait été de me raconter que mon oncle avait rédigé un second testament. Je vous demande alors qui aurait pu imaginer que j'aurais voulu la tuer !

Miss Silver inclina le menton.

— C'est là un argument irréfutable, approuva-t-elle. La police ne manquera sûrement pas de tenir compte des points que vous avez soulignés.

Edward qui s'était penché vers Miss Silver se redressa.

— Pensez-vous qu'elle disait la vérité à propos de ce rêve qui a conduit mon oncle à modifier les dispositions de son testament ?

— Certainement. Elle n'avait aucune raison de me raconter des mensonges. Elle se figurait qu'elle avait modifié les noms de personnes et de lieux, et ne pouvait s'imaginer que j'étais en mesure de les identifier. Si elle m'a parlé, c'est qu'elle se rendait compte qu'elle jouait un jeu dangereux. La mort de William Jackson lui avait fait peur. Elle était désormais la dernière personne à savoir qu'il y avait eu un second testament. Elle n'aurait plus rien eu à craindre si elle avait remis les éléments de preuve qu'elle détenait entre les mains du notaire de votre oncle, mais elle tenait à ce que cela lui rapporte des avantages personnels. Ce qu'elle voulait, en fait, c'était conclure un marché avec vous. Je l'ai très sérieusement prévenue que le genre de chantage auquel elle songeait n'était pas seulement un acte criminel, mais que c'était aussi quelque chose de dangereux. Malheureusement, elle n'a pas tenu compte des mes avertissements.

Edward se pencha à nouveau vers Miss Silver.

— Vous ne pensez quand même pas que je l'ai tuée ?

La pelote de laine roula un peu plus loin sur le canapé. Elle la rattrapa et la glissa dans son sac à ouvrage avant de répondre :

— Non, Mr. Edward, je ne l'ai jamais pensé.

— Alors, qui l'a tuée ?

Miss Silver répondit par une autre question :

— A qui auraient profité la mort du dernier témoin survivant de la rédaction du testament disparu, et la mort de la seule autre personne qui savait que celui-ci a bel et bien existé ?

La physionomie d'Edward passa par une série de modifications extraordinaires — la colère, la surprise, l'incrédulité, un amusement sardonique qui culminèrent dans un éclat de rire.

— Arnold ? Mais vous n'y pensez pas ! Il n'y a rien derrière la chemise empesée de ce collet monté ! C'est une version pompeuse et bonnet de nuit de tous les portraits de famille, une espèce de modèle composite des Random dépouillé de tout ce qu'ils pouvaient avoir de négatif aussi bien que de positif. Arnold n'est qu'un épouvantable raseur intolérablement casse-pieds. Mais il ne porterait jamais la main sur personne : ce serait contraire à toutes ses règles d'existence. Penser par lui-même, ce n'est pas sa partie. Il a hérité de son petit code personnel et je vous garantis qu'il mourrait plutôt que d'y déroger. Je ne l'aime pas... je ne l'ai jamais aimé, vous l'avez sans doute deviné. Mais il ne lui viendrait en aucun cas l'idée de tuer qui que ce soit. Et je ne le vois pas détruire un testament... absolument pas. Son code ne lui permettrait pas de faire une chose pareille.

— Voilà qui est on ne peut plus intéressant, dit Miss Silver qui l'observait de près.

Mais Edward continua comme si elle n'avait pas parlé :

— Non, je ne le crois pas. Mais faisons une supposition. Oncle James rédige ce testament et meurt... une semaine plus tard, c'est bien cela ?

— Oui.

— Il est probable qu'il n'a pas dit un mot du testament à Arnold. Ce fameux rêve... il n'y fait pas la moindre allusion. Il y croyait et il n'avait sûrement aucune envie de s'entendre dire que c'était une pure ineptie. Non, je suis certain qu'il n'a pas mis son frère dans la confidence. Il a sans doute laissé à son intention une lettre qu'il a jointe au testament. Toujours est-il qu'Arnold trouve le testament, avec ou sans une lettre expliquant que l'oncle James a eu un rêve, et qu'il pense que je suis toujours vivant. Cela a dû être pour lui un coup de tonnerre dans un ciel serein. Voyez comment se présente la situation sur le plan juridique. Officiellement, je ne suis pas mort : j'ai seulement disparu. En conséquence, il lui faudra attendre... Combien ? Cinq ans... sept avant de se pourvoir en justice afin que le tribunal décide que je suis présumé mort. Je ne vois pas ce qui serait susceptible de mettre davantage Arnold hors de lui avec son esprit férocement ordonné. Imaginez ce que la seule idée de rester des années et des années dans l'expectative pouvait représenter pour lui ! Or, j'étais mort. C'était indiscutable, c'était l'évidence ! Je vois très bien le code d'Arnold l'autorisant à mettre à l'abri ce testament dérangeant et à ne pas en souffler mot — et je le vois même se dire que c'est la meilleure solution. Si jamais je refaisais surface, rien de définitif et d'irrémédiable n'aurait été accompli. Et il ne resterait plus au testament qu'à réapparaître.

Miss Silver émit une discrète petite toux.

— Mais il n'a pas réapparu, Mr. Random.

— Non, pas encore, en effet. Arnold ne chercherait pas à précipiter les choses, vous savez. Inutile de forcer une coïncidence plus que nécessaire. Et puis, il y a ces meurtres qui arrivent là comme des cheveux sur la soupe et qui viennent tout compliquer. Pas étonnant qu'il ait l'air d'un cadavre ambulant ! Mais je suppose que vous pensez que je suis en train de raconter les pires absurdités.

— Au contraire, cette théorie me paraît extrêmement intéressante. Il y a un élément qui corrobore votre point de vue en ce qui concerne l'innocence de Mr. Arnold Random — pour ce qui est de la mort de William Jackson, tout au moins. Comme vous savez, le malheureux a quitté le Lamb avant l'heure de la fermeture et on l'a vu partir en direction de la souille qu'il était obligé de traverser pour rentrer chez lui. Mr. Arnold Random jouait de l'orgue à l'église et Miss Blake déclare qu'elle a quitté la séance de couture du presbytère pour lui parler vers dix heures. Il l'a ensuite raccompagnée chez elle. A ce moment, William Jackson devait certainement être arrivé à la souille. Peut-être avait-il déjà été assommé à moins qu'il n'ait glissé ou qu'on ne l'ait poussé dans l'eau, et il s'est noyé. Si l'on ajoute foi au témoignage de Miss Blake, Mr. Arnold Random dispose du meilleur des alibis.

— J'appellerais cela un port dans la tempête, s'exclama Edward en riant. Verriez-vous un inconvénient à ce que nous en revenions au point de départ de notre conversation ? reprit-il en retrouvant sa mine morose. Vous m'avez fait venir en partie parce qu'il vous fallait me mettre au courant pour Clarice et pour les dernières volontés de mon oncle, et en partie parce que Susan vous avait parlé. Je voudrais savoir ce qu'elle vous a dit.

— Ne serait-il pas préférable que vous le lui demandiez à elle ?

Edward opina.

— Soit. N'importe comment, il semble que nous ayons quelque peu dépassé les conventions.

Il posa un regard noir sur Susan.

— Alors ? Parle, je t'écoute.

Susan ne s'était encore jamais sentie aussi désarmée. Ce qu'elle avait fait allait fatalement fâcher Edward et il lui fallait, qui plus est, tout lui avouer en présence d'une étrangère. Elle n'ignorait pas qu'il avait la rancune tenace et elle savait depuis toujours que le moyen le plus sûr de déclencher sa fureur était de se mêler de ses affaires personnelles. Mais, redressant les épaules, elle entreprit néanmoins de lui raconter ce qu'elle avait fait et de lui expliquer comment les choses s'étaient mises en place : l'enveloppe que Mrs. Alexander avait trouvée par terre dans le magasin ; la proposition qu'elle avait faite à la commerçante de la porter au presbytère ; et l'histoire de Ray Fortescue qui avait brutalement surgi à sa mémoire quand elle avait lu le nom et l'adresse de Miss Maud Silver. Ses yeux clairs et graves demeuraient braqués sur le visage d'Edward et l'effort qu'elle faisait donnait une intensité particulière à son regard.

Et brusquement, sans qu'elle comprenne très bien comment cela se faisait, tous trois se mirent à parler du poignard d'ivoire. C'était d'ailleurs Miss Silver qui assumait le plus gros de la conversation.

— Je n'étais pas en Angleterre à l'époque, dit Edward quand elle se tut. Naturellement, Susan a lu ce qu'en disaient les journaux et Ray Fortescue lui a donné les détails complémentaires. Alors, quand elle a lu votre nom sur l'enveloppe, elle est venue vous voir pour vous demander de prendre l'enquête en main.

— En toute hypothèse, je ne peux me charger de cette affaire que pour faire triompher la justice, dit Miss Silver avec gravité. Et je crois que Miss Wayne l'a fort bien compris.

Edward lui décocha un de ses curieux regards torves.

— En fait, si je suis coupable, vous aurez l'immense plaisir de me pendre haut et court. Mais si, finalement, ce n'est pas moi l'assassin, vous ne verrez aucune objection à établir mon innocence.

Sourire de Miss Silver.

— Cela m'apporterait une grande joie.

Il se pencha vers elle.

— Dans ce cas, auriez-vous l'obligeance de prendre l'enquête en main ?

34

Miss Silver consulta sa montre. Il était un peu plus de vingt et une heures. Elle était seule dans le confortable petit salon. Mrs. Ball s'était excusée de l'abandonner, mais elle avait promis au vicaire de vérifier avec lui la comptabilité du Club des Garçons.

— Il y a quelque chose qui ne colle pas et vous savez ce que c'est : une fois qu'on a commis une erreur, on peut lire et relire sans rien remarquer. John a même peur de ne s'être aperçu de rien quand nous avons pris le relais l'année dernière. L'ancien vicaire était loin d'être de la première jeunesse, n'est-ce pas, et la comptabilité est dans un état de désordre inouï. L'ennui, c'est que nous savons mal nous y prendre avec les chiffres, et John est tellement consciencieux !

Après un instant de réflexion, Miss Silver monta dans sa chambre, échangea ses mules contre une paire de souliers, enfila son manteau noir, se coiffa du chapeau de feutre noir qu'elle mettait la nuit ou quand il pleuvait, puis elle sortit discrètement du presbytère.

Sur le moment, il lui sembla que la nuit était particulièrement noire. Elle avait en main la puissante torche électrique dont elle se munissait invariablement quand elle se rendait à la campagne, mais elle ne voulait pas l'allumer. Elle se tenait à la limite de la faible lueur que laissait filtrer le rideau de la porte et tout était plongé dans une obscurité totale, mais, au bout d'une ou deux minutes, la silhouette des arbres et des buissons commença à en émerger et elle parvint à distinguer le chemin qui menait à l'église. Elle s'y engagea et ne tarda pas à arriver à un bosquet surplombé de grands arbres. Quand elle l'eut traversé, elle se trouva devant le portail qui s'ouvrait dans le mur du cimetière. Lorsqu'elle eut fait quelques pas, elle cessa d'être gênée par les arbres. Devant elle se dressaient la masse noire de l'église et l'enfilade de l'allée d'ifs. Au-dessus de sa tête s'étendait la couverture grise des nuages et tout autour d'elle miroitaient vaguement des tombes, des croix et des stèles.

Elle alla jusqu'à l'entrée de l'allée où elle s'immobilisa. Il faisait doux et c'était à peine s'il y avait de temps en temps un souffle d'air. Un calme qui convenait parfaitement aux pensées qui occupaient son esprit. Deux personnes avaient été tuées à un jet de pierre d'ici. Leur meurtrier les avait surprises soit en débouchant de l'allée d'ifs, soit en arrivant par la route menant au village, soit de l'autre côté de la souille. Il ne s'était pas écoulé une semaine entre les deux crimes. Ils avaient été l'un comme l'autre commis un vendredi. Et à la nuit tombée. Voilà pour leurs points communs. Mais cela ne se bornait pas là. Il y avait le secret que détenaient William Jackson et Clarice Dean et le fait que tous deux étaient décidés à en tirer profit. Et dans les deux cas, le décor du drame avait été planté le long de la souille, juste au-dessous de l'église.

Une fois le plateau dressé, il ne reste plus qu'à attendre que les acteurs viennent tenir le rôle qui leur avait été dévolu. On savait de source sûre qu'outre William et Clarice, les victimes, deux autres personnes étaient passées sur les lieux. A l'heure où les crimes étaient commis, Arnold Random répétait à l'orgue dans l'église et Edward Random rentrait chez lui en passant par la souille. Ce dernier avait reconnu avoir rencontré William au passage, avoir brièvement échangé quelques mots avec lui et lui avoir souhaité bonne nuit. William, avait-il dit, ne tenait pas très bien sur ses jambes, mais il n'était pas saoul. Seulement, les choses ne s'étaient pas forcément limitées là. Edward Random avait fort bien pu revenir sur ses pas, suivre William jusqu'à la souille, l'assommer et lui maintenir la tête sous l'eau jusqu'à ce que mort s'ensuive.

Mais à quelle motivation aurait-il obéi ?

Seul manquait le mobile.

Arnold Random, lui, avait un alibi. Miss Blake était entrée à l'église. Ils étaient repartis ensemble. C'étaient des amis de longue date. Il n'avait guère fallu de temps à Ruth Ball une fois installée à Greenings pour apprendre que tout le village, à commencer peut-être par Miss Mildred en personne, avait bien cru à une époque qu'elle deviendrait Mrs. Arnold Random, petite information qui, avec pas mal d'autres, n'avait pas échappé à l'oreille de Miss Silver dans l'atmosphère propice aux confidences du petit salon. Le vicaire, certes, réprouvait les commérages, mais si l'on ne s'intéressait pas à ses voisins quand on vivait à la campagne, c'est quasiment comme si l'on était déjà dans la tombe. Les habitants de Greenings s'intéressaient aux faits et gestes de leurs voisins. Et Miss Silver s'intéressait aussi aux habitants de la bourgade. Elle n'attachait qu'une valeur très relative à l'alibi fourni à Arnold Random par Miss Mildred Blake. Il aurait très bien pu quitter l'église pour régler définitivement son compte à l'homme de peine qu'il avait flanqué à la porte et qui était certainement prêt à le faire chanter. Edward Random aurait pu changer de direction et revenir par la route. Et quelqu'un d'autre aurait pu émerger du layon de l'autre côté de la souille — quelqu'un qui savait que

William passerait inévitablement par là pour autant qu'il eût l'intention de rentrer chez lui cette nuit-là. Par exemple, une femme dont un œdème marquait le visage livide, agitée de frissons et qui tournait des pensées inquiètes dans sa tête. Elle avait pu traverser la souille en passant de pierre en pierre, attendre cachée dans l'ombre de la poterne du cimetière et le suivre jusqu'au trou d'eau où il avait trouvé la mort.

Aucune raison n'exige que l'on commette un meurtre, mais même un cerveau dérangé doit s'imaginer qu'il y en a une. La jalousie, la peur et le ressentiment avaient fort bien pu pousser Annie Jackson à tuer son mari. Ce sont là autant de mobiles vieux comme le monde. Mais pourquoi aurait-elle tué Clarice Dean ? La réponse à cette question vint, lumineuse, à l'esprit de Miss Silver : Clarice avait très bien pu être témoin de l'assassinat de William Jackson. Elle savait qu'Edward Random passait par la souille pour rentrer chez Emmeline. Elle n'avait pas arrêté, la journée durant, d'essayer de le joindre au téléphone. Ce soir-là — son dernier soir — , elle l'avait attendu devant la souille. Et ce ne devait pas être la première fois. C'était du moins ce que laissait indiscutablement entendre le billet qui l'avait attirée vers la mort, qu'il ait été rédigé par Edward Random ou par quelqu'un d'autre. Et qui a été témoin d'un meurtre n'est plus en sécurité nulle part.

Ayant ainsi fait le point, Miss Silver commença à suivre à pas lents l'allée en pente que bordaient les ifs. Cette fois, elle fut obligée d'allumer sa torche. Au cours des siècles, les frondaisons, les branches et les feuilles s'étaient muées en une masse impénétrable. Même en plein midi, il y faisait sombre et un soir de novembre entre chien et loup, l'obscurité était totale. S'il était venu de l'église, le meurtrier de William Jackson aurait sans nul doute eu, lui aussi, besoin d'une lampe. Le pied le mieux assuré aurait forcément trébuché sur ce sentier sinueux. Et le silence est indispensable quand on commet un assassinat.

Restait à déterminer comment William et Clarice avaient été exécutés. Pour ce qui était de la jeune fille, elle avait le crâne facturé, mais en ce qui concernait le premier, la médecine ne se prononçait pas. Peut-être avait-il été poussé, peut-être le cadavre portait-il un hématome qui avait échappé à l'examen du médecin légiste. Miss Silver avait émis la supposition que le meurtrier avait pu ramasser une pierre ou un débris de maçonnerie, mais l'examen minutieux des lieux en plein jour n'avait pas confirmé cette hypothèse. Le cimetière était parfaitement entretenu et des deux côtés de la souille, le sol était recouvert d'une couche d'argile molle. En se dirigeant vers la route, le dos tourné à l'église, Miss Silver faisait exactement ce que l'assassin avait dû faire. La lumière et l'ombre engendrent d'étranges impressions qui peuvent parfois et de manière imprévisible s'avérer révélatrices. L'esprit en alerte, elle avait beau diriger le pinceau de sa torche à gauche et à droite, les vieux ifs ne révélaient pas le moindre secret. Le portail auquel elle aboutit était vide sous les poutres qui le protégeaient depuis trois cents ans.

Des deux côtés du portail s'étirait une petite murette. Comme les gosses du village avaient pris l'habitude de grimper dessus pour jouer à l'attaque du château, par exemple, sa surface aplanie convenant admirablement à ce genre d'exercices, le précédent vicaire en avait interdit l'accès en y faisant monter une clôture en fil de fer. Mrs. Ball n'avait pas caché à son invitée combien cette initiative déplaisait à son époux :

— C'est hideux et John ne peut pas la voir. On dirait un de ces affreux petits grillages qui abondent dans les cités. Il attend seulement que nous soyons ici depuis assez longtemps pour la faire enlever. Mais il dit que prendre une telle décision avant au moins trois ans serait manquer de délicatesse. Heureusement, le grillage perd déjà son vernis.

Miss Silver, quant à elle, était loin de partager la répugnance du vicaire. Le fil de fer parfaitement tendu était posé avec soin, son vert foncé s'accordait harmonieusement avec le gazon du cimetière et le revêtement était des plus discrets. Mais ce n'était ni à ses mérites ni à ses carences d'ordre artistique qu'elle pensait en balayant du faisceau de sa torche les pointes qui interdisaient l'accès de la murette. Si l'une d'elles manquait à l'appel...

— Oh non, ce n'était pas une de ces flèches, dit quelqu'un dans son dos au moment où elle les tâtait de sa main libre.

Entendre soudain cette voix inattendue avait failli faire sursauter Miss Silver, mais rien ne trahit sa surprise. Faisant passer sa torche de sa main droite à sa main gauche, ce fut avec son calme habituel qu'elle se tourna vers la silhouette obscure qui se dressait derrière elle.

— Pourquoi donc, Annie ? demanda-t-elle.

La silhouette recula légèrement.

— Non, ce n'était pas une de ces flèches.

— Qu'est-ce qui vous en rend tellement sûre ?

— Qu'est-ce qui fait que quelqu'un est sûr de quelque chose ?

— On ne peut être sûr que de ce que l'on sait pertinemment, répondit Miss Silver de son ton posé.

L'espace de quelques instants, le calme fut tel que l'on pouvait entendre couler le ruisselet qui alimentait la souille. Il avait creusé son lit sous la pente servant de soubassement au cimetière avant de s'élargir et de s'étaler là où les pierres servaient de gué. Il ne cessait de gazouiller et l'air bruissait au-dessus de lui. De lourds nuages balayaient le ciel.

— Ce qu'on sait, ça ne regarde que soi.

— Pas toujours. Quand un meurtre a été commis, il est du devoir de chacun de dire ce qu'il peut savoir. Or, deux personnes ont été assassinées.

— Deux..., commença Annie qui reprit : Les choses vont toujours par trois, pas vrai ? La prochaine fois, ce sera peut-être bien votre tour. Ou le mien.

Sa voix aurait pu être la voix d'un fantôme — éteinte, lasse, dépourvue de toute émotion. Miss Silver tendit la main vers elle et Annie fit un pas en arrière. Jusque-là, elle n'avait été qu'une silhouette sombre, mais cette silhouette était maintenant si peu discernable qu'elle aurait pu faire partie de l'obscurité environnante. Miss Silver ne tenta pas de la suivre. Elle laissa retomber son bras le long de son corps.

— Je ne vous toucherai pas, Annie, mais j'aimerais que vous m'écoutiez. Votre mari savait quelque chose. S'il en avait parlé à qui de droit, il serait encore en vie. Miss Dean savait quelque chose, elle aussi, mais, tout comme lui, elle a voulu tirer un profit personnel du savoir qu'elle détenait et cela a été, je crois, sa condamnation à mort. Si vous savez effectivement quelque chose, je vous supplie de réfléchir : pensez que vous mettez votre propre sécurité en danger si vous n'êtes pas franche avec la police. J'avais mis en garde Miss Dean de la même façon, mais elle n'a pas tenu compte de mes conseils. Aussi, je vous implore de bien réfléchir à ce que je viens de vous dire. Et maintenant, nous partons. Vous ne devriez pas venir vous promener ici la nuit toute seule. Promettez-moi de ne pas recommencer.

Annie émit une plainte désolée.

— Avoir peur, je sais ce que c'est. Et on s'habitue à être seule. Je vous ai entendue sortir, ajouta-t-elle après une pause. Alors, je vous ai suivie.

— Eh bien, nous allons rentrer ensemble, conclut Miss Silver avec chaleur, mais sur un ton ferme.

Évitant l'allée des ifs, elles prirent le chemin menant au presbytère. Elles étaient déjà presque arrivées quand Annie qui marchait en tête se retourna.

— Vous n'avez pas trouvé ce que vous cherchiez, dit-elle. Et vous ne le trouverez pas.

Miss Silver laissa passer quelques secondes avant de répliquer :

— Comment savez-vous que je ne l'ai pas trouvé, Annie ?

35

Annie Jackson ne répondit pas. Jusqu'ici, elle précédait Miss Silver de quelques pas mais elle la quitta brusquement pour enfiler en courant le chemin qui conduisait à la porte de service.

Miss Silver attendit qu'un rai de lumière filtrant sous le battant la prévienne qu'Annie l'avait ouverte et qu'elle l'ait entendue se rabattre. Ce fut seulement alors qu'elle perçut comme une sorte de trépidation dans l'air. Mais ce n'était pas une vibration. Comme le bruit gagnait en intensité, elle l'identifia : c'était l'orgue de l'église qui jouait. Prenant une de ces décisions immédiates qui rendaient parfois ses actes imprévisibles, elle fit volte-face et, tournant le dos la maison, s'engagea sur le chemin qui rejoignait la petite porte de l'église en longeant le cimetière. A vrai dire, elle faisait précisément ce que Mildred Blake avait fait après la séance de couture du presbytère le jour de la mort de William Jackson. Comme elle, elle poussa la porte qui n'était pas fermée à clef et entra sans bruit dans l'église où la musique résonnait comme une batterie de tambours battant la chamade, rugissait comme un raz de marée, comme un vent hurlant, grondait comme le tonnerre.

Elle reconnut la mélodie. C'était le *Dies Irae.* « Jour de colère que ce jour-là... », le Jugement dernier, la colère du Grand Juge embrasant le ciel et la terre... Mais elle ne l'avait encore jamais entendu joué de cette façon. Si c'était bien Arnold Random qui était à l'orgue, il y avait donc quelque chose derrière la façade grise et unie, parfaitement contrôlée qu'il offrait aux regards. Miss Silver ne s'était jamais prétendue musicienne, mais elle était capable de reconnaître que celui qui jouait était un authentique musicien et, ce qui était de loin plus important, quelqu'un qui se débattait dans d'affreuses souffrances.

Elle avança jusqu'au rideau qui n'était pas entièrement tiré. Oui, c'était bien Arnold Random qu'elle voyait maintenant dans la lumière. Son visage ravagé ruisselait de sueur. On aurait dit un condamné sous la torture et il jouait comme s'il était possédé. Miss Silver qui n'avait pas projeté de ligne d'action resta immobile à l'observer. L'ouragan musical s'apaisa, s'achevant sur une note douce et très aiguë qui n'était qu'une longue plainte. Et ce fut le silence. Les paroles d'une antique hymne latine revinrent alors à la mémoire de Miss Silver... *Recordare Jesu pie.* La miséricorde après le jugement ? Les mêmes notes plaintives retentirent encore, puis les mains d'Arnold Random abandonnèrent le clavier tandis qu'un gémissement s'échappait de ses lèvres.

— Il est trop tard, dit-il d'une voix morte comme un homme qui, une fois parvenu au bout du chemin et qui ne peut aller plus loin, parlerait tout haut.

En même temps, il se retourna en poussant une sorte de grognement. Et il vit Miss Silver. Elle se taisait. Leurs regards ne se quittaient pas.

— Vous êtes très malheureux, Mr. Random, dit-elle au bout d'un long moment.

— Très... oui, très...

Il y eut un nouveau silence. Ce fut à nouveau Miss Silver qui le rompit :

— Il y a toujours une chose juste à faire et une chose mauvaise à ne pas faire.

Arnold Random laissa ses mains retomber sur ses genoux. Il fit mine d'en soulever une, mais y renonça.

— Il est trop tard, répéta-t-il.

— Je n'en crois rien. Il arrive qu'on ne voie pas toute la route, mais il est toujours possible de faire le premier pas.

Plus tard, en repensant à cette conversation, Arnold Random se demanda comment c'était arrivé. Il avait atteint le point ultime. La nuit, il ne dormait plus, hanté qu'il était de pensées qui échappaient à son contrôle et auxquelles il ne pouvait s'arracher. Il se voyait plonger à une vitesse grandissante dans les profondeurs d'un abîme de solitude et d'opprobre. Et juste au moment où le cauchemar qu'il vivait avait atteint son apogée et dépassé les limites du supportable, un rayon de lumière venu de l'univers qu'il avait perdu avait pour ainsi dire jailli. Et, en même temps, naissait en lui un sentiment de force, de calme et d'autorité, de bienveillance. Il avait vécu avec le mal qui l'avait torturé. Et voilà qu'au mal succédait à présent le bon. Que ce fût une étrangère qui posait sa main fraîche sur ses pensées enfiévrées lui était indifférent. Quand on meurt de soif, qu'importe si c'est un étranger qui approche le gobelet d'eau de vos lèvres ?

— Qu'est-ce que je dois faire ? demanda-t-il d'une voix confuse.

Miss Silver secoua la tête.

— Cela, je ne peux pas vous le dire. Ce sera à vous de le découvrir. C'est le premier pas qui est le plus difficile.

Il continuait de la dévisager.

— J'ai un certain nombre de choses à faire, finit-il par murmurer. Des choses qu'il y a longtemps que j'aurais dû faire. Au revoir.

— Bonne nuit, Mr. Random, fit-elle en pivotant sur elle-même pour ressortir.

La voix d'Arnold Random la suivit :

— J'ignore votre nom. Vous habitez chez Mrs. Ball, n'est-ce pas ?

— Oui. Je m'appelle Maud Silver.

Il l'accompagna jusqu'à la porte qu'il lui ouvrit. Un peu de lumière baigna le chemin caillouteux jusqu'à ce qu'elle eût tourné le coin de l'église.

36

L'horloge de la vieille église sonna les douze coups de minuit. En règle générale, après avoir lu un psaume ou un chapitre de la Bible fatiguée qui ne la quittait pas, Miss Silver éteignait la lampe, arrangeait confortablement ses deux oreillers, et plongeait instantanément dans un sommeil paisible et réparateur. Les rares fois où les choses ne se passaient pas ainsi, c'était que son esprit était trop préoccupé pour se relaxer. Et c'était précisément le cas ce soir. Son esprit n'était pas seulement trop préoccupé : il était accablé de questions. Les paroles d'Annie Jackson, notamment, la hantaient — « Les choses vont toujours par trois. » Deux personnes avaient été assassinées. Frappées un vendredi à une semaine d'intervalle. Et demain serait un nouveau vendredi. Les bénévoles se retrouveraient au presbytère pour la séance de couture hebdomadaire, Arnold Random ferait très probablement sa répétition à l'église et la lointaine musique de l'orgue résonnerait faiblement dans le cimetière et flotterait au-dessus de la souille.

L'assassin n'avait peut-être aucune raison de frapper à nouveau. Mais peut-être en avait-il une. Une raison majeure. Essentielle. Seulement, lui seul pouvait le savoir. Il en va du meurtre comme de beaucoup d'autres choses : c'est le premier pas qui coûte. La sagesse des nations ne faisait que donner un poids supplémentaire à cet aphorisme. « Pendu pour pendu, autant que ce soit pour avoir volé un bœuf plutôt qu'un mouton », proclamait le vieux dicton. Et chaque fois qu'on fait un pas de plus dans le monde ténébreux du désordre moral, la force de la motivation animant l'assassin s'affaiblit progressivement de sorte qu'à la fin il n'a pratiquement plus besoin d'avoir un mobile pour continuer à tuer. Pour un esprit déséquilibré, le lien entre la cause et l'effet peut être faussé de manière aberrante, voire bel et bien rompu.

Quand l'horloge eut frappé ses douze coups, Miss Silver repoussa ses couvertures, se leva et s'approcha de la fenêtre. Sa chambre donnait sur le cimetière que dominait la masse noire de l'église et dans l'obscurité qu'intensifiaient encore les épais nuages qui plombaient le ciel, il paraissait très sombre, mystérieux et flou. La fenêtre était entrebâillée. Miss Silver dégagea le loqueteau, l'ouvrit toute grande et se pencha au-dehors. Le presbytère était un édifice de deux étages à l'architecture tourmentée. Une fenêtre brillait faiblement. Les rideaux n'étaient pas tirés. Les deux battants des volets étaient sortis et, entre eux, l'obscurité était moins épaisse. Miss Silver arrivait à distinguer l'encadrement de cette fenêtre et son balcon. Cette chambre, elle le savait, était celle d'Annie.

Après s'être accordé un moment de réflexion, elle enfila la douillette robe de chambre bleue aux poignets au crochet qui avait déjà accompli plusieurs années de bons et loyaux services depuis que celle en flanelle rouge avait été admise à faire valoir ses droits à la retraite, ouvrit la porte et sortit silencieusement dans le couloir. Une veilleuse éclairait le palier. Chaque pas en direction de la chambre d'Annie Jackson l'en éloignerait un peu plus, mais, même lointaine, la lumière serait toujours là. Ses chaussons de feutre noir garnis d'agneau et ornés de rubans bleus ne faisaient pas de bruit sur la moquette qui commençait à s'élimer.

Elle avait déjà posé la main sur la poignée de la porte quand une sorte de râle bruyant s'éleva dans la chambre, suivi d'un cri haletant :

— Non... non... *non!*

Elle était déjà entrée avant le troisième « Non ! » et avait tiré la porte derrière elle, ne voulant pas que Ruth ou le vicaire soient témoins de sa confrontation avec la femme de chambre. La lueur qu'elle avait aperçue de sa fenêtre avait pour source une chandelle à l'ancienne collée sur une soucoupe prudemment posée sur la table de toilette à côté de la cuvette. Miss Lucy Wayne avait à l'évidence su former son personnel de maison. La chandelle projetait de hautes ombres dans toute la chambre. Il n'y avait pas de rideaux au lit à colonnes suranné d'une personne et les tringles qui les reliaient évoquaient les barreaux d'une cage. Annie était assise toute droite au milieu du lit, les mains nouées sur la poitrine. Ses yeux écarquillés étaient fixes et éteints. Elle dormait, mais d'un sommeil qui n'avait rien de reposant. Elle était en train de vivre un cauchemar si atroce qu'il la faisait hurler.

Debout devant le lit, Miss Silver l'observait. Annie était en sueur et ses cheveux repoussés en arrière étaient échevelés. On discernait parfaitement l'ecchymose qui marquait son visage. Elle bredouillait maintenant précipitamment des mots sans suite, mais il était superflu de les comprendre pour deviner que c'était la terreur qu'ils exprimaient.

Et puis, ils commencèrent à devenir intelligibles.

— Ténèbres... ténèbres... ténèbres...

Sa voix qui, au début, n'était qu'un murmure se mua en un cri tremblant. Et le murmure se poursuivit.

Miss Silver, immobile, ne la quittait pas des yeux.

Les mots sortaient lentement, péniblement de la bouche de la femme de chambre.

— Ténèbres... Dans les ténèbres... de la nuit.

Elle frissonna spasmodiquement.

— Affreux... péché... affreux... affreux péché.

Quelque part dans l'esprit d'Annie Jackson déambulait le fantôme de Christopher Hale, mort noyé dans la souille il y avait plus de cent ans. Les paroles que sa respiration oppressée avait du mal à faire sortir de sa bouche étaient les vers que Miss Silver et elle avaient lus ensemble sur la pierre tombale qu'avait fait graver sa veuve.

Dans les ténèbres de la nuit et du péché,
Le cœur forge ses projets.

Était-ce réellement le fantôme de Christopher Hale qui hantait le rêve d'Annie? Ou celui de William Jackson?

Miss Silver se pencha au-dessus du lit.

— Annie!

Le changement fut immédiat. Annie releva ses mains serrées sur sa maigre poitrine comme pour parer un coup.

— J'ai rien dit... rien... j'ai rien dit! Personne ne peut dire le contraire. Y a personne qui peut dire que j'étais là! Y a personne qui...

Sa voix s'altéra et retomba. Elle n'alla pas plus loin. Ses mains retombèrent aussi. Elle jeta un regard circulaire autour d'elle comme si c'était dans un endroit inconnu qu'elle venait de se réveiller. L'armoire à droite... à gauche, la commode et la table de toilette avec la cruche dans la cuvette et la veilleuse qui brûlait.

Son regard hébété se posa sur la vieille demoiselle en robe de chambre bleue dont les cheveux étaient emprisonnés dans l'épais filet marron qu'elle mettait pour la nuit.

— Qu'est-ce... qu'il y a?

— Vous avez fait un mauvais rêve. Vous avez crié.

Annie ferma les yeux. Le rêve continuait de vivre derrière ses paupières.

— Il ne me lâche pas...

Des larmes commençaient à couler sur son visage étroit.

— Il ne me lâche pas. Dès que je me couche, il revient. J'ose pas m'endormir, mais je me retrouve là, dans le noir... et il se noie dans l'eau.

Elle rouvrit brusquement les yeux.

— J'ai pas causé... oh... j'ai pas causé.

Miss Silver contourna le lit au bord duquel elle s'assit.

— Pourquoi ne me dites-vous pas ce qui est arrivé la nuit où votre mari s'est noyé, Annie ? Après, je suis sûre que ce rêve disparaîtra et ne reviendra plus vous mettre sens dessus dessous.

Annie la dévisagea en écarquillant les yeux.

— Pour qu'ils... qu'ils me pendent ?

Miss Silver prit une de ses mains osseuses dans la sienne.

— Avez-vous fait quoi que ce soit qui mériterait qu'on vous pende pour vous punir ?

Elle sentit la main d'Annie tressaillir dans la sienne. Et pas seulement sa main. Le corps frêle de la servante était tout entier secoué de soubresauts.

— Et qui croira que j'ai rien fait ? Qui croira ce que je dirai en face de ceux dont la parole compte plus que la mienne ? Si Miss Lucy était de ce monde, elle parlerait en ma faveur. C'est long de vivre vingt-quatre ans avec quelqu'un et elle savait bien que j'étais incapable de tuer qui que ce soit. Mais elle n'est plus là et y a plus personne pour prendre ma défense, maintenant. La fille d'Embank, ils mettront la main dessus et ils sauront que j'ai dit que je regrettais de ne pas être morte avant de l'épouser. Et ils verront comment il me frappait. Au début, ça ne se voyait pas de trop. Mais, maintenant, on ne pouvait pas ne pas voir que j'avais des bleus partout. Il suffisait de me regarder. Alors, ils penseront que c'est moi qui ai fait le coup !

— L'avez-vous fait, Annie ?

Elle étreignait fermement mais avec douceur la main d'Annie qui, cette fois, ne tressaillit pas. Elle la serra seulement un plus fort.

— Oh non, Miss ! J'ai souhaité plus d'une fois être morte — mais pas lui.

— Mais vous êtes allée à la souille la nuit où il s'est noyé ?

Annie soupira entre deux sanglots.

— J'y allais presque tous les soirs à l'heure où le pub fermait... pour voir s'il rentrait à la maison. Des fois, il rentrait — mais pas toujours. Alors, je savais qu'il était allé avec cette fille.

— Vous y alliez tous les soirs ?

— Presque. Mr. Edward aurait pu leur dire... s'il avait voulu. Il m'y a vue deux ou trois fois en revenant de chez Mr. Barr. Il me disait bonsoir en passant. Oui, il aurait pu le dire — mais il n'a pas voulu me causer d'ennuis.

C'était fini, la solitude, le froid et le noir secret enfermé au fond de son cœur. Annie éprouvait un extraordinaire sentiment de soulagement. Les mots sortaient sans aucun effort de sa bouche. C'était de l'eau qui coulait.

— Vous êtes donc allée jusqu'à la souille le soir où votre mari s'est noyé ?

— Oui. J'y... suis... allée.

Il y avait de l'incertitude dans la voix d'Annie.

— Quelle heure était-il ?

— Pas loin... de dix... heures.

— Avez-vous vu Mr. Edward Random ?

— On s'est croisés juste avant d'arriver à la souille.

— Où allait-il au moment de votre rencontre ?

— Il remontait la pente — et William la descendait. Ils ont échangé quelques mots. Je l'ai entendu crier : « Bonne nuit, Willy ! » Ils se connaissaient depuis qu'ils étaient gamins.

— Que s'est-il passé ensuite ?

— Je suis repartie par l'autre versant. Je ne voulais pas que William... me voie. J'ai attendu qu'il traverse la souille.

Elle fut brusquement prise d'un violent frisson.

— Mais il ne l'a pas traversée.

— Pourquoi ?

— Il a été poussé à l'eau...

— Par qui ?

Annie regarda fixement Miss Silver. Ce flux de paroles s'était subitement tari, interrompu par la peur qui l'avait envahie. Comme un barrage qu'on coupe.

— Qu'avez-vous vu ou entendu, Annie ?

Annie se contenta de continuer à dévisager son interlocutrice.

— Êtes-vous retournée à la souille ?

— En... ne... le voyant... pas revenir...

Elle avait parlé si bas, d'une voix si vacillante, qu'on l'entendait à peine.

— Et alors ?

— Il... est... arrivé...

— Oui ?

Annie arracha violemment sa main de celle de Miss Silver.

— Je suis repartie. Pour rentrer à la maison. Je ne voulais surtout pas qu'il me surprenne. J'ai fait presque tout le chemin en courant quand je les ai vus descendre la pente.

— Vous *les* avez vus ? Qui ?

A cette question, la respiration manqua à Annie.

— Qu'est-ce que vous croyez que je vais dire ? Il faisait noir, pas vrai ? Et dans le noir, moi, je vois rien. Et si j'avais pu voir, qu'est-ce que vous vous figurez que je ferais ? Traiter de menteurs ceux qui jureraient sur la Bible qu'ils m'ont vue flanquer William dans la souille — qui feraient la queue pour me voir pendre sans que ça les empêche de dormir ! Quel poids aurait ma parole devant leurs déclarations ? Valait mieux filer et rentrer à la maison le plus vite possible !

— Pourquoi avez-vous agi ainsi ?

Annie pleurait, une main sur sa gorge.

— J'croyais... qu'il allait... me tuer, dit-elle entre ses sanglots. Il était ivre — fou de rage. Je l'entendais parler tout seul. « Il casquera, qu'il disait avec plein de gros mots. Il s'en tirera pas comme ça. » J'ai pas attendu d'en apprendre davantage... j'ai pris mes jambes à mon cou.

Elle se tut. Une faible lueur pâle éclairait la chambre où s'engouffrait la légère brise nocturne.

— Est-ce qu'il y avait quelqu'un derrière votre mari ?

Annie fit oui de la tête.

— Qui était-ce ?

Elle avala péniblement sa salive.

— Il... faisait... noir.

— Vous voulez que je vous dise de qui il s'agissait ?

Les sanglots d'Annie se turent et sa respiration cessa d'être haletante. Tout semblait s'être figé dans l'attente.

Miss Silver se pencha vers elle et prononça un nom.

37

Le matin, Susan partit pour le Manoir. Elle n'en avait aucune envie, mais il aurait été difficile de rester. Au point où ils en étaient, elle n'avait pas le choix. Qu'elle fût là ou non, si la police avait décidé d'appréhender Edward, elle l'appréhenderait. Et l'épreuve serait encore plus pénible pour lui si son arrestation avait lieu en sa présence. La seule solution était de partir sans se retourner. Edward avait l'intention de passer voir Mr. Barr, mais pas tout de suite. Il laisserait sa chance à la police avant d'y aller. Susan avait l'impression que chaque pas qui l'éloignait un peu plus de lui faisait un bon kilomètre. L'instinct qui avait survécu depuis l'origine de l'espèce était plus vieux et plus fort que la logique. Tant que je suis là, tout ira bien. Mais quels ennemis, quels pièges hors de ma vue, quels traquenards sont-ils aux aguets ? Reste là où tu peux protéger celui que tu aimes, fût-ce avec ton propre corps. C'est quand on est seul que le mal s'approche en rampant pour frapper.

Ces réflexions, Susan ne les formulait pas consciemment, mais elles étaient présentes sous la logique qui lui disait que la meilleure façon d'aider Edward était de vaquer à ses occupations comme si de rien n'était.

Doris avait allumé la cheminée de la bibliothèque.

Susan n'y avait pas encore vraiment pensé, mais la vue des bûches qui brûlaient lui rappela que la température s'était rafraîchie. Elle resta une minute à se chauffer les mains avant d'enfiler sa blouse et de se mettre à classer les ouvrages du XVIIIe siècle. Elle en était arrivée aux étagères supérieures de sorte qu'elle devait grimper presque en haut de l'échelle pour les atteindre.

Elle en était à la moitié quand la porte s'ouvrit et Arnold Random entra. Il a vraiment l'air mal en point, se dit-elle en répondant à son « bonjour ». Il s'approcha du feu et resta immobile, le dos tourné à la cheminée pour se réchauffer. Après avoir attendu quelques instants pour voir s'il avait quelque chose à lui dire, Susan gravit les derniers échelons de l'escabeau et commença à se mettre au travail.

Le premier livre qu'elle sortit du rayonnage était un recueil des sermons de son propre grand-père agrémenté d'une interminable dédicace au style fleuri rendant hommage à Edward Random Esquire. Il ne pouvait s'agir que de l'arrière-arrière-grand-père d'Edward. Les sermons n'en finissaient pas et provoquaient un ennui insupportable. Les paroissiens avaient forcément dû les écouter semaine après semaine, mais Susan doutait qu'aucun d'entre eux ait jamais éprouvé le besoin de les lire une fois imprimés. L'arrière-grand-père était certainement né au plus tard dans la dernière décennie du XVIIIe siècle. Comme Susan se demandait s'il convenait de laisser l'ouvrage à sa place ou s'il valait mieux le placer avec ceux du début du XIXe, Arnold brisa le silence :

— On dirait que vous semblez vous y mettre, fit-il.

— Oh oui. J'avais peur que vous trouviez que c'était un peu lent...

— Non, pas du tout, ce n'est pas ce que je voulais dire. Je me demandais seulement...

— Quoi donc, Mr. Random ?

Il s'accroupit pour mettre une bûche dans le feu et dit avec un agacement inattendu :

— Il fait froid ce matin — vraiment très froid. Le feu a besoin d'être attisé.

Quand Susan se retourna, elle vit qu'il frissonnait.

— Affreusement froid, reprit-il sur un ton bougon. Mais qu'est-ce que je disais déjà ?

— Que vous vous demandiez...

— Ah oui ! C'est à propos du livre de prières de mon frère. Comme on ne l'a pas retrouvé après sa mort, j'ai pensé qu'on l'avait peut-être rangé sur un de ces rayons. Il passait la plus grande partie de son temps dans cette pièce, n'est-ce pas, et je me demandais si vous n'étiez pas tombée dessus par hasard. J'aurais sans doute dû vous en parler plus tôt... je pensais simplement...

Il agrippait avec tant de force le rebord du manteau de la cheminée que ses phalanges étaient toutes blanches. Mais comme il lui tournait le dos, Susan ne voyait pas son visage.

— Non, lui dit-elle, je ne l'ai pas vu. Mais si je le trouve, je vous préviendrai tout de suite.

Sur quoi, elle se dressa sur la pointe des pieds pour poser l'arrière-grand-père sur le rayon du haut. Arnold se releva et sortit de la bibliothèque.

Les mains encore posées sur le recueil de sermons, Susan réalisa brusquement qu'elle savait maintenant sans l'ombre d'un doute pourquoi Arnold Random l'avait embauchée : pour qu'elle retrouve le livre de prières de son frère. C'était la seule et unique raison pour laquelle elle était en train de remettre le recueil de sermons de son arrière-arrière-grand-père sur l'étagère réservée aux œuvres du XVIIIe siècle où il n'avait rien à faire. Arnold Random se moquait éperdument que lui ou tout autre auteur ne soit pas à la place qui lui revenait logiquement. Son seul souci était que le hasard fasse que l'on retrouve le livre de prières. Il fallait que sa découverte soit sans aucune signification pour la personne qui mettrait la main dessus. Et ladite personne devait absolument être Susan Wayne. C'était pour cela et pour rien d'autre qu'il l'avait chargée de mettre de l'ordre dans la bibliothèque. Et il trouvait qu'elle ne travaillait pas assez vite. Au début, cela n'avait pas eu d'importance, mais, maintenant, il y avait urgence. Une urgence telle qu'il avait dû se résoudre à aborder la question de façon plus ou moins directe. Nécessité faisant loi, si le livre de prières recelait ce qu'elle pensait, c'était pour lui quelque chose d'une importance telle qu'il ne lui avait pas été possible d'agir autrement. A le voir, on aurait dit un homme poursuivi par les Furies. Brusquement, Susan imagina que Mildred Blake était précisément l'une des Furies. En voilà une idée étrange ! Et *effrayante*, en plus !

Elle éprouva aussitôt la morsure du remords. Ce n'est pas parce que telle ou telle personne n'est pas particulièrement attirante que l'on doit se faire des idées comme ça à son propos. Jamais une idée pareille ne serait venue à l'esprit d'Emmeline.

Un clou chassant l'autre, Susan se mit brusquement à songer à la chose qu'elle avait soigneusement pris soin de cacher. Le tout était qu'elle soit là, mais qu'elle ne la regarde pas, qu'elle n'y pense même pas parce qu'alors, il se pourrait bien qu'il lui pousse des ailes et qu'elle s'envole.

Quand, la veille au soir, elle avait quitté le presbytère en compagnie d'Edward, elle avait eu l'intense impression que n'importe quoi pourrait arriver. Il était dans un tel état de fureur qu'il ne restait plus rien des sentiments affectueux qui les liaient. La tempête les avait emportés. Il pouvait se montrer d'une politesse glacée au point d'en être effrayant aussi bien que sombrer dans un de ces silences qui vous font vous demander si vous êtes toujours bien là, si vous n'avez pas été transporté à un million de kilomètres. C'était la question qu'elle avait commencé par se poser parce qu'il n'avait pas ouvert une seule fois la bouche pendant toute la route. Et puis, il avait brusquement éclaté de rire et glissé la main sous le coude de Susan. C'est drôle comme le simple fait d'entendre rire et de sentir une main sous votre bras suffit à vous donner l'impression que le soleil vient de se lever et que tous les oiseaux se mettent à chanter. Une fois passée la dernière maison du village, Edward, toujours sans dire un mot, avait noué son bras autour de ses épaules et ils avaient continué leur chemin jusqu'au pavillon du garde. Quelque chose les frôla en ronronnant et son bras s'était resserré sur les épaules de la jeune fille. Il avait approché un instant son visage du sien et s'était remis à rire.

— Tu sèmes la perturbation, dirait-on, fit-il.

Puis ils étaient entrés. Cela ne voulait rien dire, ne pouvait pas avoir un sens. Mais il n'était pas en colère et il ne l'avait pas lâchée. Il était tout près d'elle. Il était tendre.

Une demi-heure plus tard, Susan avait trouvé le livre de prières coincé derrière trois volumes de sermons ayant pour auteur un certain révérend Nathaniel Spragge (1745-1785), le vicaire de l'époque. « Ce recueil a pu être édité grâce à la souscription des fidèles », pouvait-on lire en belle page. Consternée, Susan l'avait contemplé. Si Arnold Random n'était pas capable de donner plus de crédibilité aux fables qui sortaient de son imagination, il avait vraiment tout intérêt à s'en tenir à la franchise pure et simple ! Qui pourrait jamais croire qu'un moribond soit monté sur la dernière marche d'un escabeau et ait déplacé trois lourds volumes dans l'intention de cacher quelque chose qu'il n'avait pas l'ombre d'une raison de vouloir dissimuler ? Si cela se trouvait, il avait peut-être même laissé ses empreintes sur la reliure ! Pourquoi diable n'avait-il pas tout bêtement glissé le livre de prières au milieu des romans victoriens ? La réponse allait de soi : parce qu'il y avait le risque que quelqu'un l'y déniche. Ce n'était que récemment que Mr. Random avait voulu que ce livre de prières soit découvert.

Ces pensées traversèrent le temps d'un éclair l'esprit de Susan tandis qu'elle ouvrait le livre pour le secouer. Une enveloppe en tomba. Elle portait une inscription : « A l'attention de mon frère Arnold. Ici sont incluses mes Dernières Volontés. » Et c'était signé « James Random ».

Susan était été sûre et certaine que le testament serait là, mais le seul fait de le voir, de le tenir dans sa main lui donnait un horrible sentiment de vertige. C'était la succession d'Edward qu'elle brandissait — le Manoir et son domaine, ses bois, ses champs et ses fermes, et ses cottages et ses haies et tout le village de Greenings —, tout cela sur une banale feuille de papier qu'une étincelle aurait suffi à transformer en cendres.

Mais Arnold ne l'avait pas brûlée. Il avait attendu pour savoir comment les choses tourneraient. Et, en dernière analyse, il avait voulu que le testament de son frère refasse surface. Cela ferait causer, bien sûr. Et pas qu'un peu ! Edward serait fou de rage. Mais ce qui se passerait entre Arnold et lui ne sortirait pas de la famille.

Perdue dans ses pensées, Susan épousseta le rayon et les sermons du révérend Nathaniel Spragge, puis le livre de prières et l'enveloppe. Réflexion faite, elle essuya aussi les montants de la bibliothèque. Maintenant, il n'y aurait plus d'autres empreintes que les siennes et celles qu'Arnold laisserait sur l'enveloppe quand elle la lui aurait remise. Et si jamais quelqu'un posait des questions, elle serait toute prête à jouer les idiotes et dire qu'elle était désolée si elle avait eu tort de l'épousseter mais il y avait tellement de poussière partout...

Elle descendit de l'échelle et se rendit au bureau.

Arnold Random était planté devant la fenêtre. Le paysage qu'il contemplait était considéré comme un bien agréable décor. Deux arbrisseaux portant des baies écarlates soulignaient les lauriers bordant l'allée de gravier au-delà de laquelle la prairie, coupée ici et là de quelques arbustes, s'élevait en pente douce. Un paysage typique de l'Angleterre rurale, en fait.

Arnold le regardait, mais sans le voir. La seule chose à laquelle il était sensible était que, dehors, il faisait froid et que le jour était gris. De la même humeur que lui.

Il se retourna à l'entrée de Susan Wayne qui lui présenta le livre de prières qu'elle tenait à la main.

— Est-ce bien cela que vous vouliez que je retrouve ?

— Montrez voir... Oui, je crois bien que c'est lui. Où était-il ?

Il n'y avait qu'une seule réponse : là où vous l'aviez caché. Mais ce n'était naturellement pas la chose à dire.

— Sur l'étagère du haut, derrière les sermons du révérend Nathaniel Spragge.

— La dernière étagère ? C'est vraiment extraordinaire !

Il alla poser sur la table de travail le livre qu'il n'avait pas ouvert et tenait d'une main qui tremblait. Il ne l'avait pas quitté des yeux.

« Il ne sait pas quoi faire, se dit Susan. Il voulait qu'on trouve ce bouquin, mais maintenant que je l'ai retrouvé, il est incapable de prendre une décision. Il ne sait pas s'il doit continuer ou arrêter les frais. Et il se demande si j'ai vu le testament. »

— Il y a une lettre à l'intérieur, Mr. Random, se hâta-t-elle de dire. Je pense que vous devriez la lire.

Était-ce le soulagement qui avait fait pousser à Arnold Random ce soupir qui n'en finissait pas ? Quand on a porté une année durant un pareil secret, oui, ce devait être un rude soulagement de ne plus avoir à le garder pour soi quelles que puissent en être les conséquences.

Il posa une main sur la table et prit le livre qui s'ouvrit tout seul à l'endroit où était glissée l'enveloppe. Elle le regarda lire la suscription qu'elle connaissait par cœur : « A l'attention de mon frère Arnold. Ici sont incluses mes Dernières Volontés. James Random. »

Une minute s'écoula avant qu'il prononçât un mot.

— C'est un testament..., finit-il par dire.

Il avait les lèvres sèches.

— Oui.

— Le testament de mon frère James...

— Vous devriez peut-être ouvrir cette enveloppe, non ?

Il tressaillit.

— Oui. Oui... bien sûr...

Il la déchira, sortit la lettre qu'elle contenait et la déplia. C'était un banal feuillet sur lequel quelques mots avaient été tracés d'une main tremblante. Il portait la signature de James Random et des deux témoins, William Jackson et William Stokes.

Il resta un long moment à regarder fixement la feuille.

— Ce sont les dernières volontés de mon frère, dit-il enfin. Rédigées une semaine avant sa mort. Il fait d'Edward son légataire universel.

38

Miss Silver s'était portée volontaire pour faire toutes les courses qui pourraient s'avérer nécessaires.

— Vous avez votre ouvroir ce soir, avait-elle dit à Ruth, ce qui vous donnera un surcroît de travail dans la maison, sans parler de la découpe des patrons, une tâche pour laquelle vous êtes particulièrement douée, m'a-t-on dit. Oh ! Vous êtes bien la fille de votre chère maman ! Je me rappelle qu'elle avait reçu le prix de couture à l'école. Aussi, si je peux vous être de la moindre utilité, n'hésitez pas à faire appel à moi. Je serai ravie de vous rendre service.

Ruth se rappela qu'il n'y avait plus de lait en poudre et que la cuisinière avait prévu de faire de ces biscuits à la crème anglaise qui étaient sa grande spécialité.

— Elle est persuadée que c'est du gâchis pour les séances de bonnes œuvres, mais elle est incapable de résister à l'envie de se faire applaudir. Tout le monde à Greenings lui a demandé sa recette, mais elle se garde bien de la confier à qui que ce soit. Oh ! Si jamais Mrs. Alexander a encore un peu de sa confiture de pommes au gingembre maison, tâchez de voir si elle pourrait m'en céder un pot. C'est le régal de John.

Quelle tristesse que la fille de son amie de jeunesse n'eût pas d'enfants, songeait Miss Silver en s'engageant sur le chemin menant au village. C'était une véritable tragédie pour elle. Mais au lieu de se laisser aller, elle se mettait au service des enfants les plus déshérités qui avaient le plus besoin qu'on s'occupe d'eux. Mary avait bien élevé sa fille, il n'y avait pas à dire.

Miss Sims était chez Mrs. Alexander. Debout devant le comptoir, elle disait tout le mal qu'elle pensait des choux-fleurs importés.

— Deux shillings pièce ! s'exclamait-elle au moment où Miss Silver poussait la porte. C'est une honte, il n'y a pas d'autre mot. Et Mr. Pomfret a dû en planter je ne sais combien au printemps.

Les temps ont changé, convint Mrs. Alexander. Voulait-elle du chou-fleur ?

Miss Sims poussa un soupir qui ressemblait comme un frère à un gémissement.

— Je suis bien forcée d'en prendre. Le docteur les aime tant qu'il ne demanderait pas mieux que d'en manger tous les jours que le bon Dieu fait du premier de l'An à la Saint-Sylvestre si c'était possible, ce qui n'est heureusement pas le cas parce que rien ne sent aussi fort quand ça cuit.

Miss Silver se joignit d'autorité à la conversation avec un sourire allègre, faisant observer qu'il suffit de mettre une tranche de pain dans la casserole pendant la cuisson pour réduire la mauvaise odeur dans des proportions prodigieuses. C'était toujours ce que faisait sa mère lorsqu'elle faisait cuire des légumes verts, l'appuya Mrs. Alexander, mais Miss Sims se contenta de hocher dubitativement le menton. C'était la vérité vraie pour les choux-fleurs bien de chez nous qu'on fait pousser dans son jardin, conclut-elle, mais, s'agissant de ceux dont nous inondait l'étranger, c'était peine perdue. Tandis qu'elle sortait son porte-monnaie pour régler ses achats, Mrs. Alexander, se penchant au-dessus du comptoir, demanda à Miss Silver si elle savait comment allait la pauvre Annie Jackson.

— Excusez-moi de vous demander ça, mais je l'ai vue passer hier et j'ai trouvé que la pauvre petite avait une mine épouvantable. Personne ne pourrait être plus gentil avec elle que Mrs. Ball, c'est bien l'avis de tout le monde, mais elle m'a littéralement fait peur et je n'arrive pas à penser à autre chose. Il paraît qu'elle reste un temps fou plantée devant la souille à regarder l'eau couler. Elle ne devrait pas, ce n'est pas bon pour elle.

Miss Silver secoua gravement la tête.

— Il est bien difficile de l'en empêcher. Elle y va quand il fait noir. Je l'ai moi-même trouvée là-bas hier soir. Je crains que la souille n'exerce sur elle une attraction morbide, surtout depuis que son mari s'y est noyé. C'est tout à fait nocif pour elle, vous avez parfaitement raison.

— Elle ne devrait pas faire ça, laissa tomber Miss Sims sur un ton presque aussi désapprobateur que si elle avait constaté que le poisson était hors de prix.

Mrs. Alexander était du même avis :

— Elle ne retourne pas toute seule à son pavillon, n'est-ce pas ? D'après ce que je crois savoir, Mrs. Hodge et sa fille ne s'y sont pas encore installées. La mère a été malade et elles attendront qu'elle aille mieux pour emménager.

Miss Silver toussota avec hésitation.

— Je ne peux pas vous répondre, je regrette. Mais, cela dit, vous avez tout à fait raison. Elle ne devrait pas faire ce genre d'escapades, mais il est extrêmement difficile de l'en empêcher. Rien de plus simple que de quitter furtivement la maison, surtout pendant les séances de couture.

Miss Sims se mit devoir de ranger son chou-fleur dans son sac à provisions.

— Moi, je n'irais jamais à la souille la nuit, même si on me payait pour ça !

— C'est qu'Annie, elle, en a l'habitude, que voulez-vous ? dit Mrs. Alexander. Et quand on a l'habitude de faire quelque chose...

Ces dames parlèrent un bon quart d'heure du cas Annie Jackson sans laisser à Miss Silver l'occasion de faire allusion au lait en poudre ou à la confiture de pommes qu'elle était censée rapporter à Ruth. La conversation aurait d'ailleurs pu se poursuivre encore un bon moment sur ce thème si Cyril Croft n'était pas entré dans la boutique. Il avait besoin de piles pour la lampe de sa bicyclette. Il était allé rendre visite à une de ses tantes et s'était aperçu en prenant le chemin du retour que ses piles étaient complètement mortes.

— Qu'est-ce que j'ai pu en voir là-bas ! Il n'y avait même pas la queue d'un piano dans cette maison. Et j'ai raté tout ce qui s'est passé ici. Clarice... et ce pauvre vieux William Jackson ! Ça ne peut être qu'un maniaque homicide qui a fait le coup, pas vrai ? Et le pire, c'est qu'il se planque quelque part !

Le laissant discourir, Miss Silver prit la porte. Quand elle passa devant la demeure des sœurs Blake, Miss Ora dont le divan avait été poussé aussi loin que possible sur le balcon lui fit signe. Il avait beau ne pas faire chaud, une des fenêtres était grande ouverte. Après les salutations d'usage, elle la pria de monter bavarder un moment devant une tasse de thé. L'affreux liquide ainsi baptisé qu'il lui avait déjà été donné d'ingurgiter avait laissé un tel souvenir à Miss Silver qu'elle aurait été excusable si elle avait cherché à échapper à la corvée, mais non : ce fut avec son plus aimable sourire qu'elle accepta l'invitation.

Miss Ora avait rangé son châle des grands jours, mais celui qu'elle portait avec sa bordure bleu pâle et les rubans de la même teinte qui en ornaient la coiffe de dentelle était ravissant. Elle réserva l'accueil le plus affable à Miss Silver et, lui désignant le cordon de la sonnette, la pria d'avoir l'amabilité de l'actionner pour appeler Mrs. Deacon.

— Miss Silver a la gentillesse de me rendre une petite visite, expliqua-t-elle à cette dernière. Nous allons prendre le thé avec le gâteau qui n'a pas été entamé hier.

A ces mots, Mrs. Deacon parut soudain plongée dans l'incertitude. Elle ouvrit la bouche pour dire quelque chose puis la referma et s'esquiva. Juste avant que la porte ne se refermât sur elle, elle remarqua que Miss Mildred éteignait le placard de la cuisine. De toute évidence, les chances qu'il y avait de pouvoir servir le gâteau de la veille se réduisaient à vue d'œil. Miss Ora émit un petit son vexé, tortilla son châle d'un air chagrin et ne commença à recouvrer sa bonne humeur que lorsqu'elle constata que, contrairement à Ruth Ball, Miss Silver ne voyait aucun inconvénient à causer des deux meurtres.

Les spéculations auxquelles se livraient Miss Ora et la visiteuse commençaient à devenir intéressantes — Annie en savait-elle plus long touchant la mort de son mari que ce qu'elle avait été jusqu'ici contrainte de reconnaître ? — quand un coude osseux repoussa sans ménagement le battant de la porte. C'était Miss Mildred qui apportait le thé. Sans même avoir pris la peine de mettre une théière sur le plateau : il n'y avait que trois tasses, dont une ébréchée, contenant le liquide pâlichon agrémenté d'une ou deux gouttes de lait. Et pas de sucre. Quant au gâteau auquel, montrant un bel optimisme, Miss Ora avait fait allusion, il brillait par son absence. Deux biscuits on ne peut plus ordinaires disposés sur une assiette toute fendillée le remplaçaient.

Le rouge monta aux joues de Miss Ora, mais ce n'était pas le moment de se quereller avec sa sœur. Ravalant sa contrariété, elle s'exclama :

— Tu sais ce que Miss Silver vient de me dire ? Que cette pauvre Annie Jackson passe une bonne partie de son temps à rôder du côté de la souille. Même la nuit, il faut qu'elle y aille alors que cela devrait plutôt la terroriser, non ?

Mildred posa le plateau.

— Qu'est-ce qui devrait la terroriser ?

Tumulte dans les blanches frisettes de Miss Ora. Les rubans bleus de son châle se mirent à papillonner.

— Mais enfin... Deux personnes se sont fait assassiner là !

— Tu parles sans savoir, dit Mildred sur un ton froid. Ma sœur est encline à l'exagération, ajouta-t-elle à l'adresse de Miss Silver. Absolument rien ne démontre que quelqu'un ait été assassiné. William était ivre. Il s'est noyé en tombant dans un trou d'eau. Personne, en dehors de sa femme, n'avait de raison de vouloir le tuer. Quant à Miss Dean, c'était une jeune femme émotive qui avait des peines de cœur. Je trouve beaucoup plus simple de croire qu'elle s'est elle-même donné la mort que d'aller imaginer que l'envie de la supprimer soit soudain venue à quelqu'un.

Miss Ora était maintenant rouge comme une pivoine.

— Vraiment, Mildred... Autant dire que je raconte des mensonges ! Et tu ne sais pas ce que Miss Silver me disait à l'instant à propos d'Annie Jackson ? Elle se rend là-bas entre neuf heures et demie et dix heures et reste devant la souille à parler toute seule. Pourquoi agirait-elle ainsi si elle n'avait pas dans la tête quelque chose qui la tarabuste ? Pour moi, elle est allée à la rencontre de ce pauvre William et elle l'a poussé dans la souille, ce qui n'a pas dû être très difficile s'il était ivre. Mrs. Deacon a toujours dit qu'il ne lui fallait pas grand-chose pour le saouler, tu le sais bien. Annie aurait parfaitement pu le pousser et je suis sûre que c'est bien ce qu'elle a fait. Et ça a été pareil pour Clarice Dean. Si elle traînait par là dans l'espoir de rencontrer Edward Random, elle en a peut-être vu plus qu'elle n'aurait dû le soir où William s'est noyé. Annie aurait alors eu un motif pour la noyer elle aussi. Tu ne peux pas dire le contraire.

— Tu devrais te mettre à écrire un roman, ma chère Ora, dit Mildred d'une voix froide. Au moins, cela t'occuperait.

Elle prit la troisième tasse et but une gorgée.

— Pour ma part, je préfère laisser la police se livrer à ce genre de conjectures. Cela dit, on ne devrait vraiment pas permettre à Annie de passer son temps à la souille comme elle le fait à t'en croire. C'est inadmissible. Mrs. Ball devrait la surveiller davantage.

Miss Silver laissa échapper un toussotement réprobateur.

— Je crois qu'elle fait de son mieux, mais c'est devenu une véritable obsession pour Annie Jackson. Elle trouve toujours le moyen de filer là-bas. C'est à se demander si elle n'a pas été témoin de quelque chose la nuit où son mari est mort. Je l'ai entendue dire des choses qui sembleraient le confirmer. Et elle ne peut pas ne pas s'empêcher de revenir à la souille.

— C'est tout à fait inadmissible, répéta sèchement Miss Mildred. Et j'aurais pourtant cru que Mrs. Ball comptait sur elle le vendredi soir. Elle sert régulièrement des rafraîchissements compliqués. Tout à fait inutiles et parfaitement extravagants, comme je le lui ai dit. Mais je crois que les Ball ont de la fortune et qu'ils peuvent se permettre de donner libre cours à leur vanité.

— J'ai hâte d'assister à la réunion de ce soir, dit Miss Silver. J'espère vous y retrouver.

Miss Mildred secoua la tête.

— Il est rare que je manque ces séances, mais quand il n'y a pas d'infirmière, je ne veux pas laisser ma sœur seule à la maison. D'ailleurs, j'ai eu aussi beaucoup de choses à faire et je serai heureuse de me coucher tôt.

— Je suis un vrai poids mort, soupira Miss Ora.

En sortant, Miss Silver consulta sa montre. Elle avait

tenu compagnie à Miss Ora pendant près de trois quarts d'heure, mais elle avait encore le temps de faire une dernière visite. Elle tourna en direction du pavillon de chasse.

Il n'y avait que des chats dans la pièce où la fit entrer Emmeline. Amina et ses petits occupaient une corbeille devant la cheminée. Shéhérazade et le peu ragoûtant Toby partageaient la banquette de la fenêtre tandis que Lucifer le Magnifique trônait, parfaitement détendu, sur le dossier du canapé d'où Emmeline venait de se lever. Quand Miss Silver s'y assit à son tour, il ouvrit un œil tirant sur le fauve, la considéra négligemment et émit un léger bâillement avant de s'assoupir à nouveau, l'heureuse impression que l'étrangère s'extasiait sur sa beauté accompagnant un rêve merveilleux où il se voyait attaquer une énorme souris.

Commençant par rendre à Lucifer l'hommage qui se devait, Miss Silver se trouva embarquée dans une conversation portant sur la longue ascendance de l'intéressé dont Emmeline ne lui cacha rien.

— Naturellement, de Shéhérazade, il tient un pur héritage persan — son pedigree fait état de quatre authentiques persans parmi ses ancêtres —, mais je crains de ne pas pouvoir être formelle pour Lucifer car j'ai quelques doutes en ce qui concerne son père. Shéhérazade a toujours fait de très jolis petits, mais cette portée-là, si elle était parfaitement saine, était tout à fait ordinaire. Il y avait quatre chatons, deux frères et deux sœurs, et j'ai réussi à en caser trois. Et voilà que soudain Lucifer est devenu un chat absolument splendide. C'était saisissant. Je n'avais encore jamais rencontré un cas semblable.

Elles étaient toujours en train de parler chats quand le téléphone sonna dans la petite pièce du fond. Un instant plus tard, Edward Random ouvrit la porte et commença une phrase au beau milieu de laquelle il s'interrompit pour demander à Miss Silver comment elle allait avant de dire ce qu'il avait à dire :

— Je vais au Manoir. Arnold veut me voir... et je ne sais vraiment pas ce qu'il veut. Comme ça, si quelqu'un me demande, vous pourrez dire où je suis.

— Quelqu'un ? répéta Emmeline en le regardant d'un drôle d'air.

— La police, ma chère amie, lui expliqua Edward d'une voix tendue en sortant.

Miss Silver poursuivit la conversation sur Annie Jackson.

39

Susan garda toujours l'impression que jamais le temps ne lui avait paru aussi long que pendant les brèves minutes qui s'étaient écoulées tandis qu'Arnold et elle attendaient Edward dans la bibliothèque. Et comme s'il ne lui suffisait pas de se demander avec angoisse si on allait l'arrêter et si la découverte du testament améliorerait la situation ou ne ferait que l'empirer, Arnold, qui semblait avoir tous les crimes du Décalogue sur la conscience, ne cessait de tourner en rond comme un ours en cage. Le fait que Susan trouvait réconfortant qu'ils soient au rez-de-chaussée suffit à donner une idée de l'état d'esprit dans lequel elle se trouvait. Si jamais Arnold décidait de faire le grand plongeon, la fenêtre n'était pas à plus de deux mètres du sol meuble du jardin, ce qui était quand même rassurant... Il ne pouvait apparemment rien faire de plus dangereux, mais cela n'empêchait pas Susan de compter les minutes dont chacune durait une éternité.

Edward entra sans s'être fait annoncer et lui lança un bref regard étonné en s'approchant de la table.

— Eh bien ? fit-il.

Arnold, le dos à la cheminée, se redressa.

— Merci d'être venu. Je t'ai demandé de passer à cause de quelque chose dont je ne pouvais pas parler au téléphone. James a fait un autre testament après que le premier eut été homologué. Susan vient de le trouver.

Il s'en tirait à merveille. Disparu, l'homme qui se mordait les poings quelques minutes auparavant. C'était à nouveau l'Arnold Random qu'Edward et Susan avaient toujours connu : plutôt sec, quelque peu cérémonieux, pas particulièrement passionnant, mais membre d'une vieille et honorable famille, fort de la tradition dans laquelle il avait été élevé et fidèle à un certain code de conduite.

— Elle va t'expliquer, ajouta-t-il devant le silence d'Edward.

Et Susan y alla de son petit numéro. Il aurait difficilement pu être plus bref :

— Son missel était coincé derrière des livres. Le testament était glissé à l'intérieur. Je l'ai apporté à Mr. Random qui vous a aussitôt téléphoné.

En digne fils de sa famille, lui aussi, Edward conserva une impassibilité totale.

— Quels livres? s'enquit-il d'une voix dépourvue d'intonation sans que son expression changeât si peu que ce fût. A quel endroit de la bibliothèque étaient-ils?

Susan avait un mal fou à trouver ses mots.

— Les sermons du révérend Nathaniel Spragge, répondit-elle avec l'impression d'arracher des pierres du sol à mains nues. Trois recueils. Sur le dernier rayon.

Edward haussa imperceptiblement les sourcils.

— Quel drôle d'endroit oncle James a choisi pour ranger son testament! Puis-je savoir quand il l'a rédigé?

— Une semaine avant sa mort, répondit Arnold.

— De plus en plus curieux, mon cher Arnold. Mais suis-je censé comprendre que ce testament présente un certain intérêt pour moi?

— James t'a légué la totalité de ses biens.

Edward s'assit sur le coin de la table. Il paraissait parfaitement à l'aise, parfaitement chez lui; pourtant,

Susan éprouva un pincement au cœur. C'était comme si en l'espace d'une seconde le Manoir et tout ce qu'il représentait avaient changé de mains.

— Je crois que le moment est venu pour Susan de nous laisser seul à seul, dit-il sur le même ton assuré. Quelques petites questions de droit ne vont pas manquer de se poser, me semble-t-il.

— Je préférerais qu'elle reste.

Edward secoua la tête.

— Pas question. Qu'elle retourne à son classement. Mais elle a intérêt à ne pas retrouver d'autres testaments ! Parfait, ajouta-t-il quand Susan se fut éclipsée en remerciant le ciel. Maintenant, nous sommes entre nous. Il n'y avait pas une lettre accompagnant le testament... quelque chose pour expliquer sa raison d'être ?

Arnold s'approcha de la table de travail. L'enveloppe était posée sur le buvard. Il la tendit à Edward. Le testament s'en échappa.

Ce fut la lettre de James Random qu'Edward alla lire devant la fenêtre. Une lettre qui était la brièveté même : « Je modifie mes dernières volontés parce que j'ai l'absolue certitude que le petit est vivant. Je l'ai vu en rêve cette nuit et il m'a dit qu'il rentrait à la maison. Voilà pourquoi j'ai fait un autre testament. »

Suivait une signature tremblante. Très tremblante. Elle disparut un instant de la vision d'Edward comme effacée par un nuage, mais, en même temps, une image d'une clarté éblouissante jaillit dans son esprit — l'image d'un vieil homme en train d'écrire sur la table à laquelle il tournait le dos — un homme très vieux, très fatigué qu'animait l'espoir que lui avait apporté un rêve auquel il croyait de tout son être. Il fallut un moment à Edward pour pouvoir se retourner et dire :

— Eh bien, cela s'appelle prendre un risque.

— Tu n'as pas lu le testament, fit Arnold qui ne l'avait pas quitté des yeux.

Edward revint à la table et le lut sans s'asseoir. Ce n'était pas long. Et c'était clair et net : « Je lègue tous mes biens à mon neveu Edward Random. »

Il se tourna vers Arnold.

— Je vois que les deux témoins sont morts.

— En effet.

— En fait, personne n'aurait jamais posé de questions si ce testament n'avait pas refait surface.

— Sans doute pas.

— Seulement Susan l'a trouvé. Ce qui est très mal venu de sa part... de ton point de vue, je veux dire. Au fond, je devrais m'excuser. Seulement, ce n'est pas moi qui l'ai fait venir ici farfouiller dans la bibliothèque qui n'avait pas été remise en ordre depuis des années et des années et ne s'en portait pas plus mal. Ce serait presque à croire que tu t'attendais à ce qu'elle trouve quelque chose. On dirait même que c'était précisément ce que tu espérais qu'il arriverait.

Arnold tourna la tête en direction des bûches flamboyantes.

— Tu ne vas quand même pas imaginer...

Le rire d'Edward l'interrompit.

— Je suis capable de tout imaginer, mon cher Arnold. J'ai toujours été très doué dans le domaine de l'imagination. Je peux imaginer, par exemple, que l'apparition d'un testament comme celui-là, alors que tu étais sûr et certain que j'étais bel et bien mort, aurait été le point de départ de toute une série d'obstacles juridiques et de retards invraisemblables. Ç'aurait été épouvantable. Des années auraient pu s'écouler avant que je sois tenu pour mort. Affreux ! Je peux parfaitement imaginer qu'une telle perspective t'aurait fait dresser les cheveux sur la tête. Par contre, ce que je suis incapable d'imaginer — et j'espère que tu ne vas pas me demander de croire que c'est ce qui s'est réellement passé —, c'est qu'oncle James ait grimpé une semaine avant sa mort tout en haut de l'escabeau pour cacher le testament en question derrière les sermons à l'eau de rose de Nathaniel Spragge qu'il aurait eu toutes les peines du monde à soulever. Comment une idée aussi saugrenue aurait-elle pu lui venir à l'esprit ?

Arnold ne répondit rien. Les flammes faisaient luire son visage baigné de sueur.

Edward était adossé à la table. Il réalisa brusquement que cette table lui appartenait, que cette bibliothèque était la sienne. Et que cela serait une excellente chose s'il devait se retrouver dans la prison d'Embank, soupçonné d'être un assassin. Mais quel avantage la présentation du testament lui apporterait-elle ? Il n'avait pas grand-chose à en escompter. La police savait déjà, d'après le rapport de la conversation que Miss Silver avait eue avec Clarice, que William Jackson avait servi de témoin à la signature d'un testament et qu'il se proposait de faire chanter Arnold en brandissant la menace de tout révéler. Elle savait que James Random avait parlé à la jeune fille du second testament et du rêve qui l'avait incité à le rédiger. Le produire ne ferait que corroborer de manière irréfutable les confidences que Clarice avait faites à Miss Silver. Du coup, Edward n'aurait pu avoir la moindre raison d'assassiner William Jackson ; et même pas l'ombre d'un motif pour assassiner Clarice Dean. On ne s'amuse quand même pas à liquider les filles qui laissent entendre qu'elles savent des choses qui parlent en votre faveur. Ni les filles qui se jettent avec trop d'assiduité à votre tête ! Donc, somme toute, sa position serait améliorée. Mais pas celle d'Arnold. Si la police se mettait dans la tête que celui-ci avait fait disparaître le testament, elle envisagerait peut-être alors tout à fait sérieusement l'hypothèse selon laquelle William Jackson avait effectivement tenté de le faire chanter avec la complicité de Clarice. Et si Arnold ruisselait alors de sueur comme c'était le cas maintenant, les policiers le mettraient probablement en état d'arrestation sans hésiter.

— Je crois qu'il va nous falloir nous montrer extrêmement prudents.

Il n'y avait plus trace d'ironie dans le ton d'Edward.

— Le linge sale se lave en famille et nous devons présenter un front uni. Je crois que le mieux serait que ce soit toi qui prennes l'initiative. Tu vas aller cet après-midi à Embank montrer le testament aux avocats. Susan t'accompagnera si tu le désires. Non, j'ai tort, ce serait une erreur. Il ne faut pas que tu donnes l'impression d'avoir besoin que quelqu'un te prête main-forte. Tu as fait mettre de l'ordre dans la bibliothèque et on a découvert le testament derrière des vieux bouquins, voilà tout. A ta place, je ne préciserais pas qu'il était sur le dernier rayon ni rien de ce genre. Contente-toi de dire qu'il se trouvait derrière des recueils de sermons datant du début du XIXe siècle. Et, bien sûr, tu es ravi.

Edward sourit et l'ironie revint au pas de charge dans sa voix quand il ajouta :

— Tu veux que je te dise ? C'est bizarre, mais j'ai vraiment l'impression que c'est la vérité.

40

— Je ne veux pas entendre parler de cela, dit Frank Abbott. Plus un mot là-dessus.

Miss Silver le regarda par-dessus le chauffe-cœur rose qu'elle était en train de tricoter.

— Mon cher Frank !

— Il est hors de question que je me prête à une opération pareille, ma chère amie. Et vous savez très bien que vous ne pouvez pas me demander de prendre une telle responsabilité.

Ils venaient de terminer le déjeuner et étaient confortablement installés dans le petit salon de Ruth Ball. Les deux tasses à café vides témoignaient que leur hôtesse n'avait pas failli aux lois de l'hospitalité. Dehors, la clarté crépusculaire de novembre avait commencé à voiler les arbustes et à s'amasser le long de la rivière. Il n'allait pas tarder à faire nuit et ce serait une nuit sans lune. Mais il faisait bon dans la pièce. On avait allumé le lampadaire derrière le canapé et sa lumière éclairait l'ouvrage sur lequel s'escrimait Miss Silver. Le feu brûlait joyeusement dans la cheminée devant laquelle se tenait l'inspecteur Abbott, on ne peut plus courtois et élégant dans l'attitude immémoriale de l'homme qui impose sa loi aux femmes.

— Je serais occupé à faire ce que j'aurais dû faire ce

matin si Bury ne m'avait pas entraîné dans cette stupide chasse au dahu. Il semble que la fille d'Embank après qui courait William Jackson avait un mari, et quand on a suggéré qu'il serait intéressant de savoir ce que faisait celui-ci la nuit où ce William Jackson s'est noyé, j'ai naturellement donné mon accord. D'après ce qu'on sait, ce serait un violent et on l'a entendu proférer le genre de menaces habituelles — qu'il briserait les os dudit William si jamais il le trouvait en train de parler à sa femme. Il travaille chez un entrepreneur de Hanmere et Bury n'a pu le rencontrer que quand il est rentré chez lui à l'heure du dîner. Selon ses dires, sa femme et lui rendaient visite à des parents à Littleton ces deux vendredis. Il paraît que c'est une vieille habitude. Ils y vont à bicyclette et rentrent vers onze heures. Bury a vérifié. Une douzaine de personnes peuvent se porter garantes de leur présence là-bas. Alors, les choses étant ce qu'elles sont, nous sommes devant un choix : ou nous arrêtons Edward Random ou nous ne faisons rien. Quant à votre plan, il est nul et non avenu, et il est inutile que vous me demandiez de vous prêter main-forte.

Abbott eut droit à un sourire indulgent.

— Dans ce cas, mon cher Frank, je vais devoir prendre d'autres dispositions.

— Qu'entendez-vous au juste par là ?

Miss Silver plongea la main dans son sac à ouvrage et déroula un peu de sa pelote de laine rose. Son sourire demeurait immuable. Son silence aussi.

— Vous n'avez quand même pas l'intention de mener cette affaire impossible toute seule !

Il y avait de l'agacement dans la voix de l'inspecteur.

Miss Silver toussota.

— Je préférerais naturellement ne pas y être obligée.

— Miss Silver !

— Oui, Frank ?

— Une femme plus entêtée que vous, cela n'existe pas !

— C'est, je crois, ce que disent toujours les hommes quand ils ne peuvent pas convaincre une femme de changer d'avis.

Il la regarda avec une exaspération visible.

— Qu'avez-vous l'intention de faire?

— Passer à l'exécution du plan dont je viens de vous exposer les grandes lignes.

Abbott leva les yeux au ciel.

— A vous toute seule?

— Puisque vous m'y contraignez...

— Vous savez très bien que je ne peux pas vous autoriser à agir de la sorte.

— Alors, que comptez-vous faire, mon cher Frank? Je vous vois mal me mettre en état d'arrestation et je vous assure que si rien ne vient physiquement m'en empêcher, je suis décidée à mener mon plan à bien. Il est simple et je crois qu'il s'avérera efficace. Et s'il ne devait rien donner, la situation ne sera pas plus grave pour vous qu'elle ne l'est en ce moment.

— Vous croyez réellement qu'il donnera quelque chose?

Le ton d'Abbott n'était plus le même.

— Je pense qu'il a une chance raisonnable d'aboutir. Le terrain a été préparé avec soin. Je serais fort étonnée qu'il y ait ce soir à Greenings quelqu'un qui ignore l'état de détresse dans lequel se trouve Annie et l'attraction morbide que la souille semble exercer sur elle.

— Et vous pensez que cela produira des résultats?

— Oui, je le pense. Il faut faire entrer l'état d'esprit de l'assassin en ligne de compte. Deux sont déjà mortes parce qu'elles savaient quelque chose. Annie a clairement fait comprendre à tout le monde qu'elle en savait plus long qu'elle ne le disait. J'ai eu trois conversations intéressantes ce matin. Et la vieille cuisinière du presbytère est une amie intime de la gouvernante du Manoir... il ne se passe pratiquement pas une journée sans qu'elles se voient. Je pense que nous sommes en droit de tenir pour acquis que le comportement d'Annie n'a pas pu passer inaperçu.

Un sourire ironique retroussa les lèvres du policier.

— Il me semble que vous faites dans la litote.

Miss Silver inclina le menton.

— Parlez-moi franchement... d'homme à homme, si j'ose dire. Jusqu'à quel point êtes-vous sûre que les choses se sont bien passées comme vous le soutenez ?

Miss Silver posa son tricot sur ses genoux et regarda Abbott d'un air on ne peut plus sérieux.

— Je ne peux pas vous dire que j'en suis sûre pour la bonne raison que, dans une affaire comme celle-là, personne ne peut prétendre avoir de certitude. Quand j'ai prononcé un certain nom, Annie a piqué une véritable crise d'hystérie. Elle a fondu en larmes et a nié à plusieurs reprises avoir dit quoi que ce soit. Elle refusait même d'admettre qu'elle croyait que son mari avait été assassiné. Pensez-vous vraiment qu'un meurtrier qui a déjà deux crimes sur la conscience attendra tranquillement que la frayeur qui habite Annie s'apaise et prendra le risque de la convaincre de ne pas parler ?

— Sans doute pas, répondit Abbott en plissant le front. Mais puisque vous parlez de risques, s'en prendre à elle ne représenterait-il pas un danger pour son éventuel agresseur ?

— Tuer William Jackson et Clarice Dean n'en constituait-il pas un également ? Pourtant, l'assassin n'a pas reculé devant ce risque. Or, il s'en est chaque fois tiré à son avantage, ce qui lui a donné la conviction d'être invulnérable. Le criminel en arrive à se persuader qu'il est assez fort pour échapper à la loi et finit par se croire capable de faire tout et n'importe quoi.

Abbott approuva du chef.

— C'est vrai, vous avez raison... comme toujours !

Miss Silver hocha la tête.

— Voilà une façon dangereuse de voir les choses, Frank. Elle scandaliserait le commissaire Lamb.

Abbott leva la main en signe de protestation.

— Si votre plan aboutit, j'accepte d'avance d'écouter l'interminable homélie qu'il me tiendra touchant les idées qui vous montent à la tête et leurs effets néfastes sur le moral des jeunes officiers de police. Et s'il n'aboutit pas...

Il s'interrompit avant d'ajouter avec un sourire rayonnant :

— ... il n'en saura rien. Comme vous vous apprêtiez à le dire, n'est-ce pas, le cœur ne pleure pas sur ce que les yeux ne voient pas.

41

La séance de couture du vendredi soir battait son plein.

— Quel dommage que Miss Susan et Mrs. Random n'aient pas pu se déplacer ! soupira Mrs. Alexander. Enfin ! Nous sommes quand même nombreuses à être venues. Et bien que ce ne soit pas très loin, il est compréhensible qu'on hésite à faire dans le noir le trajet qui sépare le village du pavillon de chasse. Encore que Mr. Edward aurait pu accompagner ces dames pour les rassurer. Mais peut-être qu'il n'a pas encore fini de travailler avec Mr. Barr.

Mrs. Deacon fit non de la tête. Du fait de la place de Doris au Manoir et de son propre emploi de gouvernante des sœurs Blake, elle en savait toujours plus long que n'importe qui d'autre. Et, en ce cas précis, elle en savait plus long que Mrs. Alexander.

— Mr. Edward n'est pas allé chez Mr. Barr aujourd'hui, sinon Miss Ora l'aurait vu passer. Je monte maintenant tous les soirs l'aider à se mettre au lit et elle m'a dit qu'elle ne l'avait pas vu. Bien sûr, j'aurais pu lui répondre qu'il était allé au Manoir juste avant le déjeuner et qu'il y était resté trois quarts d'heure, mais ce n'était pas mes affaires.

Elle s'arrêta le temps de couper un fil d'un coup de dents avant d'ajouter sur un ton qui en disait long :

— *Ni les siennes.*

Mrs. Alexander manifesta son approbation d'un hochement de tête tout en méditant silencieusement sur cette étonnante nouvelle. Tout le monde savait à Greenings que Mr. Edward n'avait pas remis les pieds au Manoir depuis son retour et que Mr. Arnold ne l'avait pas vu. Et qu'il ne lui aurait d'ailleurs pas adressé la parole s'il l'avait rencontré.

Mrs. Deacon et elle étaient maintenant toutes les deux en train de tailler de chauds maillots de lainage à l'intention d'enfants déplacés. Le sien était bleu, celui d'Ada Deacon vert. Elle prit le temps de se dire qu'elle travaillait mieux de l'aiguille que celle-ci avant de demander :

— Ah bon? Parce que Mr. Edward est monté au Manoir?

Mrs. Deacon maîtrisa le légitime mouvement de fierté que la question de Mrs. Alexander lui faisait éprouver.

— Doris l'a aperçu par la grande fenêtre de la terrasse qui s'avançait dans l'allée. Elle l'a entendu fermer le portail derrière lui. Alors, elle s'est précipitée pour regarder par-dessus la rampe de l'escalier et elle l'a vu qui se dirigeait tranquillement vers le bureau comme s'il n'avait jamais quitté le Manoir.

Miss Sims cousait les manches d'une robe d'un marron sinistre. Une étoffe de bonne qualité, certes, mais qu'on se garderait bien de choisir pour habiller une petite fille. Tout cela sentait la fin de série à plein nez — Mrs. Ball avait des relations dans le monde de la confection. Miss Sims commençait à se dire avec dépit que les ouvrages sur lesquels travaillaient toutes ces dames avaient de plus jolies couleurs que le sien, mais le nom d'Annie Jackson qui frappa soudain son oreille chassa toute autre pensée de son esprit. C'était Mrs. Pomfret qui l'avait prononcé : elle avait demandé comment allait Annie et Miss Sims, mettant très délibérément la manche droite de la robe à l'emplacement prévu pour la gauche, s'empressa de satisfaire sa curiosité.

— Pour l'heure, elle est en pleine dépression, la pauvre petite, ce qui n'a rien d'étonnant. Elle avait une sœur qui ne tournait pas très rond dans la tête et je ne serais pas autrement étonnée qu'elle prenne le même chemin. Elle passe son temps à rôder autour de la souille et à faire des allers et retours jusqu'à son ancienne maison. Moi, je n'aurais pas habité par là pour un empire, je vous prie de me croire.

La vieille Mrs. Stone écoutait de toutes ses oreilles. Elle adorait la compagnie... et le gâteau du presbytère, dont elle s'arrangeait presque immanquablement pour fourrer un morceau dans sa poche où le rejoindrait la tranche que lui offrait toujours Mrs. Ball à l'intention de Betsey. Betsey détestait rester toute seule à la maison. Que dirait sa mère si, en rentrant, elle la trouvait assassinée dans son lit, hein? Parfois, elle piquait de véritables crises d'hystérie. Mais en règle générale, les tranches de gâteau qu'elle lui rapportait avaient pour effet de calmer Betsey. Il faudrait, bien sûr, qu'elle parte tôt, avant tout le monde. En attendant, elle continua d'écouter avec passion ce que l'on disait d'Annie Jackson.

Le thé et le gâteau furent servis à neuf heures et demie, un moment toujours attendu avec impatience, mais que l'espoir d'entrevoir Annie Jackson rendait ce soir plus excitant que jamais. Seulement, ce fut Mrs. Ball qui alla chercher le plateau. Aux questions qui l'accueillirent à son retour, elle répondit qu'Annie ne se sentait pas très bien et comme elle entreprit sans plus attendre de remplir les tasses et de découper le gâteau, l'attention de ces dames déclara forfait, notamment parce que ce fut précisément le moment que Mrs. Deacon choisit pour signaler à Miss Sims qu'elle ne mettait pas les manches dans les bonnes emmanchures. Comme Miss Sims contestait âprement la remarque, Mrs. Deacon le prit de haut, disant qu'elle était bien placée pour le savoir parce qu'elle avait, elle, l'expérience de la maternité.

— Aussi, je suppose que je sais de quel côté d'une robe un enfant enfile les bras, conclut-elle. Et vous pouvez raconter ce que vous voulez, vous mettez vos manches à l'envers.

Miss Sims souleva la robe brune à deux mains et la regarda dans tous les sens.

— Je me demande bien pourquoi ils les font différentes, bougonna-t-elle. Il y a deux trous, il y a deux manches et je suppose que la petite fille qui la mettra aura les deux bras pareils comme tous les autres enfants. Je ne vois pas ce qu'on peut demander de plus. Et je trouve que vous vanter de votre expérience de mère ne laisse pas d'être choquant, Mrs. Deacon. Surtout à l'occasion d'une rencontre paroissiale. Je dirai que c'est une observation qui manque quelque peu de raffinement. Il est vrai que, naturellement, nous avons toutes eu une éducation différente et je sais, j'espère, comment me conduire avec les personnes qui n'ont pas bénéficié des avantages dont j'ai pu pour ma part tirer profit.

Ce discours prononcé avec le plus grand calme, mais d'une voix de plus en plus aigre, n'aurait sûrement pas manqué d'engendrer de vives protestations si Ruth Ball n'était pas arrivée juste à temps, une tasse de thé dans chaque main. Elle pria Mrs. Deacon d'avoir l'amabilité de faire passer le gâteau et l'armistice fut instantanément signé : il est loin d'être facile de se quereller en découpant un gâteau caractérisé par une surabondance de fruits. Un choix s'imposait et le gâteau gagna la partie haut la main. La question fascinante de savoir ce qui lui donnait exactement cette fraîcheur et cette saveur inimitable supplantait tout autre sujet de discussion.

C'était une soirée que la vieille Mrs. Stone ne serait pas près d'oublier. Non seulement elle avait eu droit à une seconde tranche de gâteau pour elle, mais elle avait réussi à en glisser deux autres dans son sac à ouvrage qui criait misère. Et Mrs. Ball en coupait un morceau supplémentaire pour Betsey.

— C'est vraiment bien aimable de votre part, m'dame, mais elle est dans un bien triste état comme vous savez. Je vais d'ailleurs devoir vous demander de m'excuser parce qu'il faut que je parte. C'est qu'elle n'aime pas rester toute seule, vous comprenez ? C'est une grande nerveuse. Et ça n'a rien d'étonnant, forcée qu'elle est de rester couchée dans son lit sans rien pouvoir faire et sans pouvoir appeler personne en cas de besoin. Alors, il faut que je m'en aille en vous remerciant de tout mon cœur, chère Mrs. Ball.

— Oh ! C'est qu'elle n'est pas la seule à se sentir nerveuse, vous savez, dit Mrs. Pomfret de sa voix tranchante. La route n'est pas bien longue, c'est vrai, mais je n'ai pas honte de dire que si je n'avais pas ma voiture, je préférerais de beaucoup ne pas rentrer seule. Ces deux personnes qu'on a tuées après leur avoir flanqué un bon coup sur la tête, moi, ça me donne la chair de poule. Je n'aimerais pas, mais vraiment pas du tout entendre des pas derrière moi dans le noir !

Elle jeta un coup d'œil à la ronde avant d'ajouter avec un rire sonore :

— J'espère que je ne fais peur à personne. D'ailleurs, tout le monde peut repartir groupé.

Un moment plus tard, la porte latérale du presbytère s'ouvrit sans bruit et une silhouette noire en émergea. Dehors, il faisait doux. Le vent soufflait du sud et d'épais nuages couraient dans le ciel. Il faisait si sombre que la femme qui s'éloignait dut allumer une petite lampe électrique avant d'emprunter l'allée. Elle avançait lentement à pas hésitants tandis que le faisceau de sa torche faisait des zigzags devant elle. Un foulard couvrait sa tête qu'elle gardait baissée. Arrivée au bout de l'allée, elle s'engagea sur la route.

42

Dissimulé dans l'obscurité, l'inspecteur Frank Abbott aux aguets tendait l'oreille. Il ne l'aurait jamais admis — c'était à peine s'il se l'avouait à lui-même —, mais il se sentait aussi nerveux qu'un chat sur des briques brûlantes. Le plan de Miss Silver qui avait paru si simple dans l'atmosphère douillette du petit salon du presbytère avec son lampadaire, le feu qui brûlait dans la cheminée et, dehors, encore suffisamment de jour pour qu'il ait de bonnes chances de réussir, paraissait plus que précaire en pleine nuit. Il n'aurait jamais dû accepter d'y apporter son concours. Cela avait d'ailleurs été son idée première et il n'aurait en aucun cas dû en démordre. Mais qu'est-ce que cela aurait changé ? S'il pouvait s'accrocher mordicus à un programme et s'y tenir, Miss Silver en était tout aussi capable que lui. Et elle s'en tiendrait à son plan, il n'y avait pas de question. Cela faisait maintenant des années qu'il la connaissait et s'il savait une chose, c'était que lorsqu'elle avait pris une décision, elle allait jusqu'au bout. Tout ce qu'il pouvait faire, lui, était de soulever des objections, et il les avait multipliées cet après-midi, mais comme ses arguments étaient demeurés sans effet, il ne lui était plus resté qu'à prendre les précautions nécessaires pour assurer la sécurité de son amie.

Il avait fait ce qu'il avait pu. En espérant que ce serait suffisant. Un policier en civil était embusqué derrière les arbres au bord de la route du presbytère, l'inspecteur Bury se trouvait sur l'autre bord de la souille et lui-même se tenait sous l'auvent du portail du cimetière. Si quelqu'un descendait par l'allée des ifs, il le saurait immédiatement. Aucune créature au monde n'avait le pied assez léger pour ne pas faire craquer une branche ou froisser une feuille sous ses semelles. Si quelqu'un sortait du presbytère et se dirigeait vers la souille, il était là, totalement invisible, à quelques mètres à peine du ruisseau ; et si la personne en question venait du village et passait devant le presbytère, Grey la suivrait discrètement.

Abbott jeta un coup d'œil sur le cadran lumineux de sa montre. Dix heures moins le quart. Il n'y avait qu'une demi-heure qu'ils avaient pris position, mais il avait l'impression d'être là depuis la moitié de la nuit. Cependant, il patientait depuis assez longtemps pour avoir passé en revue les cent et quelques raisons pour lesquelles toutes les précautions qu'il avait prises ne manqueraient pas de se solder par un échec.

Il fut surpris d'entendre l'horloge de l'église sonner trois coups et consulta à nouveau sa montre. L'horloge retardait d'une minute. Le dernier coup vibrait encore dans l'air quand, levant les yeux, il lui sembla voir bouger quelque chose. Mais ce n'était qu'une impression imaginaire simplement due au fait que le cadran phosphorescent l'avait ébloui. Il en détourna les yeux. Et, cette fois, il distingua une forme obscure qu'il n'aurait peut-être pas remarquée si elle n'avait pas bougé.

Se ramassant sur lui-même, il se pencha en avant. Il lui semblait entendre quelqu'un respirer dans l'obscurité. Il soufflait un vent léger et le ruisseau clapotait. Il était impossible qu'il eût entendu une respiration humaine. Il tendit l'oreille en se concentrant de toutes ses forces. Et le même son se renouvela. S'il l'entendait, c'était parce que la source en était toute proche. Un pied qui se posait sur la large marche du portail. S'il n'avait pas été en chaussettes, le nouveau venu l'aurait entendu quand il recula, mais ce ne fut pas le cas. Il n'y eut pas d'autre mouvement. Juste le bruit intermittent d'une respiration. Et le sentiment diffus que quelqu'un attendait avec une fébrilité grandissante que vienne l'instant de faire ce qu'il avait décidé de faire une fois pour toutes. Sans qu'il soit question de revenir en arrière.

Soudain, une lueur jaillit brièvement à l'entrée de l'allée du presbytère. Elle s'éteignit aussitôt pour se rallumer au bout d'un moment, un peu plus bas, cette fois. C'était le rayonnement chétif d'une lampe de poche dont les piles étaient presque mortes. La main qui la balançait était une main de femme. Si sa propriétaire cherchait à éclairer son chemin, c'était raté car sa lueur faiblarde ne faisait que donner naissance à des ombres confuses. Tout ce qu'elle parvenait à faire, c'était à rendre visible, partiellement tout au moins, celle qui la tenait aux yeux de ceux qui surveillaient la route. La femme descendait lentement la pente. Zigzaguant d'un bord de la route à l'autre, elle semblait glisser plutôt que marcher. Elle fit un large détour pour éviter l'entrée du cimetière et continua en direction de la souille.

Quelque chose bougea sous le portail. Quelqu'un se mit en marche. Frank Abbott, immobile et rigide, comprit qu'il était de nouveau seul. Jusque-là, c'était à peine s'il avait osé respirer, à peine, même, s'il s'était risqué à penser de crainte de trahir sa présence. Il se pencha en avant. Une forme qui se déplaçait cachait la lumière de la lampe. Tous les sens en alerte, il se mit en devoir de la suivre. Le sol était froid sous ses pieds et son humidité imprégnait ses chaussettes qui ne seraient probablement plus jamais ce qu'elles avaient été jusqu'à ce soir, le vent emportait un léger crachin, le ruisseau gazouillait — et deux ombres avançaient un peu plus loin. L'une d'elles était maintenant juste au bord de la souille où se réfléchissait le reflet de la lampe. Son faisceau agonisant balaya la rive opposée, revint en arrière, illuminant l'herbe mouillée et la vase à son passage. La deuxième ombre était toute proche. Frank n'était pas à plus d'un mètre d'elle. Jusque-là, les seuls bruits étaient les soupirs de la brise et le murmure de l'eau. Mais un son brisa le silence. Celui d'une voix humaine tout juste audible.

— Annie !

La silhouette plantée au bord de la souille ne se retourna pas. La lampe se mit à trembler dans sa main.

— Qu'est-ce... que... c'est ? demanda-t-elle dans un souffle.

— Vous n'avez rien à faire sur la souille. Pourquoi y venez-vous ?

Cette fois, Frank ne put saisir que deux mots :

— William... noyé...

— Savez-vous comment il s'est noyé ? demanda l'autre voix, plus grave. Qu'avez-vous vu ? Qu'avez-vous dit ?

Il n'y eut pas de réponse. La tête enveloppée d'un foulard se balança lentement.

— Qu'avez-vous vu ?

— Je... j'ai vu...

Il y eut un mouvement violent, un poing qui frappait brutalement de bas en haut et la personne qui se tenait au bord de la souille tomba la tête la première. La lampe disparut dans l'eau et s'éteignit. Frank n'avait pas imaginé que l'adversaire sur le bras osseux de qui il s'était jeté dans l'obscurité eût une telle force. Les policiers en civil accoururent à son appel. Bury glissa sur une des pierres du passage et se retrouva dans l'eau jusqu'aux genoux. Les trois hommes bataillèrent dans les ténèbres jusqu'à ce qu'ils eussent raison de la furie déchaînée qui se débattait farouchement en poussant des cris sauvages et l'eussent réduite à l'impuissance. Ils avaient l'impression d'avoir vécu un cauchemar où le temps suspendait son vol et où l'impossible devenait réalité. Les hurlements stridents continuaient de retentir dans la nuit.

— Miss Silver ? appela Frank Abbott en sortant de la mêlée. Où êtes-vous ? Pour l'amour du ciel, est-ce que ça va ?

Comme il tâtonnait là où il l'avait vue tomber, il entendit avec un indicible soulagement un toussotement familier.

— Je suis trempée et vous serais reconnaissante de me tendre la main. C'est fou ce que cette argile peut être glissante.

Respirant avec difficulté, il l'aida à se relever et resta à la soutenir, un bras passé autour de sa taille.

— Jamais je ne me pardonnerai...

La jupe de Miss Silver était ruisselante, mais sa voix avait son timbre habituel.

— Inutile de vous faire du souci pour moi, mon cher Frank. Quand je l'ai entendue lever le bras, j'ai pensé que le mieux était encore que je me laisse tomber dans l'eau. L'arme était, m'a-t-il semblé, une de ces grosses torches. Dans ce cas, elle ne devrait pas être bien loin à moins qu'elle ait roulé. Mais pour la retrouver, il faudrait de la lumière. Ah ! Je vois que l'inspecteur Bury a une lampe.

— Moi aussi, j'ai la mienne, mais j'étais dans un tel état d'affolement que je l'avais oublié, sacré nom de Dieu !

Jamais l'idée ne serait venue à Abbott qu'il pourrait jurer ainsi devant Miss Silver sans se faire taper sur les doigts. Ce fut pourtant ce qui se passa. Il n'y avait que de l'affection dans le « Mon *cher* Frank ! » qu'elle murmura.

Ils se dirigèrent d'un même pas vers l'endroit où la torche de l'inspecteur Bury était braquée, éclairant une Mildred Blake couverte de boue à la grimace effrayante.

43

— Non, mon cher Frank, rassurez-vous, je me porte on ne peut mieux. La nuit était douce et jamais un bon bain chaud ne m'a fait autant de bien. J'en suis sortie parfaitement remise à neuf et Mrs. Ball a tenu absolument à ce que je prenne mon petit déjeuner au lit, bien que je l'aie assurée que ce n'était absolument pas nécessaire.

Abbott contemplait Miss Silver avec une expression que bien peu de gens avaient déjà vue peinte sur ses traits : un mélange d'émotion, d'affection et d'inquiétude.

— Je ne suis pas près de me pardonner, dit-il.

Miss Silver lui adressa un regard empreint de gravité.

— Que pouvait-on faire d'autre ? La pauvre Annie a eu un comportement qui la trahissait. Pour la meurtrière à l'esprit dérangé qui l'observait, il était clair qu'elle savait quelque chose et qu'elle constituait par conséquent un danger en puissance. Qui a déjà tué deux fois n'hésitera pas à recommencer. Depuis le premier contact que j'avais eu avec elle sur la tombe de Christopher Hale, il était évident pour moi que l'équilibre mental d'Annie était ébranlé sous le poids d'un terrible secret, et que ce secret était en rapport avec la mort de son mari. Il était donc indispensable de s'interroger :

avait-elle tenu d'une manière ou d'une autre un rôle dans la fin tragique de William Jackson ? Il l'avait épousée pour son argent, il la traitait avec mépris et brutalité et il la trompait. Aussi, je me suis posé la question : avait-elle pu arriver par-derrière au moment où il traversait la souille et le pousser pour le faire tomber dans le trou d'eau où il s'est noyé ? Seulement, il y a eu ensuite le décès de Clarice Dean. L'enquête, rappelez-vous, a établi que, pour autant qu'on le sache, la dernière personne à avoir parlé à Jackson avait été Edward Random, ce qu'Annie a confirmé en déclarant qu'elle l'avait vu traverser la souille et l'avait entendu dire « Bonne nuit, Willy » en passant devant lui. Il fallait vérifier si Clarice Dean ne le guettait pas sous le portail du cimetière dans l'espoir de pouvoir l'accrocher. Nous savons que c'est ce qu'elle a fait à deux reprises : la première fois quand Mrs. Stone les a vus tous deux ensemble et la seconde — tragique, celle-là — quand elle est allée jusqu'à la souille où la mort l'attendait.

— Vous pensez qu'elle a pu voir ou entendre quelque chose de suspect le soir où Jackson s'est noyé ?

— Non, je ne crois pas. Je devais envisager la possibilité que ce fût le motif qui aurait conduit Annie à se débarrasser de Clarice Dean, mais j'ai presque tout de suite rejeté cette hypothèse. En premier lieu, Annie avait vu Edward Random poursuivre son chemin après avoir souhaité bonne nuit à son mari. Si Clarice était venue pour le rencontrer, pourquoi serait-elle restée dans les environs immédiats de la souille ? Elle n'aurait eu qu'à le suivre et s'accrocher à son bras comme nous savons qu'elle l'avait fait en une autre occasion. Qu'elle ait pu être témoin du meurtre de William Jackson m'a paru invraisemblable. Si tel avait été le cas, elle n'aurait eu aucune raison de garder le silence. Loin de tenter de dissimuler l'intérêt qu'elle portait à Edward Random, elle ne laissait passer aucune occasion de le proclamer haut et fort. Je ne voyais absolument pas pourquoi Annie Jackson l'aurait tuée. La seconde raison qui m'a fait rejeter l'idée qu'Annie était coupable des deux meurtres était l'état d'esprit qui l'habitait. Elle était sous l'emprise d'une frayeur épouvantable. A partir d'un certain moment, cette frayeur avait pris une telle ampleur qu'elle la faisait aller au-devant du danger dont elle se croyait menacée. Elle se sentait condamnée et, parfois, attendre ainsi l'issue fatale dans l'angoisse devenait à tel point insupportable qu'elle se rendait à la souille en espérant y trouver la mort.

Frank Abbott sourit.

— J'ai toujours dit que vous voyez à travers chacun de nous comme si nous étions aussi transparents que du verre et je vous préviens solennellement et en toute honnêteté que lorsque j'aurai vraiment quelque chose à cacher, je vous fuirai comme la peste. Bon... Vous avez vu à travers Annie et vous êtes arrivée à la conclusion qu'elle n'était pas l'assassin, mais seulement sa prochaine victime éventuelle. Peut-être allez-vous maintenant me dire comment votre boussole a fini par se pointer sur Mildred Blake ?

Miss Silver y alla de son attendrissant petit toussotement hésitant.

— C'est lorsque j'envisageai la possibilité que Mr. Arnold Random soit le meurtrier. C'était lui qui aurait eu tout à perdre si son frère avait fait un second testament. C'était lui que William Jackson, et indirectement Clarice Dean, menaçaient de faire chanter. C'était lui qui avait plus d'intérêt que quiconque à les voir tous les deux morts. Sans l'alibi que lui fournissait Miss Mildred Blake, les plus graves soupçons tombaient sur lui. Si elle disait la vérité, il ne pouvait pas avoir tué William Jackson. Et si elle mentait pour le mettre hors de cause, à quel mobile obéissait-elle ? Je savais par la rumeur publique qu'à une certaine époque Mr. Arnold

Random lui avait fait la cour et que l'intérêt qu'il lui prêtait aurait en principe dû aboutir à un mariage. Si je n'avais pas connu Miss Blake personnellement, j'aurais pu imaginer que c'était le souvenir de cet amour de jeunesse qui l'animait, mais ayant eu l'occasion de la rencontrer à diverses reprises, j'étais parfaitement incapable de croire la chose possible. Toutes les conversations que j'ai pu avoir avec les gens du pays, y compris Mrs. Ball dont les propos ne penchaient pourtant pas vers la médisance, n'ont fait que confirmer l'impression qu'elle me donnait, à savoir que c'était une personne dure, égocentrique et cupide qui n'avait qu'une passion au monde : l'amour de l'argent. De vagues indices ouvraient même la voie à d'autres éventualités. La comptabilité du Club des Jeunes n'allait pas sans poser quelques problèmes à Mrs. Ball et au vicaire. Le dernier trésorier était un monsieur très âgé. Miss Mildred et lui avaient la haute main sur les fonds de l'association. Et Ruth Ball paraissait se faire plus de soucis à ce propos que les seules pertes de mémoire dont souffrait un nonagénaire auraient dû lui en causer.

Frank sifflota entre ses dents.

— Une situation des plus déplaisantes.

Miss Silver inclina la tête.

— Je ne vous le fais pas dire. Mon attention s'est de plus en plus centrée sur Miss Mildred Blake. Bien qu'elle jouisse de revenus confortables, elle s'habille toujours comme un épouvantail. Quand on évoquait les meurtres en sa présence, non seulement elle ne manifestait aucune compassion, pas plus pour le garçon qu'elle connaissait sûrement depuis le berceau que pour la fille qui était à son service, mais je discernais sans doute possible dans son attitude des traces de satisfaction pour ne pas dire de joie sadique. Chez une personne comme celle-là, le souvenir d'une histoire d'amour mort-née aurait bien plus de chances d'engendrer la rancune que l'attendrissement.

Frank ne la quittait pas des yeux.

— Tout cela est extrêmement intéressant.

— J'ai repris le déroulement de la soirée du vendredi au cours de laquelle William Jackson a été assassiné, poursuivit Miss Silver, l'ombre d'un reproche dans la voix. Mr. Arnold Random était à l'orgue. Au presbytère, se tenait la séance de couture qui ne prit fin qu'à dix heures et quart. Un peu avant dix heures, alors que l'on pouvait distinctement entendre l'orgue, Miss Mildred Blake s'est levée, annonçant qu'elle allait demander à Mr. Arnold Random ce qu'elle devait jouer à sa place le dimanche suivant. Mrs. Ball a l'impression que l'orgue s'était tu et que l'horloge de l'église avait sonné un peu avant son départ. Les derniers témoignages dont nous disposons sur William Jackson sont ceux de sa femme Annie et d'Edward Random. Ce dernier lui aurait souhaité une bonne nuit au passage et il croit se rappeler avoir entendu sonner l'horloge un peu plus tard alors qu'il remontait déjà la grand-rue du village. Annie l'a entendu dire bonsoir à son époux et assure qu'il avait poursuivi son chemin. Selon elle, l'horloge a sonné un peu après. Sachant que William Jackson avait l'intention de faire chanter son patron, je me suis demandé s'il aurait pu laisser passer une si belle occasion. Il savait qu'Arnold Random était dans l'église puisqu'il l'entendait jouer et il avait suffisamment bu pour passer à l'acte. Même avant qu'Annie ait révélé tout ce qu'elle avait vu ce soir-là, j'estimais hautement probable qu'il était entré dans l'église.

Frank lança un regard aigu à Miss Silver.

— Alors, Annie a parlé ?

— Oui, mais je reviendrai là-dessus dans un instant. Vous m'avez demandé comment j'étais arrivée à la conclusion que Miss Blake était la coupable. Je vais d'abord répondre à cette question, ce sera plus simple. Selon sa version, Mildred Blake s'est rendue à l'église.

Mr. Random était en train de ranger ses partitions. Ils ont échangé quelques mots, puis il l'a raccompagnée et est rentré au Manoir. Cela donnait un alibi à Arnold Random, mais lui en donnait aussi un à elle. D'un autre côté, il n'aurait jamais pu lui venir à l'esprit, à moins qu'elle n'ait pas eu la conscience tranquille, qu'elle pourrait avoir besoin d'un alibi... et mieux je la connaissais, moins il me paraissait crédible qu'elle ait pu se laisser guider par les sentiments.

Franck haussa les sourcils.

— Les choses auraient pu se passer exactement comme elle le prétendait, vous savez... qu'ils soient restés quelques minutes à bavarder à l'église, puis qu'Arnold l'ait raccompagnée chez elle.

Miss Silver secoua la tête.

— Son alibi m'a tout de suite paru invraisemblable. Annie était de l'autre côté de la souille et, quoi qu'elle ait reconnu ou quoi qu'elle ait caché, j'étais absolument certaine qu'elle n'avait pas pu voir son mari la traverser. Et s'il ne l'a pas traversée, où était-il tandis qu'elle l'attendait sur la rive opposée ? Il devait s'être rendu à l'église. Et si tel était bien le cas, Mildred Blake est forcément tombée sur lui quand elle a quitté le presbytère dans l'intention de parler à Arnold Random. Revenons un peu en arrière — au moment où elle s'est levée en annonçant que telle était son intention. Il lui a fallu ranger ses affaires, dire au revoir aux autres bénévoles, mettre son manteau et quand on quitte une pièce éclairée et qu'on se retrouve dans la nuit, il faut un certain temps pour que vos yeux s'habituent à l'obscurité — et je vous parle en connaissance de cause. L'horloge a maintenant sonné et l'orgue s'est tu, mais elle sait qu'elle n'a pas besoin de se presser parce qu'il faut à Arnold Random un certain temps pour remettre ses partitions en ordre. Elle prend le chemin qui longe le cimetière et quand elle entre dans l'église par la petite porte, elle entend des bruits de voix. Elle a très certainement voulu savoir de quoi il retournait. Il se trouve qu'il m'est moi-même arrivé d'être dans l'église pendant qu'Arnold Random était à l'orgue. Il n'aurait pas pensé une seconde que j'étais là s'il ne s'était pas arrêté de jouer. Mildred Blake a très bien pu rester là à écouter et a entendu William Jackson se livrer à de maladroites tentatives de chantage. Quand il a parlé du testament, Arnold Random l'a sans doute très mal pris, la discussion a dû prendre une tournure orageuse et l'apprenti maître chanteur est reparti, ahuri et furieux. C'est alors que son plan est né dans la tête de Mildred Blake. Elle connaît trop bien Arnold Random pour ne pas penser qu'il aimera mieux affronter la honte que le chantage. Mais pourquoi le fruit de ce chantage tomberait-il dans les poches de William Jackson ? Il a toutes les chances de gâcher cette affaire — si ce n'est déjà fait, ce qui est probable. Mais dans ses mains à elle, quelle arme cela sera-t-il ! Quelle source de revenus ! Elle connaît tous les points faibles d'Arnold Random et sait à merveille comment elle pourrait en tirer parti. Je suis convaincue que son misérable plan a fusé dans sa tête comme un éclair et qu'elle est ressortie de l'église en toute hâte pour le mettre à exécution.

— Vous ne voulez quand même pas dire qu'elle a descendu William pour faire chanter Arnold à sa place ! s'exclama Frank.

Un petit toussotement marqua la réprobation avec laquelle Miss Silver accueillait pareille liberté d'expression, mais ce n'en fut pas moins avec fermeté qu'elle répliqua :

— Je n'en doute pas un seul instant. Et, ajouterai-je, avec l'intention d'avoir une meilleure prise sur lui. Rappelez-vous ce que dit Tennyson : « La soif du profit est au cœur de Caïn. » Une phrase qui décrit exactement ce que je crois avoir été l'état d'esprit de ce sinistre personnage. Elle s'est lancée à la poursuite de William Jackson, l'a rejoint avant qu'il fût arrivé à la souille et l'a assommé d'un coup de torche — sa torche est particulièrement longue et lourde —, ou l'a fait tomber dans la souille et lui a maintenu la tête sous l'eau jusqu'à ce qu'il perde conscience. N'oubliez pas qu'il était saoul perdu. Toute l'opération n'a réclamé que quelques minutes. Le lendemain, comme l'a appris Mrs. Deacon dont la fille, Doris, lui avait ouvert, Miss Mildred a rendu visite à Arnold Random au Manoir. Elle avait à la main son petit carnet de comptes noir que tout le village connaît bien. Comment avoir le moindre doute sur la nature de l'encaissement qu'elle venait toucher? Réfléchissez un instant. Elle était en position de force. Il lui aurait suffi de déclarer aux enquêteurs qu'elle avait surpris William Jackson tenter de faire du chantage sur Mr. Arnold Random, qui avait frauduleusement dissimulé un testament sur lequel il avait lui-même apposé sa signature en tant que témoin. Il est hautement probable que Mr. Arnold Random aurait été condamné pour meurtre avec préméditation sur la personne de son employé. Il aurait fallu qu'il soit d'une stupidité rare pour ne pas se rendre compte du danger dans lequel il se trouvait. Il n'avait pas d'autre solution que de verser à Miss Mildred l'argent qu'elle demandait. En échange, elle garderait le silence sur la querelle qui l'avait opposé à William Jackson et lui fournirait un alibi qui, du même coup, assurerait sa protection à elle. Je ne crois pas, mon cher Frank, avoir jamais rencontré au cours de ma carrière un plan aussi ingénieux et aussi abominablement machiavélique.

Abbott hocha le menton.

— Et l'affaire Clarice Dean? C'est Mildred Blake qui a tapé la lettre, naturellement?

— Bien entendu. Elle est allée à la salle paroissiale ce matin-là. Edward Random m'a dit qu'il l'avait vue y entrer.

— Pourquoi a-t-elle essayé de lui faire porter le chapeau à lui ? Parce que c'est bien ce qu'elle a fait, vous savez.

— Il aurait été un parfait bouc émissaire. Sa longue absence avait suscité bien des commérages et que l'on ait soupçonné Arnold Random n'aurait pas du tout convenu à Miss Mildred. Elle a cependant immédiatement cessé d'accuser directement Edward, même si sa sœur, elle, a continué.

— Vous ne pensez quand même pas que Miss Ora était dans le coup ! s'écria Frank.

— Oh non, absolument pas. C'est tout simplement une sotte qui adore les potins et n'a aucun sens des responsabilités.

Frank dévisagea Miss Silver d'un drôle d'air.

— Si vous m'aviez dit tout ça il y a un jour ou deux, ou même hier, je vous aurais naturellement écoutée avec un profond respect, mais je n'en serais pas moins resté, je le crains, d'un scepticisme obstiné. Seulement, il se trouve que c'est bien comme cela que les choses se sont passées — en ce qui concerne Arnold Random, tout au moins. Il a fait une déclaration, et ce que vous dites ne fait que la confirmer de point en point. William Jackson est bien allé le trouver à l'église pour l'accuser de faire passer à l'as le testament de son frère. Il ne présente évidemment pas les choses tout à fait de cette façon. Selon lui, il ignorait totalement l'existence du second testament jusqu'à hier quand Susan Wayne est tombée dessus en classant de vieux livres dans la bibliothèque. Franchement, cela me semble une histoire sacrément alambiquée, mais c'est la version à laquelle lui et Edward Random se tiennent, et comme ce dernier est l'unique bénéficiaire et que le testament est d'ores et déjà entre les mains des notaires de la famille, cela n'est plus de notre ressort. Arnold continue de soutenir que Mildred Blake est venue le voir au Manoir après la mort de Jackson, qu'il a accepté de payer ce qu'elle voulait qu'il paye et qu'elle lui a présenté la même exigence après la mort de Clarice Dean. Donc, vous aviez raison de voir en elle la meurtrière, mais je ne comprends toujours pas comment vous êtes arrivée à cette conclusion. Vous savez que le chef vous soupçonne de faire dans la sorcellerie ? Dans la sorcellerie blanche, pour le moins, et je ne crois pas qu'il serait tellement surpris s'il vous voyait vous envoler par la fenêtre à cheval sur un manche à balai. Alors, si vous ne voulez pas que je me rallie à son point de vue, peut-être consentirez-vous à me dire ce qui vous a rendue assez sûre de vous pour prendre hier soir des risques que je n'aurais jamais dû vous laisser prendre ?

Miss Silver, qui n'avait pas cessé de jouer tranquillement de l'aiguille, abandonna le cache-cœur rose qu'elle tricotait et croisa les mains sur son ouvrage.

— Juste un petit détail, dit-elle, mais qui a suffi pour me convaincre. Hier, je suis passée voir Miss Ora Blake. Elle a commandé le thé et c'est Miss Mildred qui l'a apporté. Comme elle servait, mon attention a été attirée par sa jupe. Ce n'était pas celle qu'elle portait lorsque nous avions précédemment pris le thé avec elle, Mrs. Ball et moi. Elle était également gris foncé, mais ce n'était pas le même tissu. Ce qui m'a frappée, c'est qu'elle avait été mouillée récemment. Elle était froissée et présentait encore des traces d'argile. On avait essayé de les faire disparaître, mais comme vous le savez probablement, ce n'est pas si facile, loin de là. L'indifférence de Miss Mildred pour son aspect physique l'a sans aucun doute empêchée d'attacher à ce travail de nettoyage toute l'attention qu'il méritait. Quel habitant du village aurait-il remarqué que ses vêtements avaient quelques taches de plus ? Si je n'avais pas été une étrangère, je ne l'aurais peut-être même pas remarqué moi-même. Mais l'ayant remarqué, j'ai été plus convaincue que jamais que c'était sur l'argile de la berge et sur les pierres qui permettent de traverser la souille à pied sec qu'elle avait sali et trempé sa jupe. Dès lors, toutes les pièces du puzzle ne demandaient plus qu'à s'emboîter. Je considérais déjà Miss Mildred comme une personne capable de commettre un meurtre. Annie a réagi avec affolement quand j'ai prononcé son nom devant elle. Elle n'a rien voulu dire et elle était tellement terrifiée qu'elle en tremblait.

— Parlera-t-elle maintenant ?

— Lorsqu'elle a appris l'arrestation de Mildred Blake, elle a fondu en larmes et a vidé son cœur devant moi. En fait, c'était peu de chose — elle m'avait déjà dit l'essentiel —, mais ce « peu de chose » était de la plus haute importance. Vous vous rappelez qu'elle attendait de l'autre côté de la souille dans l'espoir de voir rentrer son mari. L'obscurité était profonde et le ciel couvert, mais les nuages laissaient passer de temps à autre un rayon de lune. Edward est arrivé, il a franchi la souille, elle l'a entendu dire « bonne nuit » à William Jackson et il a poursuivi son chemin. Son mari s'est alors dirigé vers le ruisseau. Elle entendait l'orgue jouer dans l'église. Il l'a entendu lui aussi, naturellement. Elle m'a dit qu'il est revenu en courant sur ses pas et qu'il s'est engouffré dans l'entrée du cimetière. Comme il lui avait laissé entendre à mots couverts que Mr. Arnold n'oserait jamais le mettre à la porte, elle était très inquiète, craignant qu'il ne se livre à des actes réprimés par la loi. Je ne sais pas exactement ce que Jackson lui avait dit en réalité... je ne fais que vous répéter ses paroles. Elle a attendu sans bouger. L'horloge de l'église a sonné l'heure et l'orgue s'est tu. Au bout d'un certain temps, William est ressorti par l'allée des ifs. Il avait l'air furieux, m'a-t-elle dit. Il ne marchait pas droit et ne cessait de proférer des jurons à mi-voix. Il s'est arrêté avant d'avoir atteint la souille et a fait demi-tour.

Mais il changea apparemment d'avis avant d'arriver au portail du cimetière. Après avoir attendu une minute ou deux, il s'est remis lentement en marche. Au moment où il arrivait devant la berge, quelqu'un d'autre a surgi précipitamment du portail. La vue d'Annie était suffisamment adaptée à l'obscurité pour lui permettre de suivre les mouvements des deux personnes et se rendre compte que la seconde était une femme, mais elle n'a compris de qui il s'agissait qu'en l'entendant appeler : « William... William Jackson ! » Alors, elle a su que c'était Miss Mildred Blake. Il n'y avait pas d'erreur possible, a-t-elle ajouté : personne n'avait une voix aussi grave.

— Et alors ?

— William n'a pas bougé. Elle l'a rejoint et ils ont commencé à parler. C'est-à-dire que c'était Miss Mildred qui faisait les frais de la conversation. William, lui, se contentait de répondre par des haussements d'épaules. Je suppose qu'elle évoquait le testament — cela, nous ne le saurons sans doute jamais. Toujours est-il que William s'est brusquement remis en marche, manifestement dans l'intention de passer de l'autre côté de la souille. Annie a alors eu peur de rester là plus longtemps. Elle a fait demi-tour et a pris ses jambes à son cou. Quand elle s'est retournée, elle a vu Miss Mildred poser le pied sur la première pierre. A ce moment, il y avait de la lune et elle est absolument sûre qu'elle n'était plus sur la berge. Elle la voyait parfaitement au milieu de la souille. William était un peu devant elle. Annie n'avait jamais eu aussi peur de sa vie, m'a-t-elle dit, mais elle ne savait pas pourquoi. C'était plus fort qu'elle. Elle n'a pas arrêté de courir jusqu'à ce qu'elle soit chez elle.

44

— Ça te plairait d'habiter le Manoir ? demanda Edward Random qui, à genoux sur le tapis de la cheminée essayait de ranimer le feu mourant à l'aide de journaux.

Susan, assise sur la banquette de la fenêtre et qui n'essayait même pas de lire le livre posé sur ses genoux, se dit — comment aurait-elle pu faire autrement ? — qu'il n'avait pas remarqué qu'Emmeline n'était plus dans la pièce.

— Elle est allée donner à manger à ses chats, fit-elle d'une voix claire.

— Emmeline ?

— Oui, bien sûr.

Edward Random considéra avec satisfaction la petite flamme qui s'élevait derrière le papier roulé en boule.

— Mais pourquoi ? Ce n'était pas à elle que je parlais. D'ailleurs, tout le monde sait bien qu'elle préfère, et de loin, son pavillon où les chats font la loi. Non, c'était à toi que mon discours s'adressait.

Il repoussa les journaux et la flammèche devint une vraie flamme. Un bruyant appel d'air lui fit pousser deux ou trois jurons et les bûches à moitié éteintes, revenant à la vie, se mirent à flamboyer. Susan laissa tomber son livre.

— *Vraiment...*

Edward s'assit sur ses talons et considéra fièrement son œuvre.

— Ça y est, c'est parti. S'il n'y avait pas ses chats, je crois qu'Emmeline ne se demanderait même pas si le feu était allumé ou pas.

Il se releva et s'essuya les mains.

— Figure-toi que c'était à toi que je m'adressais. Je te demandais si cela te dirait d'habiter au Manoir.

— Je détesterais.

— Pourquoi ?

Susan fronçait les sourcils. Elle était devenue un peu pâle.

— Oh ! Les testaments secrets... et les querelles de famille... et ces immenses pièces pleines de courants d'air qu'on n'arrive jamais à chauffer... et tous ces meubles pleins de poussière...

Edward secoua la tête.

— Il n'y a pas de courants d'air... Oncle James a fait ce qu'il fallait pour ça. Et il n'y a plus de testaments... enfin, je l'espère ! Quant aux haches de guerre chères aux membres de la famille, elles ont été enterrées en grande pompe et dans les formes. Alors, où est le problème ?

Susan leva les yeux vers lui. Parlait-il sérieusement ? Si oui, c'était une demande en mariage, ni plus ni moins ! Mais ce n'est pas de cette façon qu'on demande sa main à une jeune fille ! Elle sentit la colère monter soudain en elle. Ses joues s'empourprèrent et ses yeux lancèrent des éclairs.

— De quel problème parlez-vous ?

Elle était assise au milieu de la banquette adossée à la fenêtre et il ne restait pas vraiment de place pour quelqu'un d'autre, mais il se glissait déjà à côté d'elle et la repoussait pour s'en faire une.

Elle sentit sa main sur son épaule.

— Comme si tu ne le savais pas ! Je ne pouvais pas te le demander alors que j'étais sous le coup d'une arrestation imminente. Mais maintenant je te pose la question. Veux-tu m'épouser ?

Elle s'écarta autant que le lui permettait la banquette, ce qui, en fait, n'allait pas très loin, et le regarda dans les yeux.

— Pourquoi voulez-vous que je vous réponde oui... si vous le voulez vraiment ?

— Je le veux vraiment.

Elle ne savait pas ce qu'il y avait derrière ces mots et l'expression d'Edward était indéchiffrable. Il aurait aussi bien pu lui être en train de lui proposer une balade ! Elle l'avait laissé l'embrasser et elle l'avait embrassé à son tour. Tante Lucy l'avait toujours mise en garde avec force contre les baisers volés. Les hommes, disait-elle, ne respectent pas les femmes qui se laissent embrasser pour un oui ou pour un non. Loin de Greenings, Susan pouvait considérer que cette façon de voir était quelque peu surannée. Mais, maintenant, elle était à Greenings et que ce fût suranné ou pas, c'était affreusement et évidemment vrai. Edward lui demandait sa main sans même se soucier de simuler un tendre sentiment à son égard. Elle s'était si totalement abandonnée qu'il n'avait même pas besoin de feindre. Tout ce qu'il voulait, c'était se caser et se marier avec elle parce que c'était le genre de fille raisonnable qui ferait une bonne ménagère et ne risquerait pas de lui causer de mauvaises surprises. Elle ne se sentait pas particulièrement raisonnable ni bonne ménagère. Elle était une brûlante flamme de fureur.

— Vous n'êtes pas amoureux de moi !

Edward ôta sa main de son épaule et s'écarta d'elle à son tour.

— Tout dépend de ce que tu entends par être amoureux.

— Vous savez très bien ce que je veux dire.

— Le pain d'épice à la croûte bien dorée ? demanda-t-il sur un ton léger. Le gâteau bien glacé ?

— Non, ce n'est pas ce que je veux dire.

— C'est l'opinion de beaucoup de gens. Alors, qu'entends-tu au juste par ces mots ? Avoir la fièvre du printemps ? Chausser ses bottes de sept lieues et courir à l'autre bout du monde pour rapporter une serpentine sans défaut à sa bien-aimée ? La mirifique et ridicule extase des dix-huit ans ? L'ennui, c'est que ça ne dure pas, ma chère amie... ça ne dure pas.

C'était ce qu'il éprouvait pour Verona Grey, songea Susan. *Et qu'il n'éprouvera jamais pour moi.*

Edward lui effleura à nouveau l'épaule, mais retira aussitôt sa main.

— La serpentine ne maintient pas les cheminées allumées et ce ne sont ni le clair de lune ni les rayons cosmiques qui nous font vivre.

La colère de Susan rendit l'âme et le brasier qui couvait en elle s'éteignit. Elle se sentait incroyablement plate et c'était comme si elle se trouvait entre deux âges. Seulement, quand on est véritablement d'âge mûr, on a moins d'années languissantes et creuses à vivre encore que lorsqu'on a vingt-deux ans.

— Il n'est pas question que je me marie avec quelqu'un qui ne m'aime pas. Et vous ne m'aimez pas. Je suppose que vous avez de l'affection pour moi, mais vous ne m'aimez pas.

Edward se pencha vers elle et lorsqu'il prit ses deux mains dans les siennes, elle s'en voulut à mort de trouver que c'était tellement bon.

— Là, tu fais entièrement fausse route, dit-il. Je t'aime drôlement. Si ce n'est pas de la façon qui te plairait, c'est vraiment dommage. Pour ma part, j'estime que c'est la bonne manière parce que cela s'enracine dans les choses qui comptent vraiment, ce qui veut dire que mon amour ne cessera de grandir. Et il a fichtrement grandi au cours des dernières semaines. Cela peut ne paraître guère romantique, mais tout dépend de la manière dont on conçoit le romantisme. Je ne vois pas pourquoi il ne commencerait pas à la maison... comme la charité. Si je devais choisir un seul mot pour définir ce que tu représentes pour moi, ce serait celui-là. Je suis incapable d'imaginer un foyer sans toi. Cela peut ne rien vouloir dire pour toi, mais, pour moi, c'est tout ce que je croyais que je n'aurais jamais, tout ce qui semblait s'être desséché en moi, tout ce que tu m'as apporté et fait revivre en moi.

Fini le contrôle délibéré, impassible, qu'Edward exerçait sur lui-même. Ses yeux étaient humides, sa voix se brouillait et se cassait. Susan ne se rendit pas compte qu'elle se serrait contre lui, elle ne dit pas un mot, mais elle se retrouva entre les bras d'Edward. Et c'était la seule place qui lui convenait, qui la comblait et où elle était heureuse.

Elle fit sienne la formulation qu'il avait employée : elle avait trouvé son foyer.

Cet ouvrage a été réalisé par la
SOCIÉTÉ NOUVELLE FIRMIN-DIDOT
Mesnil-sur-l'Estrée
pour le compte des Éditions U.G.E. 10/18
en novembre 1996

Imprimé en France
Dépôt légal : décembre 1996
N° d'édition : 2729 - N° d'impression : 36326